Le secret de Jena

*

Un médecin au bout du monde

WENDY S. MARCUS

Le secret de Jena

Traduction française de

MICHELLE LECŒUR

BLANCHE

HARLEQUIN

Collection : Blanche

Titre original :
SECRETS OF A SHY SOCIALITE

Ce roman a déjà été publié en 2018

HARPERCOLLINS FRANCE
83-85, boulevard Vincent-Auriol, 75646 PARIS CEDEX 13
Service Lectrices — Tél. : 01 45 82 47 47 - www.harlequin.fr
ISBN 978-2-2804-9335-2 — ISSN 0223-5056

Composé et édité par HarperCollins France.
Imprimé en août 2023 par CPI Black Print (Barcelone)
en utilisant 100% d'électricité renouvelable.
Dépôt légal : septembre 2023.

FSC www.fsc.org MIXTE Papier issu de sources responsables FSC® C159065

Pour limiter l'empreinte environnementale de ses livres, HarperCollins France s'engage à n'utiliser que du papier fabriqué à partir de bois provenant de forêts gérées durablement et de manière responsable.

1

Jena soupira. S'il existait un moyen simple d'expliquer à sa sœur jumelle pourquoi elle s'était fait passer pour elle, avait séduit un homme, puis avait quitté la ville en catimini, elle ne le connaissait pas. Et c'était bien là le problème.

— Cela fait deux semaines que tu es là, résuma Jaci, sa jumelle.

Adossée contre le canapé, elle appuya ses pieds chaussés de mules en fourrure sur la table basse.

— J'estime m'être montrée suffisamment patiente, ajouta-t-elle. A présent, il est temps de fournir des réponses à mes questions.

Jena savait que sa sœur avait raison. Et elle savait déjà quelles questions elle brûlait de lui poser.

Où était-elle allée ? Pourquoi était-elle partie ? Combien de temps comptait-elle rester ? Et surtout, surtout : qui avait génétiquement contribué à la venue au monde de ses deux adorables petites jumelles de six semaines ? Jaci ignorait tout de son usurpation d'identité. Elle serait au courant bien assez tôt.

— J'arrive, répondit Jena depuis la cuisine où elle était en train de disposer le brie doré au four et les tranches de baguette croustillante sur deux grandes assiettes.

Puis elle les posa sur le plateau où se trouvaient déjà les crudités et le bloc de foie gras. Il ne serait pas dit qu'elle, Jena Piermont, des Piermont de Scarsdale, dans l'Etat de New York, n'était pas une hôtesse accomplie. Même s'il s'agissait d'assister à sa propre disgrâce.

Allait-elle révéler la vérité avant que les autres invités ne se joignent à leur petite réunion ? Malheureusement, la nouvelle qu'elle avait le plus envie de partager, celle dont elle aurait voulu discuter avec sa sœur pour obtenir son avis — la véritable raison pour laquelle elle était revenue en ville et y resterait plusieurs semaines — cette nouvelle devait rester secrète. Si tout se passait comme elle l'avait planifié — elle croisa mentalement les doigts — elle pourrait repartir sur de nouvelles bases sans que Jaci ne sache jamais rien.

Jena déglutit avec peine et essuya ses paumes moites sur une serviette. Elle prit une profonde inspiration pour se donner du courage, souleva le plateau et le porta sur la table basse.

— Enleve tes pieds.

Elle disposa les différents mets à côté de l'eau pétillante et de la bière en bouteille.

Justin appréciait d'avoir sa bière, elle le savait.

— Stop, dit Jaci d'une voix autoritaire. Tu fais tout le temps ça quand tu es nerveuse. Tu te mets à t'agiter dans tous les sens, à ranger autour de toi et à concocter des petits plats.

Se sentant rougir, Jena laissa tomber sur le canapé le coussin qu'elle s'apprêtait à retaper.

— Tu ferais mieux de t'asseoir, ajouta sa sœur en désignant la place à côté d'elle. Et dis-moi pourquoi tu as été si silencieuse ces derniers temps. Qu'est-ce qui t'a donc bouleversée à ce point ? Tu as juste le temps de me raconter avant que les garçons n'arrivent.

Les garçons. Jena ferma les yeux, tentant de maîtriser la vague de nausée qui l'envahissait. Elle *pouvait* le faire, et elle le ferait.

— Je t'aime, commença-t-elle.

— Moi aussi, je t'aime, répondit Jaci en la regardant attentivement. Pourquoi as-tu l'air de quelqu'un qui a une olive coincée dans le gosier ?

C'était exactement ce que Jena ressentait. Bon. Inutile de faire traîner les choses plus longtemps, le moment fatidique était arrivé.

— Justin est le père, dit-elle, les yeux fixés sur ses genoux. Des jumelles, précisa-t-elle — comme si une précision était nécessaire.

Habituellement si bavarde, Jaci resta muette.

— Dis quelque chose, supplia Jena, osant à peine la regarder.

— Je suis... surprise, c'est tout. Il me semble que tu en pinçais pour lui, au lycée.

Jena sourit. « Pincer », le mot était faible. En fait, elle avait éprouvé une véritable fascination pour Justin, qui était typiquement le genre de garçon qui n'était pas pour elle, et à qui elle rêvait de jour comme de nuit. C'était pour elle, à l'époque, une manière secrète d'échapper à son existence banale, encombrée de plus de responsabilités qu'une ado normale n'aurait dû en supporter. Et une incursion mentale illicite du côté sombre, là où les attentes et le jugement des autres ne pesaient plus rien, et où elle pouvait se livrer impunément aux interdits. Ne plus respecter les règles. Se lâcher. Donner libre cours à ses fantasmes.

— Et j'avais alors pensé que tu le voyais comme un mari potentiel, pour te conformer aux volontés de papa, continua Jaci.

Ça, jamais Jena n'aurait osé. Ou alors, peut-être une fois... et même plusieurs, pendant des périodes d'égarement, lorsque des poussées d'hormones incontrôlées, occultant momentanément sa raison, avaient déclenché en elle des envies de grossesse... Des instants de faiblesse, durant lesquels elle avait envisagé la possibilité que Justin la protège des machinations de son frère en lui procurant un foyer ainsi qu'à ses bébés.

Mais Justin ne voulait pas d'elle, et Jena refusait de n'être que le second choix d'un homme. De toute façon, le mariage ne faisait plus partie de ses priorités. Ce qui lui importait maintenant, c'était de rester en vie pour ses filles.

— Je ne me doutais absolument pas qu'il y avait quelque chose entre vous deux, dit Jaci. D'ailleurs, je ne vous ai pas vus ensemble pendant des années, et aucun de vous ne m'a informée que vous étiez restés en contact.

Jena hésita à répondre. En fait, ils ne l'avaient pas été... physiquement. Mais il existait les réseaux sociaux, sur internet. Certaines habitudes d'enfance — tel un intérêt malsain pour tout ce qui touchait à Justin — étaient difficiles à perdre. Elle se mit à mordiller nerveusement l'un de ses ongles.

— Il n'y a eu qu'une nuit, déclara-t-elle sans oser regarder sa sœur. Nous nous étions rencontrés chez Oliver.

Le fameux bar-restaurant que Justin et Jaci fréquentaient régulièrement. Mais le pire restait à avouer.

— Il a cru que j'étais toi, murmura-t-elle.

— Quoi ? s'écria Jaci. Tu veux dire que... que Justin a couché avec toi en croyant qu'il était avec moi ?

Jena se mordit la lèvre. Il était trop tard pour revenir en arrière. Elle n'avait pas d'autre choix que de reconnaître les faits.

Elle leva la tête et regarda sa sœur droit dans les yeux.

— C'était l'anniversaire de la mort de Maman. J'avais eu une terrible dispute avec Jerald.

Leur prétentieux demi-frère aîné avait tenté de les manipuler en voulant leur faire épouser une douzaine de ses associés en affaires, tout aussi prétentieux que lui.

— Il fallait que je quitte la maison.

Autrement dit, la demeure des Piermont, dont elle et son frère possédaient chacun une aile.

— Tu te souviens de la discussion qu'on avait eu ce soir-là ? Tu étais déprimée parce que Ian devait retourner en Irak. Alors j'ai décidé de te faire une surprise en apportant à dîner.

Jena ne put réprimer un sourire amer. C'était ainsi que tout avait commencé : par un geste attentionné envers sa sœur, pour la consoler.

— J'ai commandé un verre de vin en attendant les plats à emporter, continua-t-elle, et c'est alors que j'ai aperçu Justin, accoudé au bar, seul. Avec quelques verres vides alignés devant lui.

En temps normal, elle se serait fondue dans la foule, se contentant de l'observer de loin. Mais…

— L'un des barmans m'a remarquée et m'a appelée, poursuivit Jena. « Jaci, ramène-le chez lui avant que je me charge de le virer d'ici. » Tu aurais dû voir Justin relever la tête quand il a entendu ton prénom. A cet instant-là, cela ne m'a pas paru important qu'il sache qui j'étais, du moment que je le ramenais chez lui sain et sauf.

Jaci croisa les bras sur sa poitrine, les yeux fixés sur sa sœur.

— Tu veux dire que, durant le trajet en voiture, puis le temps de monter jusqu'au cinquième étage, et enfin pendant que vous étiez en train de vous déshabiller mutuellement, il ne t'est jamais venu à l'esprit que c'était peut-être le moment de l'informer de ta véritable identité ?

Jena rougit. Bien sûr que si ! Mais la proximité physique de Justin avait provoqué en elle une excitation qui avait relégué cette idée jusqu'au tréfonds de son cerveau, là où elle stockait toutes les pensées et souvenirs désagréables accumulés au fil des années.

Elle s'était donc autorisée à profiter de sa compagnie et de la liberté d'être Jaci — d'être celle des jumelles qui se moquait des règles et disait ce qu'elle avait envie de dire, quand elle en avait envie. Tout comme Justin.

Pour la première fois de sa vie, elle n'avait pas pesé le pour et le contre, ni réfléchi comme toute personne dotée d'un bon sens moral l'aurait fait. Elle s'était concentrée sur ce qu'elle voulait et désirait plus que tout à ce moment précis : un peu de réconfort, un contact tendre et sensuel... se sentir vivante, l'espace d'un instant — sans se soucier des conséquences. Et voilà où cela l'avait menée.

— Je suis désolée...

— Cela n'a pas de sens, dit Jaci en jouant avec les franges d'un coussin. Justin et moi n'avons jamais eu ce genre de relation. Jamais...

Elle fit la grimace.

— J'avoue que tout ça me met un peu mal à l'aise.

— Si cela peut t'aider, sache que c'est moi qui ai pris l'initiative. Il a même tenté de m'arrêter.

En fait, quand elle avait approché ses lèvres des siennes, il avait marmonné un « On ne devrait pas faire ça » sans conviction, avant de l'attirer brusquement contre lui et de l'embrasser avec la passion débridée d'un homme libérant des années d'attirance et de désir réprimés.

Jaci sourit.

— Espèce de tigresse. J'ignorais que tu avais cela en toi.

Jena eut un sourire gêné. Même pour elle, cette découverte avait été un choc.

On frappa à la porte, et elle tressaillit.

— Vite, raconte-moi la suite, dit Jaci. Pourquoi es-tu partie ?

— Le lendemain matin, Justin est devenu dingue. Il n'arrêtait pas de répéter qu'on avait commis une énorme erreur et qu'il s'en voulait d'avoir gâché notre belle amitié. Par-dessus le marché, il se sentait terriblement coupable parce que tu étais la copine de Ian.

Jena frissonna en se rappelant l'état de rage et de détresse dans lequel était alors Justin.

— J'ai donc décidé de lui avouer la vérité.

Elle ferma les yeux, se remémorant la scène en un éclair. Il était assis, nu, au bord du lit, les coudes sur les cuisses et la tête dans ses mains. Elle se tenait debout près de la porte, tout habillée.

— Tu n'as pas couché avec Jaci, mais avec moi. Jena.

Au lieu de tempêter ou de se réjouir, il avait levé lentement la tête, l'air misérable.

— Oh ! mon Dieu. C'est encore pire.

Pendant que Jena lui décrivait la scène, Jaci lui prit la main et la serra sans un mot.

— Attends la suite, soupira Jena.

Brusquement, il avait porté la main à sa bouche. « Je crois que je vais vomir », avait-il dit d'une voix étouffée avant de se précipiter dans la salle de bains. La pensée d'avoir connu l'intimité de Jena, manifestement, lui avait carrément donné la nausée.

De nouveau, on frappa à la porte. Plus fort.

— J'arrive, cria Jaci.

— C'est alors que j'ai décidé de partir, acheva Jena.

— Pourquoi n'es-tu pas venue me trouver ?

Elle détourna la tête.

— Je me sentais humiliée et je me dégoûtais. Comment aurais-je pu te regarder en face ? J'avais tellement honte.

— Hé, murmura Jaci. Regarde-moi. Où es-tu allée ?

Dans les yeux de sa sœur, Jena crut voir de la compréhension, et elle eut soudain l'espoir que toutes deux parviendraient un jour à tirer un trait sur cette histoire.

— Je suis d'abord rentrée chez moi.

Elle avait donné au gardien l'instruction stricte de ne laisser passer personne dans l'allée. Comme s'il y avait eu une possibilité que Justin perde son temps à courir derrière elle. En l'espace de trois heures, elle avait pris toutes les dispositions nécessaires et bouclé ses bagages, avant de prendre un taxi pour l'aéroport. Direction : la Caroline du Sud.

— Je suis allée chez Marta.

Leur vieille nounou.

— Quand Jerald l'avait congédiée, elle nous avait promis qu'elle serait toujours là pour nous.

Et Dieu sait si Jena avait apprécié la calme assurance de Marta, lorsqu'elle s'était retrouvée face à une grossesse inattendue, compliquée par cette boule douloureuse au sein droit. Marta lui avait offert son soutien affectueux quand il avait fallu effectuer une biopsie par aspiration pour analyser la grosseur dans son sein, et avait encore été là pour la guider durant les premières semaines sans sommeil qui avaient suivi la naissance.

— Je suis si contente que tu aies tes bébés, dit Jaci d'une voix émue en serrant sa sœur contre elle. Mais pourquoi ne m'as-tu pas contactée par la suite ? Pendant tout ce temps, je me suis fait un sang d'encre en t'imaginant seule et démunie.

Jena haussa les épaules.

— Si tu avais su pour les jumelles, je n'aurais pas pu t'empêcher de venir me rejoindre. Et tant de gens dépendent déjà de toi…

Il y avait les résidentes de la Maison pour Femmes en détresse que Jaci avait fondée, et les patients du centre médico-social où elle travaillait.

— Et je ne voulais pas que tu interrompes toutes tes activités, juste parce que j'avais gâché ma vie.

— Je t'aime, Jena.

Jaci la regarda droit dans les yeux.

— Rien de ce que tu pourras faire ne changera jamais ça, déclara-t-elle.

— Merci, répondit Jena, au bord des larmes.

Les coups à la porte devinrent frénétiques.

— Ouvre cette porte, Jaci, dit Ian d'une voix forte. Est-ce que ça va ?

Jaci s'essuya rapidement le coin de l'œil.

— Il faut toujours qu'il s'inquiète, dit-elle en souriant.

— N'oublie pas que Justin est avec lui, et qu'il ne sait pas que je suis de retour.

Depuis que Jena vivait chez sa sœur — qui habitait le même immeuble luxueux que Justin — elle avait rarement quitté l'appartement afin d'éviter d'être repérée. A présent, il était temps d'affronter les deux hommes qui attendaient dans le hall — et surtout l'un d'entre eux.

Elle se raidit et alla ouvrir la porte. Il se tenait là, devant elle. Justin Rangore. Tout simplement magnifique : grand, cheveux noirs, épaules larges, musclé juste où il fallait. Avec ce petit bouc parfaitement entretenu qu'il portait depuis leur dernière année de lycée. Elle réprima un soupir de volupté en se rappelant avec délice l'effet que cela faisait quand il lui embrassait le cou, les seins, et… plus bas.

— Ian m'avait dit que tu étais dans un état lamentable, mais en fait, pas du tout, déclara-t-il en laissant courir son doigt sur sa joue. Je te trouve plus belle que jamais.

Non. *Jaci* était belle et parfaite. Pas elle. Même si elles se ressemblaient tellement que seule une poignée de gens parvenait à les distinguer — et parmi eux leurs parents, maintenant décédés — chaque fois que Jena se regardait dans un miroir, ses imperfections lui sautaient aux yeux.

De nouveau, elle ressentit la même douleur familière dans la poitrine. Naturellement, Justin ne l'avait pas reconnue. Il ne l'avait jamais reconnue. Une fois de plus, il n'avait pas regardé assez profondément en elle pour voir l'être unique qu'elle était, si différent de sa jumelle populaire et extravertie. Elle savait qu'elle était bien plus qu'une Piermont privilégiée, appartenant à l'élite aisée de la ville, bien plus que la personne sérieuse, tranquille et conformiste que l'on voyait habituellement en elle : une femme digne d'être aimée, respectée et appréciée pour ce qu'elle était vraiment. Sans doute pas aussi altruiste et merveilleuse que Jaci, mais gentille, attentionnée et loyale à sa façon.

Ian, le fiancé de sa sœur depuis vingt-quatre-heures, n'avait au contraire aucun problème pour les distinguer l'une de l'autre.

— Elle n'a pas l'air dans un état lamentable, tout simplement parce que ce n'est pas elle, espèce d'aveugle, dit-il en s'avançant pour poser la main sur l'épaule de Jena. Salut, future belle-sœur, ajouta-t-il.

— Jena ? s'étonna Justin en regardant attentivement son visage, comme s'il y cherchait un signe pour l'identifier.

Elle aurait tellement aimé l'entendre prononcer son prénom cette nuit-là, dans le noir, au plus fort de la passion. Au lieu de cela, il l'avait torturée en lui murmurant : « Oh ! Jaci, c'est si bon avec toi. Tu n'as pas idée à quel point tu es spéciale... »

— Salut, Justin, lui dit-elle. Entre, je t'en prie. Et finissons-en.

— Oui, il est temps qu'on parle, répondit-il d'un air sérieux en passant près d'elle.

En sentant son odeur aux effluves boisés, une vague désir la submergea et elle sentit ses jambes fléchir sous elle.

— C'est pourquoi tu es là. Pour que nous parlions, dit-elle.

Il était temps d'avoir la conversation qu'elle aurait dû demander dès la première semaine de son retour. Mais elle avait été trop prise par les rendez-vous avec les médecins, l'hôpital et les avocats — sans oublier ses filles.

Justin se pencha vers elle.

— Seuls, ajouta-t-il près de son oreille.

Afin qu'il lui dise tout le mal qu'il pensait d'elle ? Elle ne pouvait pas se sentir plus mal qu'elle ne l'était déjà. Peut-être voulait-il lui demander de garder le secret sur ce qui s'était passé entre eux ? Trop tard.

Justin regarda le joli visage de Jena. Si seulement elle avait eu une personnalité aussi attrayante que son physique : des cheveux blonds bouclés à hauteur des épaules, des yeux d'un bleu saisissant, un teint parfait... Si semblable à Jaci, et pourtant si différente. Plus douce, tout en étant sur ses gardes. Comment ne s'en était-il pas aperçu plus tôt ? Sans doute parce qu'il ne s'était jamais trouvé suffisamment près d'elle. Jena restait généralement en retrait, calme... jusqu'à en être ennuyeuse. Une parfaite petite snob. Pas du tout son genre.

Pourtant, quelque chose avait changé en elle pendant son absence : elle se tenait plus droite, avait l'air plus assuré. Elle était aussi... beaucoup plus séduisante.

— Jaci est au courant, dit-elle en refermant la porte d'entrée derrière eux.

Mince. Si Jaci savait, ça signifiait que Ian ne tarderait pas à être aussi au courant. A tous les coups, il allait le réduire en bouillie. Justin ne se défendrait pas, parce qu'il le méritait. Il ferait exactement la même chose si un ami, en qui il avait toute confiance, avait couché avec la femme qu'il aimait. Curieusement, il n'éprouvait aucune appréhension à l'idée d'une confrontation avec Ian, l'un de ses meilleurs amis — qui était aussi l'un des plus costauds — et se sentait même soulagé.

Cela ne l'empêcha pas de tenter une explication, une fois qu'il fut dans le salon, face à Jaci.

— Ce n'est pas ce que tu crois.

Elle lui jeta un coup d'œil méfiant. C'était justement pour éviter cela que Justin ne lui avait pas révélé la vérité. Elle était sa meilleure amie. En fait, elle était la seule. Ils avaient connu des galères ensemble, avaient veillé l'un sur l'autre depuis le collège. Et il l'aimait. Mais comme une sœur.

— Je peux tout expliquer.

Ian, qui se tenait à côté d'elle, parut soudain alarmé.

— Expliquer quoi ?

— Viens, lui dit Jaci en tentant de l'entraîner dans la chambre.

Justin insista. Le moment était venu de tout avouer.

— J'ai couché avec Jena.

L'air indifférent, Ian se détourna pour suivre Jaci.

— En croyant que c'était Jaci.

Ian s'arrêta net.

— Parce qu'en temps normal tu n'aurais jamais couché avec moi, qui étais si quelconque et inexpérimentée, intervint sèchement Jena. Je me trompe ?

Elle croisa les bras et le fixa d'un regard peu amène.

Justin préféra ne pas répondre ; son tour viendrait. Il devait d'abord s'occuper de Ian.

— Jaci n'allait pas bien du tout quand tu es parti, expliqua-t-il. Elle ne voulait plus rien faire ni aller nulle part. Je ne l'avais pas vue aussi déprimée depuis la mort de son père et l'accident de sa mère. C'était ta faute, pas la mienne, ajouta-t-il en pointant un doigt accusateur sur Ian.

— Donc, tu n'as rien trouvé de mieux qu'une partie de jambes en l'air pour lui remonter le moral, pendant que je risquais ma vie tous les jours à l'armée ?

Un observateur étranger aurait trouvé Ian extraordinairement calme. Mais Justin le connaissait assez pour savoir qu'il était sur le point d'exploser.

Comment lui expliquer…

— De mon côté, j'avais eu une très mauvaise journée à l'hôpital. Une femme et sa petite fille de sept ans avaient été trouvées mortes dans une benne à ordures, couvertes d'hématomes.

Après trois ans passés dans la police à patrouiller dans la zone la plus dangereuse du comté de Westchester, Justin avait alors remis en question son projet de faire l'école de police et accepter un emploi confortable dans la société de placement de son père.

— Oh ! Justin, murmura Jena en posant la main sur son bras nu. J'ignorais totalement…

Au contact de sa peau douce, il se sentit troublé comme il ne l'avait jamais été avec Jaci. Quoique… Il y avait eu deux ou trois fois…

— Jaci est mon amie, dit-il à Ian. Et ta petite amie.

— Ma fiancée, rectifia ce dernier.

— C'est vrai. Il faut juste que je m'habitue.

Justin se demanda soudain avec inquiétude ce qu'il resterait de leur amitié après cette soirée.

— Ce que je veux dire, c'est que je n'ai pas d'attirance physique pour Jaci. Bon sang, elle est comme une sœur pour moi.

Leur relation avait été platonique... à quatre-vingt-dix-neuf pour cent. Cependant, il était parfois arrivé, au lycée, que le désir s'installe entre eux pendant quelques minutes, et ils y avaient succombé. Chaque fois, Jaci avait insisté pour qu'ils n'en parlent plus jamais, et ils s'étaient revus le jour suivant comme si rien ne s'était passé, afin de ne pas mettre en péril une amitié à laquelle tous deux tenaient plus que tout.

Les poings serrés, Ian ne le lâchait pas des yeux.

— Ce soir-là, j'ai cherché le réconfort dans l'alcool, continua Justin. J'avais besoin de me changer les idées, et j'ai pensé que c'était aussi le cas de Jaci... qui était en fait Jena, dit-il en se tournant vers cette dernière.

Jena lui rendit son regard.

— En ce qui me concerne, tu ne t'étais pas trompé, répondit-elle. Ce jour-là, maman aurait dû fêter son cinquante-troisième anniversaire, et j'avais eu un coup de blues. Mais tu as parlé de plusieurs fois au lycée, où il s'était passé quelque chose entre Jaci et toi. De quelles occasions s'agit-il ?

Justin détourna la tête.

— Je préférerais éviter ce sujet.

— Mais moi, j'ai envie de savoir, intervint Jaci, le fixant d'un air sévère.

Ian se redressa de toute sa hauteur.

— Moi aussi.

Justin fit mentalement une prière pour que son portable se mette à sonner afin de le tirer de ce mauvais pas, mais il resta muet. Pas moyen d'éviter de répondre.

— Tu veux parler de l'année de première, et de ce qui s'est passé dans un coin du gymnase, pendant le match de basket masculin de l'équipe du Mont Vernon ? demanda Jena.

Justin hocha la tête. Il faisait chaud ce jour-là, l'air était irrespirable.

C'était la première fois que la proximité de Jaci avait déclenché chez lui une réaction physique. La première fois qu'elle l'avait regardé avec du désir plein les yeux. Et la première fois qu'il l'avait embrassée.

— Je n'étais pas à ce match, dit lentement Jaci, le regard fixé sur sa sœur.

— C'était moi, dit Jena.

Justin en eut le souffle coupé. La sœur de Jaci, si pudique et sainte-nitouche ? Impossible !

— Il y a eu aussi le barbecue du 4 juillet dans le parc, à la fin de l'année de terminale, poursuivit-il.

Ce qui avait commencé par une étreinte amicale après avoir gagné au lancer de fer à cheval, s'était transformé en un jeu de mains brûlant, pendant lequel il avait caressé ses seins nus pour la première fois. Certes, il avait déjà touché des dizaines de poitrines auparavant, mais les seins de Jaci étaient les plus ronds, les plus doux qu'il eût jamais sentis. Ils avaient fait sur lui une impression durable.

— Encore moi, dit Jena en regardant par terre.

Cette fille, qui avait de la glace dans les veines, aurait été la même que celle qui, haletante, le suppliait de ne pas s'arrêter quand il la caressait ? Certainement pas.

— Et le jour du grand feu au bord du lac, la même année ? ajouta-t-il.

Ils s'étaient éclipsés dans la nature et, à demi dévêtus, s'étaient peu à peu découverts mutuellement, chacun amenant l'autre jusqu'à l'orgasme.

Jena prit une profonde inspiration, puis poussa un long soupir en lui jetant un regard d'excuse.

— Toujours moi.

Nom de nom, jura mentalement Justin.

— Jena Piermont, tu es une petite dévergondée, commenta Jaci avec un sourire amusé.

— Tu m'as si souvent demandé de me faire passer pour toi que j'ai fini par exceller en la matière, se défendit Jena.

En tout cas, elle l'avait bien eu, songea-t-il.

— Je ne compte plus les fois où j'ai passé un examen sous ton nom, poursuivit Jena. Ni celles où je suis allée dans des fêtes à ta place, pendant que tu étais je ne sais où avec je ne sais qui. Je prétextais une migraine et allais m'enfermer dans ma chambre, puis je sortais par la fenêtre en m'agrippant au treillage.

— Pas étonnant si j'aie eu si mauvaise réputation à l'époque, dit Jaci avec ironie.

— Tu avais mauvaise réputation à cause de ta langue acérée, de ton sens de la repartie et de ton mépris de l'autorité, rectifia Justin.

— Ce n'est pas à cause de moi, en tout cas, précisa Jena. Car ça n'est arrivé qu'avec Justin.

A sa propre surprise, il fut plutôt content de l'apprendre.

— Et ça n'arrivera plus jamais, intervint Ian d'une voix ferme.

Son regard sévère alla de Jena à Jaci.

— Sous aucun prétexte, ajouta-t-il.

Jena secoua la tête, penaude.

— Plus jamais. Promis.

En revanche, Jaci ne répondit pas et prit son fiancé par la main, l'entraînant vers sa chambre.

— Allons-y. Ils ont besoin de se parler.

Cette fois, Ian n'opposa pas de résistance.

Justin se sentit soulagé, presque libéré. Finalement, ça s'était passé plutôt mieux que prévu. Sauf que maintenant, il allait avoir affaire à Jena. Une fille qu'il avait ignorée au lycée, et qui était pourtant celle avec qui il avait vécu les moments sensuels les plus marquants de son adolescence. Ces moments-là, il les avait connus avec Jena, pas avec Jaci.

C'était la même Jena qui avait pour habitude de le toiser de son regard snob, la même qui l'avait attiré au lit en se faisant passer pour sa sœur.

Pour l'heure, elle paraissait assez nerveuse et peu sûre d'elle, tentant vainement de retenir Ian et Jaci.

— Mais j'avais préparé à manger...

— Quant à moi, je n'ai rien contre une de ces bières, dit Justin, jetant un regard d'envie aux bouteilles alignées sur la table.

Sa marque préférée.

Jena se précipita pour en ouvrir une et la lui tendit.

La porte de la chambre de Jaci une fois refermée, Justin et Jena se retrouvèrent en tête à tête. Il avala une longue gorgée rafraîchissante.

Un silence embarrassé s'ensuivit, puis Justin sourit.

— Finalement, tu ne vaux pas mieux que toutes ces filles que tu critiquais au lycée parce qu'elles sortaient avec moi.

Elle le fusilla du regard.

— Parce que tu appelles « sortir » se frotter contre toi en te roulant un patin dans le hall du lycée ou dans le vestiaire des garçons ?

« La bonne époque », songea Justin avec nostalgie.

— Je refuse d'être assimilée à ces filles, persista Jena. Cependant, je regrette de t'avoir laissé croire que j'étais Jaci. C'était malhonnête et infect. D'ailleurs, je me suis enfuie lâchement juste après. J'ai honte de ma conduite, ajouta-t-elle en baissant la tête.

— C'est la moindre des choses.

Qui l'eût cru ? Princesse Jena était capable de s'excuser platement et de faire preuve d'un remords sincère, semblait-il.

— Néanmoins, le mot « infect » est peut-être un peu fort.

En fait, il avait adoré chaque minute passée avec elle. Ce n'est qu'avec l'aube que le remords s'était insinué en lui, accompagné d'une gueule de bois qu'il n'était pas près d'oublier.

Par la suite, une question l'avait tourmenté durant des mois.

— Tu étais vierge, n'est-ce pas ?

Il lui était pénible de penser qu'il l'avait déflorée sans les précautions et la patience dont il aurait fait preuve s'il avait été sobre ; peut-être même s'était-il montré brutal. De toute façon, la réponse à sa question avait été visible sur les draps.

— Je préférerais ne pas parler de ça, répondit Jena sans le regarder.

— S'il te plaît, murmura-t-il, en lui prenant le bras doucement, mais fermement, afin qu'elle se tourne vers lui.

Même s'il ne l'appréciait pas — il détestait son côté « bourgeois bien pensant » ainsi que les filles du même style qu'elle appelait ses amies — elle ne méritait pas pour autant...

— A la pensée que j'aie pu te faire mal...

— Pas du tout. J'ai juste ressenti un petit pincement, étant donné que c'était la première fois. Ça a été, assura-t-elle timidement.

Qu'entendait-elle par là ? s'interrogea-t-il. Avait-elle trouvé ça bien, acceptable, ou plutôt médiocre ?

— Du moins... Jusqu'au lendemain matin, ajouta-t-elle.

— Mmm. A mon réveil, j'ai remarqué le préservatif dans la corbeille à côté du lit, il y avait une grosse coupure sur le côté et ça m'a fichu un coup. Non seulement, je me suis dit que c'était la fin de ma belle amitié avec Ian et Jaci, mais en plus, il y avait un risque qu'elle soit enceinte. Là, j'ai paniqué.

Il avala une autre gorgée de bière. Il ne comprenait toujours pas comment il avait pu se montrer aussi inconséquent.

— Surtout quand tu as su qu'il s'agissait de moi et non de Jaci, précisa Jena. Si je me souviens bien, tes mots exacts ont été : « Oh ! mon Dieu. C'est encore pire. »

S'était-il vraiment exprimé à voix haute ? Oui, à en croire le regard blessé de Jena. Bon sang.

Il tenta de se justifier.

— Parce que nous n'avons rien en commun. Il n'y a même pas d'attirance mutuelle.

Il se tut soudain. Ce n'était pas la véritable raison. En fait, après avoir été considéré pendant des années comme un accident de parcours et une gêne par son père, le seul parent qu'il eût jamais connu, il avait pris une résolution.

— Je ne veux pas avoir d'enfants. Ni me marier.

Il ne voulait pas non plus de relation durable avec une femme. Jamais il ne pourrait lui donner ce dont elle avait besoin, en dehors de la chambre à coucher. Il était trop détaché sur le plan émotionnel, à en croire de nombreuses femmes qui avaient attendu de lui plus qu'il n'était capable de leur donner ; et trop égocentrique pour pouvoir partager sa vie avec quelqu'un. Tel père, tel fils, apparemment.

— Ma vie me plaît telle qu'elle est.

Avec des femmes à sa disposition quand il en avait besoin, seulement de temps en temps. Il revendiquait le droit de faire ce qu'il voulait quand il le voulait, à *ses* conditions, sans négociations, explications ni altercations.

— J'ai dit cela parce que j'ai soudain envisagé que la nuit que nous avons passée ensemble ait des conséquences dramatiques. Je suis désolé, Jena. Tu méritais mieux.

Elle était visiblement au bord des larmes. Justin lutta contre une envie inhabituelle de la prendre dans ses bras pour la consoler.

— Ne pleure pas, dit-il d'un ton faussement léger. Finalement, tout s'est bien passé. Tu as l'air en forme, ça t'a fait du bien de t'éloigner de la ville quelque temps. Et il n'y a pas eu de conséquences.

A présent il n'avait plus qu'à partir, sauf qu'il n'en avait pas envie. Il n'arrivait pas encore à accepter l'idée que c'était avec Jena qu'il avait partagé ces instants magiques au lycée. Jena, pas Jaci. Il comprenait mieux pourquoi elle avait insisté chaque fois pour qu'ils n'en reparlent jamais.

Soudain, il entendit les pleurs d'un bébé. Jena se raidit en regardant sa montre.

— Il faut que je...

Le bébé cria plus fort, et quelqu'un frappa à la porte d'entrée.

— J'aurais aimé que nous ayons encore quelques minutes pour en parler, dit Jena d'un ton nerveux en allant ouvrir.

Parler de quoi ? se demanda Justin, vaguement inquiet.

Mandy, la femme d'un des copains de Ian qui avait été tué en Irak, se tenait sur le seuil, un minuscule bébé au visage écarlate dans les bras. Un autre bébé quasiment identique hurlait dans une poussette, et un enfant d'environ seize mois, suspendu dans son dos, pleurait à l'unisson.

— Désolée, dit Mandy. Je sais bien que tu avais dit 19 heures, mais Abbie est devenue hystérique et a entraîné sa sœur, puis Maddie. Il n'y a pas moyen de les calmer.

Jena prit le bébé qui était dans ses bras et Justin sentit soudain une chappe de plomb s'abattre sur ses épaules. Non.

— Cette petite « conséquence » s'appelle Abbie, déclara Jena fièrement en présentant le bébé habillé en rose. L'autre en jaune, que Mandy est en train de sortir de la poussette, c'est Annie. C'est la raison pour laquelle j'ai demandé à Ian de t'amener avec lui ce soir. Maintenant que tu es au courant, tu peux t'en aller.

Quoi ?

Justin ouvrit la bouche pour répliquer, mais aucun son n'en sortit. Il restait pétrifié, les yeux fixés sur Jena qui allait et venait d'un air inquiet, tapotant le dos du bébé pour le calmer.

Des filles. Annie était le prénom de la mère de Jena, et Abbie celui de sa propre grand-mère, qui avait fait de son mieux pour lui apporter l'amour d'une maman et lui inculquer un peu de sagesse, s'efforçant de compenser les absences d'un père indifférent, trop occupé ailleurs pour s'intéresser à son fils. Si elle avait vécu au-delà de son huitième anniversaire, Justin n'aurait peut-être pas suivi les traces de son père en évitant tout attachement ou engagement avec les femmes.

Des jumelles. *Ses* jumelles.

Lorsque la nouvelle se répandrait, certains pères ne manqueraient pas de ricaner et même de rire aux larmes.

« Vivement le jour où un garçon dans ton genre viendra frapper à ta porte pour emmener ta fille passer la soirée avec lui. Espérons qu'il sera aussi peu soucieux de ménager son cœur que tu l'as été avec... »

Peu importait le prénom de la fille. Il y avait eu des dizaines de stupides nanas suspendues au moindre mot sortant de sa bouche. Elles s'étaient offertes à lui, puis s'étaient senties blessées quand il n'avait pas répondu à leur « amour ».

Justin aurait voulu s'enfuir, se réfugier dans son appartement, au calme, pour réfléchir. Mais il ne se laisserait pas congédier comme un simple serviteur.

— Je partirai quand je serai prêt.

— Bien sûr. Parce que tu fais seulement ce que tu veux quand tu en as envie, sans te soucier le moins du monde de l'autre personne.

Peut-être, mais elle-même était loin d'être parfaite, songea-t-il en lui jetant un regard peu amène.

— Jusqu'à ce que quelqu'un ait recours à la tromperie pour m'amener à agir autrement.

Elle ne parut guère affectée par ses paroles.

— Et tu es facile à tromper, parce que tu es tellement creux que tu ne vois que ce que tu veux voir, c'est-à-dire rien de plus qu'un joli visage et une paire de seins, répondit-elle du tac-au-tac.

Jaci sortit de sa chambre, suivie de Ian.

— Que s'est-il passé ? demanda-t-elle, prenant le bébé en jaune des bras de Mandy tandis que Ian sortait Maddie de sa poussette et la tendait à sa mère.

— Abbie a commencé à pleurer et elle a entraîné les deux autres, expliqua Jena.

Ian rejoignit Justin.

— Est-ce que ça va ?

— Tu savais pour les bébés et tu ne m'as rien dit ? lui répondit-il.

Il n'avait eu aucune chance de pouvoir s'y préparer, de savoir quoi répondre ni de prendre le temps de digérer la nouvelle.

— Jena tenait à te l'apprendre elle-même.

— Depuis combien de temps es-tu au courant ?

Les pleurs des bébés résonnaient dans les oreilles de Justin, tandis que la terreur s'insinuait en lui. Ces pleurs sonnaient le glas de la vie qu'il avait connue jusque-là.

— Depuis la soirée au profit de la SOS-Victimes de Jaci.

Justin réfléchit. C'était presque deux semaines auparavant...

— Jena y était ? s'étonna-t-il.

Il avait été chargé de la sécurité pendant l'événement. Comment avait-il fait pour ne pas la remarquer ?

— Il faut vraiment que tu t'entraînes à les distinguer l'une de l'autre, lui dit Ian. Ce n'est pas si difficile. Et il serait peut-être temps de mûrir et d'aider Jena à s'occuper de vos filles.

Leurs filles.

Justin ne voulait pas de filles. Il ne voulait pas être père. Et il refusait que sa vie change au point qu'il ne la reconnaisse plus.

2

Jena tapota doucement le dos d'Abby. Marta lui manquait terriblement… En Caroline du Sud, la chambre de sa vieille nounou se trouvait au fond du couloir. Elle l'avait beaucoup aidée à venir à bout de ses craintes et à prendre confiance en elle en tant que nouvelle maman. Et bien sûr, là-bas, ses filles avaient été de vrais petits anges, sages comme des images.

Ce n'était plus du tout le cas. Le dos cambré, Abbie poussait des cris perçants de façon inhabituelle.

— Ça va aller, mon cœur, murmura-t-elle contre la joue du bébé, plus pour s'en convaincre elle-même.

Aucun résultat. Le cœur de Jena se mit à battre de plus en plus fort.

« Pas de panique. Tu es infirmière, tu es donc capable de gérer cette situation. »

— De quand date son dernier biberon ? demanda-t-elle. D'abord chercher du côté des causes les plus basiques.

— Mme Calvin et moi l'avons nourrie il y a environ une heure et demie, répondit Mandy.

Jena installa Abbie sur la table à langer. Le bébé se mit à gigoter et à agiter ses petites jambes, ne lui facilitant pas la tâche. La couche était propre.

Elle retira ses vêtements et examina le petit corps nu, à la recherche de signes d'irritation ou de quoi que ce soit d'anormal. Excepté un visage rouge de colère, elle nota seulement un ventre un peu ferme, peut-être légèrement gonflé.

« Pourvu que ce soient des gaz. »

Justin revint et lui tendit un biberon plein.

— De la part de Jaci.

Il restait planté là, les yeux fixés sur Abbie, encore sous le choc.

— Je suis désolée que tu l'aies appris comme ça, dit Jena en dépliant une nouvelle couche. J'avais prévu de te l'annoncer plus en douceur...

Un peu de lait s'échappa de la bouche d'Abbie. Jena la tint contre elle en lui frottant le dos.

— Donne-moi une serviette.

Justin s'exécuta.

— Est-ce qu'elle va bien ?

— Je n'en sais rien, répondit-elle avec inquiétude. Elle se sentira peut-être mieux après avoir fait son rot.

A peine avait-elle fini sa phrase que le bébé se mit à tousser et à crachoter.

— On dirait qu'elle a du mal à respirer, fit remarquer Justin.

Jena sentit la panique l'envahir.

« Non. Raisonne comme une infirmière. »

Elle assit Abby sur la table à langer et la pencha en avant tout en lui soutenant le menton et en lui tapotant le dos.

Une fois ses voies respiratoires ainsi dégagées, le bébé fit entendre des cris encore plus intenses. Que faire ?

Des larmes d'impuissance remplirent les yeux de Jena. Elle habilla rapidement sa fille dans une grenouillère de coton, puis retourna dans le séjour et tenta de la faire boire. Mais le bébé garda la bouche fermée et tourna la tête, refusant la tétine.

— Depuis combien de temps est-elle ainsi ? demanda Jena à Mandy.

— Elle a commencé trois bons quarts d'heure avant que je la ramène. Mme Calvin et moi avons tout essayé pour la calmer.

Si Mme Calvin, la voisine du dessus de Jaci, qui avait élevé cinq enfants et l'aidait à s'occuper des jumelles depuis son retour, n'avait pas résolu le problème, Jena doutait qu'elle-même puisse y arriver.

— Elle a dit que parfois, les bébés avaient juste besoin de pleurer, ajouta Mandy.

Mais pas comme ça, depuis près d'une heure. Et que se passerait-il si Jena n'était pas là pour sentir les besoins de sa fille ? Est-ce que la personne qui la garderait la laisserait pleurer, seule dans sa chambre, pendant des heures et des heures, sans percevoir sa gêne et sa détresse, persuadée que « parfois les bébés ont juste besoin de pleurer » ?

Jena sentit son cœur se serrer. Bien sûr, elle écrirait une note pour expliquer la manière dont il fallait réagir à l'avenir pendant son absence, mais elle n'avait aucune garantie que ses désirs soient respectés.

Justin s'approcha d'elle.

— Il faut l'emmener chez un médecin, déclara-t-il de sa voix de policier, semblant vouloir prendre les choses en main.

— Je surveillerai Annie, proposa Jaci.

— Mais... Ce ne sont peut-être rien d'autre que des ballonnements, dit Jena d'une voix tremblante.

— Mais on n'a pas de certitude, dit Justin.

— Je n'ai pas de pédiatre dans le coin et de toute façon, à cette heure-ci, leurs cabinets sont fermés. Et il n'est pas question que je l'emmène dans la salle d'attente d'un service des urgences bondé de gens malades, dit Jena.

Elle se mit à faire les cent pas en tapotant le dos de sa fille, qui pleurait toujours. Que faire, mon Dieu ? Que faire ? Et pour couronner le tout, elle n'avait pas d'assurance maladie et plus de cartes de crédit. Ils ne pouvaient tout de même pas la renvoyer pour défaut de paiement ? Ce serait terriblement humiliant. Mais ce qui importait avant tout, c'était Abbie.

— Je connais un centre pédiatrique où l'on traite les urgences, dit Justin. A peine à vingt minutes d'ici.

Parfait. Avec un peu de chance, Abbie s'endormirait pendant le trajet et ils n'auraient pas besoin d'y entrer, songea Jena.

— Il faut que quelqu'un m'emmène.

Elle eut une grimace amère. C'était assez pathétique : gosse de riche habituée à être emmenée où elle voulait par leur chauffeur particulier, elle n'avait jamais jugé utile d'apprendre à conduire. Résultat : à vingt-quatre ans, elle n'était pas fichue d'emmener faire soigner son enfant malade.

— Je t'accompagne, dit Justin.

Elle aurait plutôt pensé à Jaci, Ian ou Mandy, mais il ne lui laissa pas le temps de réagir.

— Allons-y, ajouta-t-il en se dirigeant vers la porte.

Comme si une mère de deux bébés pouvait être prête à partir en un claquement de doigts. Ah, les hommes...

— Tiens, voilà un siège auto, dit Ian en sortant de la seconde chambre que Jena partageait actuellement avec ses filles.

Jena sourit. Heureusement, ils n'étaient pas tous à côté de la plaque comme Justin.

— J'ai rempli à ras bord le sac de couches, annonça Jaci.

Elle le tendit à Justin, qui resta à le fixer, les bras ballants, comme s'il risquait de se brûler en avançant la main.

— J'aime le rose, décréta sèchement Jena en saisissant le sac dont elle glissa la bandoulière sur son épaule. Est-ce que la couleur du siège auto te convient, ou bien faut-il aussi que je le porte ?

Elle enveloppa Abbie dans une petite couverture et Jaci glissa un bonnet rose sur les cheveux du bébé, l'accompagnant d'un baiser sur la joue.

Justin sortit de sa léthargie et prit le siège auto des mains de Ian.

— Le ciel me vienne en aide, gémit-il. Je n'avais jamais vu Jena sous ce jour. Elle a la langue aussi acérée que sa sœur.

Pas tout à fait. Néanmoins, Jena sourit, plutôt flattée de la comparaison : Jaci savait se défendre. Elle ne laissait personne profiter d'elle et pouvait tout gérer.

Avec Justin au volant, le trajet vers le centre médical d'urgence, prévu pour durer vingt minutes, fut réduit à moins d'un quart d'heure. Accélérer de manière intempestive, franchir les lignes jaunes et ignorer les feux rouges, tout cela faisait apparemment partie des prérogatives du métier de policier. Si elle n'avait pas été attachée solidement à l'arrière du 4x4, Jena aurait sans nul doute valdingué d'un côté à l'autre. Elle ne put que s'agripper au siège auto de sa fille, en sécurité à côté d'elle.

Les pleurs incessants d'Abbie résonnaient dans sa tête et il lui semblait qu'ils vibraient à travers tout son corps.

Justin finit par ralentir et pénétra sur le parking d'un bâtiment situé dans une partie peu engageante de la ville. Jena jeta un coup d'œil aux alentours. C'était ça, le centre d'urgence pédiatrique ? Il n'avait l'air ni professionnel, ni propre, ni sûr.

Comment dire poliment : « Il n'est pas question que j'emmène ma fille dans ce taudis ? »

D'un bond, Justin sauta hors de la voiture, alla ouvrir de son côté et glissa la tête à l'intérieur.

— Je retrouve la Jena que je connais, railla-t-il. Veux-tu sortir Abbie du siège ou bien on emporte tout ?

La Jena qu'il connaissait ? Elle détacha sa fille, la prit dans ses bras et la serra précautionneusement contre elle en sortant de la voiture.

— Que veux-tu dire par là ?

Mais elle connaissait déjà la réponse. A l'école, on la traitait de snob parce qu'elle était calme et réservée, bonne élève et... riche.

En réalité, elle était tout sauf snob. Elle réagissait comme toute mère inquiète qui souhaitait que sa fille soit examinée par un praticien compétent, au sein d'un établissement médical de qualité et bien équipé.

Sans rien dire, Justin posa sa large main sur le bas de son dos et l'entraîna vers la grande porte vitrée.

— Tu ne me connais pas du tout, affirma-t-elle.

Il n'y était pour rien. Afin d'éviter les conflits et de satisfaire aux exigences de tout le monde, Jena avait tendance à gommer sa véritable personnalité et faire taire ses propres désirs, afin que les gens autour d'elle soient heureux. Eh bien, ce temps-là était révolu.

— Tu as raison, répondit Justin en ouvrant la porte. Je ne te connais pas. Mais à qui la faute ?

Jena ne put s'empêcher de sourire. Bien vu.

L'intérieur du bâtiment était heureusement beaucoup plus agréable que l'extérieur. En fait, il ressemblait à un hôpital et en avait l'odeur. Jena se détendit légèrement. Mais les cris perçants d'Abbie attirèrent l'attention de la dizaine de personnes assises dans la salle d'attente, ainsi que de la femme d'une cinquantaine d'années qui se tenait à l'accueil. Tout le monde les regardait.

— Salut, beau gosse, dit la femme en gratifiant Justin d'un sourire chaleureux. Qu'est-ce que vous nous amenez ce soir, sans votre uniforme ?

— Salut, Gayle, répondit Justin. C'est ma... euh... ma...

La femme baissa la tête et le regarda par-dessus ses lunettes.

Effectivement... Comment décrire leur relation ? se demanda Jena. Etait-elle son amie ? Pas vraiment, ils se connaissaient à peine. Son amant ? Encore moins. Ils n'avaient fait l'amour qu'une seule fois, et encore, c'était après avoir bu quelques verres... Comment qualifier une quasi-inconnue, qui se contentait d'être la mère de deux bébés dont il venait de découvrir l'existence et dont il ne voulait pas ? Pas simple.

Jena se décida.

— Je suis une amie de Justin, dit-elle en serrant la main de Gayle. Et voici ma fille, Abbie. Elle est âgée de six semaines et n'arrête pas de pleurer depuis une heure et demie. Elle n'a pas de fièvre, mais son ventre est ferme et un peu gonflé. Elle refuse son biberon et... nous avons pensé qu'il valait mieux la faire examiner pour s'assurer qu'il n'y avait rien de sérieux, ajouta-t-elle après un coup d'œil à Justin.

Gayle tapota sur son ordinateur.

— Votre carte d'assurée, s'il vous plaît ?

— Je... je n'ai pas d'assurance actuellement, avoua Jena dans un murmure. Mais si vous acceptez un paiement échelonné, je vous promets de régler tous les frais.

Après lui avoir jeté un coup d'œil sceptique, Gayle regarda Justin d'un air désapprobateur.

— Le bébé est aussi ma fille, déclara-t-il d'une voix ferme. Je ferai en sorte que tout soit payé.

Gayle n'aurait pas pu avoir l'air plus choquée s'il l'avait frappée en pleine figure. Mais elle se ressaisit aussitôt et tendit à Jena un porte-bloc et un stylo ainsi que des papiers à remplir, le tout accompagné d'un regard plein de commisération.

Rouge de confusion, Jena réprima un soupir. Elle détestait se trouver dans cette situation.

— Merci, murmura-t-elle simplement.

Tout en tenant Abbie d'une main contre sa poitrine, elle remplit les papiers de l'autre.

Après y avoir jeté un coup d'œil, l'expression de Gayle changea.

— Vous êtes une des jumelles Piermont ? dit-elle avec étonnement.

Jena serra les poings. Parce qu'une Piermont n'avait pas besoin d'un paiement échelonné et ne cadrait pas avec leur petit centre de soins ?

— Pas un mot, Gayle, avertit Justin.

Comme quelqu'un qui ne voulait pas que la rumeur se répande qu'il était lié à elle d'une quelconque façon, ou qu'il était devenu père. Eh bien, elle et ses filles se passeraient de lui, songea Jena.

— Me voilà démasquée, dit-elle avec un rire forcé.

Elle se redressa et releva le menton : elle savait mieux que personne adopter une allure de circonstance si nécessaire.

— Vous voyez, vous n'avez aucun souci à vous faire pour le règlement, puisque je suis millionnaire.

Une millionnaire sans un dollar en poche...

— Chhhut, murmura-t-elle contre l'oreille d'Abbie. Tout ira bien.

Justin sourit. Oui, tout allait bien se passer pour ses filles et leur mère... une fois qu'Abbie aurait cessé de pleurer, que Jena aurait été opérée et qu'elle aurait trouvé le moyen de récupérer son argent.

Justin suivit Jena dans le couloir qui menait aux salles d'examens réservées aux bébés. Un paiement échelonné... Il était absolument aberrant que Jena Piermont, qui appartenait à l'une des quatre cents familles les plus riches d'Amérique, ait demandé à payer en plusieurs fois pour une facture qui s'élèverait au maximum à deux cents dollars. Et elle n'avait pas d'assurance maladie ? Les frais d'hôpital et de médecins avaient dû être considérablement élevés pendant la grossesse et pour l'accouchement. Mais de là à vider son compte en banque...

Non. Elle avait certainement dû vivre dans le luxe et adopter un style de vie au-dessus de ses moyens, ce qui expliquait ses problèmes.

— Merci, Mary, dit-il à l'infirmière en chef qui les avait conduits à la salle d'examen.

— Je suppose que des félicitations sont de rigueur, répondit-elle.

Justin leva les yeux au ciel.

— Evidemment, Gayle n'a pas pu tenir sa langue. Dites-lui que je ne lui apporterai plus de café quand je serai de patrouille.

Mary sourit.

— Si tu voulais qu'Abbie et moi restions ton honteux petit secret, pourquoi nous avoir emmenées dans un endroit où tu connais du monde ? demanda sèchement Jena.

Elle allongea Abbie sur la table d'examen recouverte d'une feuille de papier et commença à la déshabiller.

Parce qu'il n'avait pensé qu'à sa fille, à la faire bénéficier des meilleurs soins le plus rapidement possible, répondit silencieusement Justin. Etant donné qu'il se rendait souvent aux urgences de ce centre dans le cadre de son travail et leur fournissait aussi des agents de sécurité le soir, il savait qu'ils s'occuperaient d'eux immédiatement. Et même si Gayle n'avait pas pu se retenir de parler à ses collègues, il savait que cela ne sortirait pas du cadre du centre médical.

Jena installa sa fille sur le pèse-bébé. Justin en profita pour regarder de plus près le bébé qu'il avait contribué à créer : dix minuscules doigts qui s'ouvraient, puis se refermaient pour former de tout petits poings ; dix autres doigts attachés à d'adorables petits pieds ; une tête ronde recouverte de fins cheveux blonds ; un ventre rebondi planté d'un mignon nombril. Bref, une véritable merveille que l'on avait envie de couvrir de baisers.

Justin fut heureux d'entendre Jena résumer en quelques mots une grossesse sans histoire. Puis elle plaça l'embout du thermomètre sous l'aisselle d'Abbie et lui maintint le bras sur le côté.

— Vous êtes infirmière ? demanda Mary.

Jena hocha la tête en silence.

Pour ce que Justin en savait, elle n'avait pourtant fait que tenir lieu d'infirmière à sa mère qui avait été handicapée physique et mentale suite à un traumatisme crânien. Lorsqu'elle était morte quelques années auparavant, Jena avait servi d'assistante à son bon à rien de frère.

— Mais actuellement, je me sens surtout nerveuse en tant que maman pour la première fois, alors faites comme si je ne savais rien, dit Jena.

— J'ai moi-même deux enfants alors, je peux comprendre, répondit Mary.

Le thermomètre émit un bip.

— Elle n'a pas de fièvre, annonça-t-elle. Des allergies ?

— Pas que je sache.

Jena prit sa fille contre elle et recouvrit son corps nu d'une petite couverture de laine rose. Rapidement, elle résuma le nombre de ses repas, les quantités ingérées et la fréquence de ses selles. Toutes choses qu'un père devrait savoir, aussi Justin écouta-t-il avec attention.

— Je vais demander au Dr Morloni de venir vous voir dès que possible, dit Mary.

— Merci, répondit Justin. A propos, que faites-vous ici aussi tard ?

— Denise est partie. Au moins ce soir, j'ai de l'aide, mais demain et dimanche je serai toute seule. Vous ne connaîtriez pas des infirmières qui cherchent du travail ?

— Quels sont les horaires ? demanda Jena.

— De 16h à minuit. Cela vous intéresserait ?

— Si cela peut me permettre de payer la visite…

Mais Justin intervint, interrompant Jena.

— Elle n'est pas intéressée, assura-t-il. Etant mère de jumelles de six semaines, elle doit rester chez elle pour s'en occuper.

Pendant une fraction de seconde, Jena le foudroya du regard et il crut qu'elle allait exploser comme Jaci le ferait, en lui disant de s'occuper de ses affaires. L'incident n'échappa pas à Mary, qui écarquilla les yeux.

Pourtant, l'expression de Jena redevint rapidement neutre.

— Ma décision de travailler ou pas ne regarde que moi, tu n'as pas ton mot à dire, déclara-t-elle. Et que je décide de m'occuper des jumelles moi-même ou de faire appel à quelqu'un pour les garder en mon absence, je ne te demanderai aucune aide, rassure-toi. Mon retour en ville et au travail n'aura aucun impact sur ta vie. Tu es libre de continuer à la mener comme si nous n'existions pas.

Eh bien ! Quelques mots bien sentis pouvaient vraiment avoir la force d'une gifle en pleine figure.

Mary gratifia Jena d'un large sourire.

— On discutera toutes les deux avant que vous ne repartiez, assura-t-elle. Regardez…

Elle montra Abbie, qui s'était endormie dans les bras de sa maman.

Fermant les yeux, Jena poussa un soupir de soulagement en posant la main sur la tête de sa fille.

— Puisque vous êtes là, autant que le docteur vous voie, ajouta Mary à voix basse.

Lorsqu'ils se retrouvèrent tous les deux seuls, Justin en profita pour s'expliquer.

— Je ne voulais pas dire que tu devais rester avec les jumelles vingt-quatre heures sur vingt-quatre parce que je ne veux rien avoir à faire avec elles, commença-t-il d'une voix douce, pour ne pas réveiller le bébé.

C'était surtout parce qu'il voulait éviter que ses filles se retrouvent ballottées d'une garde à l'autre, comme cela s'était passé pour lui. Il voulait qu'elles puissent s'endormir dans leur propre lit et se réveiller dans un environnement familial ; qu'elles aient un espace à elles, où elles se sentent en sécurité, aimées et désirées.

— J'ignore totalement comment m'occuper d'elles. Mais je ferai tout pour me rendre utile.

Certes, les enfants n'avaient jamais fait partie de ses projets. Cependant, puisqu'il en avait, il se promettait d'être un meilleur père que celui qu'il avait eu.

— Tu es plein de surprises, dit Jena avec un demi-sourire. J'étais persuadée que tu exigerais un test de paternité pour tenter de prouver qu'elles n'étaient pas de toi.

Il éclata d'un rire forcé et répondit sans réfléchir.

— En tout cas, si tu as agi dans l'intention de te faire épouser, tu aurais dû jeter ton dévolu sur quelqu'un d'autre.

Apparemment, il avait le chic pour dire ce qu'il ne fallait pas : elle le foudroya d'un regard indigné.

— Jamais, au grand jamais je ne ferais ça ! Comment peux-tu seulement penser une chose pareille ?

— Chhut, pas trop fort, dit-il, en désignant le bébé endormi. Les femmes font ça tout le temps.

Justement, c'était arrivé il y a peu à quelqu'un qu'il connaissait.

— Eh bien, pas moi.

Bien sûr que non.

— Tu n'en as pas besoin, tu es belle et riche. Les hommes doivent faire la queue devant chez toi pour te demander en mariage.

Son manque de personnalité étant largement compensé par son sex-appeal, ajouta-t-il pour lui-même.

Elle détourna les yeux, pas assez vite cependant pour qu'il n'ait le temps d'y voir une lueur de tristesse.

— Parce que les seules raisons pour lesquelles on voudrait m'épouser, ce serait mon physique et mon argent ?

Décidément...

— Ce n'est pas ce que j'ai voulu dire.

Son téléphone se mit alors à sonner. C'était son ami Ryan.

— Il faut que je réponde, dit-il en se tournant vers le mur.

— Désolé, dit-il à Ryan. J'ai été retenu.

Et du coup, il avait complètement oublié leur partie de poker du vendredi soir. D'habitude, il avait toujours hâte de retrouver les copains... Il soupira. Déjà, Jena et les bébés chamboulaient sa vie.

— Enfin, quoi, ce n'est pas sérieux, protesta Ryan. C'était ton tour d'apporter la bière.

— Je ne crois pas que tu sois autorisé à utiliser un portable ici, fit remarquer Jena derrière lui.

Naturellement, Ryan l'entendit.

— Ah, non ! Ne me dis pas que tu nous as lâchés pour une femme. Première règle d'une soirée de poker !

— Je sais, je sais. Ne jamais laisser une femme perturber le jeu, dit Justin.

Il baissa la voix.

— Mais que dis-tu de *deux* femmes ?

Après tout, Abbie était là aussi.

— Toi alors..., dit Ryan d'une voix admirative. Rappelle-moi plus tard pour me raconter.

Il y avait peu de chances...

Se retournant après avoir raccroché, Justin croisa le regard furieux de Jena.

— Charmant, dit-elle d'un ton sarcastique. Tu crois peut-être que je ne me doute pas de quoi tu parlais. Et en présence de ton enfant, qui plus est.

Qui était âgée d'à peine six semaines...

Grâce au ciel, le médecin entra à cet instant.

— Bonjour, Justin, dit-il en lui serrant la main. Qui avons-nous ici ?

— Ma fille.

Cette fois, les mots étaient sortis plus facilement.

— Elle a six semaines, précisa-t-il, fier d'avoir engendré un bébé aussi parfait, même s'il n'avait fait que fournir des spermatozoïdes forts et déterminés.

Deux d'entre eux l'avaient été, en tout cas, puisqu'Annie était identique à sa sœur.

— Si en grandissant elle ressemble à sa mère, vous feriez mieux de garder en permanence un fusil chargé à proximité, plaisanta le médecin.

Certainement. Et il le pointerait sur tous les hommes qui regarderaient ses jumelles de la manière dont le Dr Charmeur — c'était le surnom que lui donnait le personnel — regardait Jena. Tout en étant surpris de cet accès de jalousie, il s'imagina avec plaisir visant le médecin.

Jena sourit à ce dernier.

— En fait, elles sont deux. Abbie a une sœur jumelle qui est gardée par *ma* sœur jumelle.

— Oh.

Le médecin tapota l'épaule de Justin.

— Bon courage. Qu'est-ce qui vous amène ici ce soir ? ajouta-t-il en se tournant vers Jena.

Pendant qu'elle retraçait le passé médical d'Abbie et les événements de la soirée, Justin l'observa attentivement, bien décidé à repérer les différences entre elle et Jaci. Déjà, il avait noté que Jena était plus douce, plus féminine et qu'elle s'exprimait plus correctement. A l'évidence, elle se laissait aussi facilement emballer par le premier baratineur venu pas trop mal de sa personne. Elle avait même l'air suspendu aux lèvres du Dr Charmeur.

Justin se sentit prêt à défendre son territoire. Jena était la mère de ses enfants, et il n'allait sûrement pas rester là à la regarder devenir une proie facile entre les griffes d'un médecin prédateur. Il n'avait pas non plus l'intention de laisser un autre mâle s'immiscer dans la vie de ses filles. Elles étaient à lui.

D'un seul coup, sa vie à lui était devenue beaucoup plus compliquée. Au moins toutes les infirmières s'accordaient à dire que le Dr Morloni était un excellent médecin n'ayant pas son pareil pour rassurer les malades — ce qui ne l'empêchait pas d'être un peu dragueur sur les bords.

Abbie poussa des cris de protestation lorsque le stéthoscope entra en contact avec sa peau, et que les doigts du Dr Morloni lui appuyèrent sur le ventre et qu'il lui examina les oreilles.

Certes, Justin n'était pas médecin, mais il fit mentalement son propre diagnostic : « Poumons : sains. Cordes vocales : en parfait état de marche. Caractère : à revendre. »

Il était content du choix du prénom de sa fille. Sa grand-mère Abbie l'aurait adorée au premier coup d'œil. Il éprouva une brusque envie — fort paternelle — de prendre sa fille dans ses bras pour la protéger de l'homme qui la tourmentait.

— Elle a l'air en forme, conclut le Dr Morloni — ou plutôt, le Dr Charmeur. Vous pouvez la rhabiller.

— Peux-tu me donner le sac de couches ? Il faut que je la change, dit Jena à Justin.

Il posa le sac sur la table.

— Ses oreilles semblent parfaites, résuma le médecin. Ses poumons sont nets, ses intestins ont l'air de bien fonctionner. L'abdomen n'est pas trop mou, il n'y a pas de blessures visibles. Elle bouge librement ses extrémités. Je suppose donc qu'elle a eu quelques gaz. Si cela se reproduit, il pourrait s'agir de coliques. Parlez-en à votre pédiatre.

— Pouvez-vous m'en recommander un bon ? demanda Jena. Dans deux semaines, mes filles devront avoir leur prochaine série de vaccins.

— Si cela vous intéresse, nous donnons aussi des consultations en pédiatrie sur rendez-vous.

Elle n'était sûrement pas intéressée, songea Justin. Ce centre médical n'était pas assez classe pour quelqu'un comme Jena Piermont.

— Ce serait super, répondit-elle avec un sourire éclatant, comme il n'en avait jamais vu chez Jaci elle-même. Pourrais-je demander à passer avec vous ?

Non. Le Dr Blake était un bien meilleur choix. De plus, il était marié et rondouillard, le Dr Blake.

— Je me sentirais vexé si vous ne le faisiez pas, répondit le Dr Charmeur.

Il risquait d'être beaucoup plus que vexé une fois que Justin en aurait fini avec lui.

Que diable se passait-il ? Jena était la plus calme des deux, la plus effacée et la plus coincée. Habituellement, les gens n'étaient pas attirés par elle. Pourtant, elle plaisait à Mary… et au Dr Charmeur, à tel point que Justin se demandait s'il n'allait pas devoir assister à toutes les consultations pédiatriques pour empêcher Jena de tomber dans ses filets.

Une fois Abbie changée et rhabillée, Jena la tint contre elle tout en tentant de verser de l'eau dans un biberon.

— Je peux la porter, lui proposa Justin.

— Ce n'est pas nécessaire.

— J'en ai envie, insista-t-il.

Elle était sa fille et il voulait agir en bon père.

Jena leva les yeux sur lui.

— Merci, lui dit-elle. Merci de ne pas avoir douté que les jumelles étaient de toi, et d'avoir pris la nouvelle beaucoup mieux que je ne l'aurais cru.

En réalité, il était encore un peu traumatisé. Mais il était aussi certain d'une chose : il serait là pour ses filles.

Jena déposa Abbie dans ses bras. Elle était si petite, si délicate. Il se sentit maladroit, avec des mains trop grandes.

— Tiens-lui la tête.

Elle positionna ses mains aux bons endroits, puis mesura une dose de lait en poudre et la versa dans le biberon.

— Il me faut un micro-ondes.

— Au bout du couloir, troisième porte sur ta gauche.

Soudain seul avec son bébé en pleurs pour la première fois, il prit conscience de sa responsabilité de parent. Que connaissait-il de la paternité ? Savait-il nourrir un bébé, l'habiller, calmer ses pleurs ? Non. Il frotta doucement le dos d'Abbie comme il avait vu faire Jena.

— Papa s'occupe de toi pendant que maman réchauffe ton biberon, murmura-t-il.

Papa et maman. Tous les deux. Comme il aurait aimé avoir une vraie maman quand il était petit… Grand-mère Abbie avait essayé, mais elle était vieille et fatiguée. Il aurait aussi aimé avoir un vrai père ; un qui s'intéressait à son gamin, qui allait visiter sa salle de classe le jour de la fête scolaire et assistait aux entraînements et aux matchs de base-ball ; ou qui emmenait son enfant dîner au restaurant et appréciait de passer du temps avec lui, au lieu de toujours chercher à prendre du bon temps avec des femmes qui défilaient continuellement, au point qu'il ne pouvait s'en rappeler une seule.

Déjà, Jena revenait avec le biberon, et Justin tendit la main pour s'en saisir.

— Tu n'es pas obligé, dit-elle.

— Je veux le faire.

Jena eut l'air surpris, ce qui pouvait se comprendre. L'homme qui, jusqu'à présent, n'avait jamais été attiré par les bébés, avait envie que ce soit lui qui calme sa fille et la fasse manger.

— Alors, assieds-toi.

Justin s'exécuta et elle repositionna le bébé dans ses bras.

— Garde sa tête surélevée.

Il approcha la tétine des lèvres d'Abbie et elle se mit à téter goulûment, comme si elle n'avait rien mangé depuis des semaines.

Tous deux contemplèrent leur fille en silence. Les yeux clos, elle émettait des petits bruits de contentement. Justin se dit qu'il n'oublierait jamais cet instant.

C'était peut-être l'occasion de poser à Jena la question qui le turlupinait depuis le matin où il avait appris qu'il avait passé la nuit avec elle, et non avec Jaci.

— Pourquoi as-tu fait ça ? demanda-t-il. Pourquoi avoir couché avec moi en te faisant passer pour Jaci ?

Jena marcha jusqu'à l'évier et lui répondit le dos tourné.

— J'éprouvais une sorte de... fascination pour toi quand on était au lycée.

Décidément, il n'était pas au bout de ses surprises.

Elle ouvrit un tiroir et parut très intéressée par son contenu.

— C'est pour ça que je me suis inscrite au club d'astronomie. Pour que papa m'achète un télescope très puissant, ajouta-t-elle en souriant par-dessus son épaule.

Elle ferma le tiroir et en ouvrit un autre.

— Savais-tu que ce télescope m'a permis, depuis notre mansarde, d'avoir une vue plongeante sur ta chambre à coucher dans la maison de ton père ?

Il sourit. Non, il ne le savait pas.

— Donc, toi et Jaci...

— Seulement moi, pas Jaci, coupa Jena. Elle ignorait tout, je le jure.

Du coup, il se sentit tout émoustillé à la pensée que Jena l'épiait dans sa chambre.

— En fait, tu étudiais plus que tu ne le laissais paraître en classe, observa-t-elle.

Parce que son père n'avait pas eu la vie facile et il ne s'était pas attendu à mieux. Curieusement, le passé ressortait parfois dans les rugissements de la voix de son père.

— Tu dois lui faire faire son rot.

Jena posa un bavoir sur son épaule et lui montra comment

procéder. Quand elle se pencha, Justin respira son parfum, plus fleuri et plus frais que celui de Jaci. Il en prit mentalement bonne note.

— Je faisais beaucoup plus qu'étudier dans cette chambre, tu le sais très bien.

Elle ne répondit pas, mais ne put se retenir de rougir.

— Quelle voyeuse tu fais...

Elle ne se défendit pas.

— Tu avais l'air gentil et attentionné avec chacune d'elles. Parfois, tu allumais des bougies...

Il sourit. Tout était bon pour attirer la fille du moment dans son lit.

— Avant que nous nous rencontrions dans le bar, j'avais eu une terrible dispute avec mon frère, poursuivit Jena. Il voulait m'obliger à épouser un homme que je ne connaissais pas et avait eu des mots très durs.

Abbie choisit ce moment pour faire son rot.

— C'est très bien, ma fille, la félicita Jena.

Justin se débrouilla seul pour lui faire finir le biberon et n'en fut pas peu fier, si insignifiant que cela puisse paraître.

— Pour en finir avec ce fameux soir, acheva Jena. Quand le barman m'a demandé de te ramener chez toi, je n'ai pas du tout pensé : « Oh ! génial, à mon tour d'être au lit avec lui. » Ma seule préoccupation était que tu rentres sain et sauf. Et je me suis dit que tu me suivrais plus facilement si je te laissais croire que j'étais Jaci plutôt que Jena.

Elle avait eu raison.

— N'empêche que tu as fait le premier pas, nota Justin.

— Je sais, répondit-elle, sans paraître le moins du monde repentante. Quand on s'est retrouvés seuls, toi et moi, dans ton appartement, je me suis rappelé la sensation de tes mains sur mon corps, au lac. J'avais envie de la retrouver, et je voulais plus encore. Avec toi. Je ne tenais pas à perdre ma virginité avec un homme pour lequel je ne ressentais rien, qui m'épouserait uniquement pour mon argent. Je voulais vivre cette expérience avec toi.

Jena l'avait vu être attentionné avec les filles qui, autrefois, venaient dans sa chambre. Mais ce soir-là, il avait trop bu pour remarquer son inexpérience et traiter avec précaution son corps intact...

S'il n'avait pas eu Abbie dans les bras, Justin se serait volontiers frappé la tête contre le mur pour se punir.

— De toute façon, c'est fait, conclut Jena avec un haussement d'épaules. La prochaine fois, ce sera mieux, parce que je saurai à quoi m'attendre. Et j'espère que l'homme avec lequel je serai alors *me* dira que *je* suis spéciale et combien c'est bon avec *moi*.

Il se sentit soudain très embarrassé.

— Je suis désolé.

— Oh ! ce n'est pas ta faute.

— A propos, quand tu dis : « La prochaine fois, ce sera mieux », est-ce que cela signifie que tu n'as pas eu d'autres amants que moi ?

Jena prit son temps pour répondre, comme si elle effectuait en même temps une plongée dans le passé.

— Tu sais... Avec les nausées matinales, puis la fatigue de devoir porter mon gros ventre rond, je n'étais pas vraiment d'humeur à chercher l'amour. Tu es donc, à ce jour, le seul homme que j'aie jamais eu.

Sans savoir pourquoi, l'idée d'être le seul fut loin de déplaire à Justin.

3

Après avoir parlé à sa sœur au téléphone, Jena se tourna vers Justin qui conduisait en silence. Il n'avait pas dit un mot depuis qu'ils avaient quitté le centre médical et semblait plongé dans ses pensées.

— Jaci a dit qu'Annie dormait profondément.

— Mmm.

— Puisqu'il en est de même pour Abbie, pourrais-tu, s'il te plaît, faire un détour par la maison ? Comme Mary m'a engagée et que je commence demain après-midi, je voudrais récupérer mes uniformes d'infirmière.

— Ne reprends-tu pas le travail un peu trop tôt ? dit-il tout en s'exécutant. Et puis d'abord, as-tu seulement de l'expérience en pédiatrie ?

Elle sourit.

— Tu m'as l'air plutôt ronchon, aujourd'hui.

— Abbie a pleuré pendant des heures cette nuit, poursuivit-il sans répondre. Que se passera-t-il si elle recommence demain soir, et que sa mère n'est pas là pour s'en occuper ?

— Il n'est pas question que je la laisse seule à la maison, voyons ! Aie donc un peu confiance en moi. Avant d'accepter le job, j'ai appelé Jaci pour m'assurer qu'elle pouvait s'occuper des filles. S'il y a un problème, elle appellera le centre médical comme nous l'avons fait cette nuit, et je l'attendrai avec un médecin.

— Si tu as besoin d'argent…

Jena haussa les épaules. La question était plutôt de savoir quelle serait la réaction de Jaci devant garder les jumelles plus d'une heure ou deux. C'était l'occasion ou jamais de le savoir.

— Merci, mais si j'ai besoin d'argent, je travaillerai pour l'obtenir.

Et le chèque qu'elle toucherait, elle le déposerait sur son compte en banque personnel dont elle avait seule le contrôle.

— Pour ton information, sache que, en plus de mon expérience de six années auprès de ma mère, j'ai également travaillé auprès de généralistes dans un cabinet médical, lorsque j'étais en Caroline du Sud. Dans les deux cas, j'ai obtenu d'excellentes recommandations, parce que, bien que tu n'aies pas l'air de penser grand bien de moi, je travaille dur et suis une excellente infirmière.

Justin ralentit à l'entrée de l'allée qui menait à la propriété et baissa la vitre pour parler au gardien qui sortait de sa maisonnette.

L'homme se pencha vers lui, l'air renfrogné, mais son visage s'éclaira quand il aperçut Jena.

— Bonjour, Mitch.

— Oh ! bonsoir, mademoiselle. Bienvenue chez vous. Est-ce que M. Piermont vous attend ?

Oh ! non...

— Parce qu'il est ici ? Un vendredi soir ?

Elle faillit demander à Justin de rebrousser chemin.

— Oui. Il faut que je vous annonce, dit Mitch.

— Vous voulez bien l'appeler une fois que nous aurons franchi le portail ? demanda-t-elle avec son plus doux sourire.

Il hésita, puis lui rendit son sourire.

— C'est bien parce que c'est vous, mademoiselle.

Jena sourit. Cela payait de se montrer gentille et généreuse avec ses employés.

Justin s'engagea dans l'allée.

— Pourquoi faut-il que tu te fasses annoncer dans ta propre maison ? Et pourquoi t'es-tu installée chez Jaci ? Tu me caches quelque chose, Jena...

Tout éclairée, l'imposante demeure aux grandes colonnes blanches était impressionnante. Sur la droite, Jena remarqua les magnifiques parterres de plantes vivaces qui avaient fait la fierté et la joie de sa mère, ces massifs étaient encore plus mis en valeur par les topiaires dont les feuilles étaient toujours impeccablement sculptées.

Il y avait tant de souvenirs heureux dans cet endroit. Jusqu'à ce que le cancer du sein de sa mère envahisse leurs vies, auparavant si parfaites. Chimiothérapie. Rayons. Perte des cheveux. Affaiblissement. Nausées. Vomissements. Et double mastectomie.

Après cela, la relation de ses parents avait changé. Sa mère avait changé. Et la vie aussi.

La chaleur de la large main de Justin lui tapotant la cuisse la ramena au présent.

— Est-ce que ça va ?

Jena hocha la tête.

— J'étais perdue dans mes souvenirs…

Elle aurait voulu oublier le caractère de Jerald. S'il n'avait jamais levé la main sur elle, il avait souvent frappé Jaci quand il était en colère. Parce qu'elle lui tenait tête et le défiait, ce que Jena avait fait pour la première fois seulement quand elle avait quitté la ville.

Ils ne s'étaient pas adressé la parole depuis bien longtemps.

Debout sous le porche principal, Jerald l'attendait. Elle avait eu tort d'amener Justin, cela n'allait faire qu'empirer les choses.

Brièvement, elle posa sa main sur la sienne.

— S'il te plaît, reste dans la voiture.

— Ta main est froide comme de la glace.

A quelques mètres du porche, Justin freina et se tourna vers elle.

— Que se passe-t-il ? insista-t-il.

— Je ne suis pas dans les bonnes grâces de mon frère, en ce moment.

Et un Jerald fou de rage était quelque chose d'effrayant à voir.

— Peut-être vaudrait-il mieux que je revienne demain, quand il sera au travail.

Un brusque coup frappé à la vitre la fit sursauter. Le cœur battant, elle se retourna et vit Jerald qui tentait d'ouvrir sa portière. Par chance elle était verrouillée, mais Justin fit descendre sa vitre de moitié.

— Il est temps que tu deviennes raisonnable, dit Jerald d'une voix autoritaire. Cette maison est l'endroit où tu dois venir habiter avec tes filles. J'ai fait transformer la pièce voisine de ta chambre en nursery.

Un total revirement par rapport à sa dernière déclaration, qu'elle avait encore à la mémoire, et qui concernait également Jaci. (« J'en ai par-dessus la tête de vous deux ! ») Pourtant, Jerald pouvait être tellement charmant et arrangeant… quand il s'agissait d'obtenir ce qu'il voulait.

Dans le cas présent, son but était de ramener Jena dans la demeure familiale, pour qu'elle se retrouve sous son contrôle et qu'il continue à chercher à la caser ainsi que sa fortune, pour le plus grand bénéfice des entreprises Piermont.

— Voilà qui est plutôt présomptueux de ta part, Jerry, intervint Justin, employant à dessein le diminutif que Jerald détestait.

Au son de sa voix, ce dernier se raidit. Lentement, il se pencha pour regarder du côté du conducteur. Justin lui adressa un sourire niais en lui faisant un signe de la main.

— Qu'est-ce que ce type fabrique ici ? hurla Jerald.

Charmant accueil. Abbie se mit aussitôt à pleurnicher, ce qui décida Jena à sortir de la voiture.

— Parle doucement, dit-elle à son frère en l'entraînant loin de la vitre entrouverte de la voiture.

— Ouais, parle doucement, renchérit Justin en sortant de la voiture. Ma fille se repose.

— Tu devais rester dans la voiture, protesta Jena.

— Je n'ai rien promis. Alors, comment ça va, Jerry ? ajouta-t-il, sans doute pour faire encore plus enrager son frère.

— Toi et ta progéniture n'êtes pas les bienvenus sur ma propriété, protesta Jerald. Va-t-en, ou bien j'appelle la sécurité et on te sortira par la force.

Il jeta un bras autour des épaules de Jena et l'attira contre lui, mais elle se dégagea d'une secousse.

— Arrête, dit-elle d'une voix ferme. Abbie est aussi ma fille et a autant le droit d'être ici que moi. Nous sommes sur la propriété des Piermont, et que cela te plaise ou non, je suis toujours une Piermont.

Jerald prit un air dégoûté.

— C'est lui ? C'est ce dégénéré qui est le père des jumelles ? Tu as donc complètement perdu la tête ? Il a ruiné la réputation de ta sœur, compromettant ses chances de faire un mariage respectable. Et cela ne lui a pas suffi, il a fallu qu'il s'en prenne à toi !

Son ton s'adoucit.

— Ma chérie, je t'avais pourtant avertie de te méfier des hommes comme lui. C'est le genre qui ferait n'importe quoi pour avoir une Piermont, quitte à jouer les grands frères protecteurs.

— Pas du tout, ce n'est pas ça, protesta Jena, tout en priant pour que son frère n'apprenne jamais les circonstances de sa nuit avec Justin.

L'humiliation serait trop grande.

— Voyons, Jena, dit Jerald. C'est bien toi qui proclamais que tu ne te marierais jamais sans amour ?

En effet, cela avait été son stupide espoir, son rêve irréalisable.

— Les hommes comme lui ne savent pas aimer. Il te dira ce que tu as envie d'entendre afin d'obtenir ce qu'il veut, et te sera infidèle.

— Hé, une minute, protesta Justin.

— Tu as le cœur tendre, Jena. Il te fera souffrir. Tu seras malheureuse avec un homme comme lui.

— Inutile de te fatiguer, répondit Jena. Il ne veut pas m'épouser.

— Je vous signale que je suis là, devant vous, intervint Justin. Et je suis parfaitement capable de parler pour moi.

— Alors, vas-y, le défia Jerald. Déclare-lui ton amour éternel et fais ta demande. Allez, on t'écoute.

Heureusement pour son frère, Jena n'avait rien à portée de la main qu'elle puisse lui balancer à la tête pour le faire taire. Si Justin se mettait à vouloir l'épouser, cela ne ferait que compliquer encore plus sa vie qui n'était déjà pas simple.

Grâce au ciel, il eut le bon sens de ne pas répondre.

— C'est bien ce que je pensais, dit Jerald, lui tournant le dos. Jena, j'ai été récemment en contact avec le père de Thomas Rosendale. Tu te rappelles Thomas ? Il était en classe avec toi.

— Je croyais qu'il était homosexuel.

— Il a besoin d'une épouse, dit Jerald, éludant la question. C'est un garçon plein d'avenir, associé dans un cabinet d'avocats sur Madison Avenue, et il est très bien éduqué. Il ferait un très bon mari. Son père m'a assuré qu'il ferait tout pour te rendre heureuse, et il est prêt à adopter les jumelles et à les élever comme si elles étaient les siennes.

— Pas tant que je serai vivant, dit Justin avec force.

— Cela peut s'arranger, répliqua froidement Jerald. Qu'est-ce que tu en dis, Jena ? Veux-tu bien au moins y réfléchir ? S'il te plaît ?

— Non, elle ne veut pas ! intervint de nouveau Justin.

Jena regarda son frère droit dans les yeux.

— « S'il te plaît » ? répéta-t-elle avec ironie. Pendant des années, tu as tenté de m'imposer les hommes les plus horribles qui soient pour que je me marie. Tu m'as forcée à rencontrer des individus dont tu aurais plutôt dû me protéger. Quand tu t'es rendu compte que cela ne marchait pas, tu as profité du fait que tu gérais mes affaires pour me refuser l'accès à mon argent. Lorsque je suis partie, tu as cessé de payer mes factures et annulé mon assurance santé, pour me forcer à revenir. Est-ce que tu te rends compte que l'hôpital où les filles sont nées menace de m'attaquer ? Et maintenant, tu me dis « s'il te plaît » ? Pourquoi es-tu devenu si aimable ? Qu'y a-t-il avec ce Thomas, et quel est ton intérêt là-dedans ?

De nouveau, Jerald éluda la question.

— J'ignorais que tu étais enceinte. Tu aurais dû m'appeler...

— C'est moi que tu aurais dû appeler, coupa Justin. Inutile de plier devant ton frère et d'épouser quelqu'un qui ne te plaît pas. J'ai mis de l'argent de côté. Quand on rentrera...

Jerald laissa échapper un rire condescendant.

— Oh ! Comme c'est adorable. Il a des petites économies, railla-t-il.

— Arrête, dit Jena. Justement, oui, c'est adorable.

— Elle n'a pas besoin des quelques misérables dollars que tu as pu épargner sur ton modeste salaire d'agent de sécurité, ajouta Jerald, riant toujours. Voudrait-il nous faire croire qu'il n'a aucune idée de ce que tu vaux si tu te maries ?

— De quoi parle-t-il ? demanda Justin, les sourcils froncés.

— Tu veux dire que tu ne sais vraiment pas ? s'étonna Jena. Jaci ne t'a jamais rien dit, ni Ian ?

— Cela fait deux semaines que tu es de retour avec mes jumelles et que tu vis chez ta sœur, dans le même immeuble que moi, et je viens seulement de l'apprendre, répondit Justin. Apparemment, ni Jaci ni Ian n'ont jugé utile de me mettre dans la confidence.

— Ne le crois pas, lança Jerald. Il *sait,* ce n'est un secret pour personne. Pourquoi crois-tu qu'il a couché avec toi ? Je parie qu'il t'a raconté une histoire de préservatif déchiré. Est-ce qu'il en portait un, au moins ?

Justin avança sur lui au pas de charge et Jerald esquissa un ridicule mouvement de défense, vaguement inspiré des arts martiaux, comme s'il pouvait contrecarrer l'attaque d'un flic enragé et qui le dépassait d'une demi-tête.

Abbie poussa un cri et Justin s'arrêta net, tandis que Jena courait jusqu'à la voiture.

— Tout va bien, maman est là, murmura-t-elle au bébé qui s'étira, puis ferma les yeux et se rendormit.

— Amène-la à l'intérieur, proposa Jerald. Où est l'autre ?

— Avec Jaci. On ne va pas rester, j'ai juste besoin de récupérer quelques affaires. Peux-tu surveiller Abbie ? demanda-t-elle à Justin tout en montant les marches du perron en courant. Je n'en ai que pour quelques minutes.

— Tu n'es pas digne d'elle, décréta Jerald lorsque Jena eut disparu dans la maison.

Probablement pas, admit silencieusement Justin. Mais ils avaient deux petites filles en commun. Et ce soir, ce qu'il avait appris sur Jena avait éveillé son intérêt, à la fois pour la fille qui l'avait épié avec un télescope et avait craqué pour lui de loin, pour la femme qui l'avait choisi comme premier amant et avait donné naissance à ses bébés, sans rien lui demander. Elle était aussi une millionnaire manipulée et contrôlée par son frère depuis des années, et qui pourtant avait eu la force intérieure de lui échapper, alors qu'il lui avait coupé les vivres, et de trouver un job dans un cabinet médical tout en étant enceinte… Toutes ces facettes de sa personnalité lui donnaient envie de la connaître mieux.

— Combien cela va-t-il me coûter pour me débarrasser de toi ? demanda Jerald.

Justin haussa les épaules.

— Je ne suis pas à vendre, Jerry.

— Les hommes comme toi ont tous un prix, dit Jerald avec un rictus qui lui déforma le visage. Annonce la couleur.

Justin s'efforça de garder son calme.

— On dirait que tu persistes à vouloir me classer dans la catégorie de gens peu recommandables, Jerry, répondit-il lentement.

— Parce que tu es un être vil qui ne mérite pas de fréquenter notre milieu. Reste loin de Jena.

— Il n'en est pas question.

Justin s'approcha de Jerald en roulant des mécaniques comme la brute épaisse pour laquelle ce dernier le prenait.

— Figure-toi que depuis que Jena est de retour, j'ai bien envie de profiter de mon statut de père. Et pour ta gouverne, sache que mon job d'agent de sécurité n'est qu'une activité annexe. Mon vrai métier, c'est officier de police.

La stupéfaction qui se peignit sur le visage de Jerry valait son pesant d'or.

— Eh oui, poursuivit Justin d'une voix nonchalante. Je fais respecter la loi.

C'était l'unique raison pour laquelle Jerry ne gisait pas encore par terre avec la tête au carré, pour lui apprendre à tyranniser Jena.

— Lundi matin à la première heure, j'ai l'intention d'utiliser tous les moyens d'investigation légaux dont je dispose pour trouver quelles sont les lois que tu as enfreintes en refusant à ta sœur l'accès à son argent.

Jerry ne cilla pas, mais il le vit déglutir lentement.

— Cela me laisse le week-end pour venir financièrement au secours de Jena. Comment crois-tu qu'elle me montrera sa reconnaissance, Jerry ? ajouta Justin.

Il lui donna un coup de coude dans les côtes avant de se frotter les mains avec jubilation.

— Peut-être qu'on en profitera pour mettre en route une autre paire de jumeaux… Qu'en penses-tu ?

Des pas résonnèrent derrière eux. Jena revenait, portant un grand sac marin d'une main et un fourre-tout de l'autre.

— Laisse-moi porter ça, proposa Justin.

Le sac marin se révéla plus lourd qu'il n'en avait l'air et il fut surpris qu'elle n'ait pas fait appel à un domestique. Après avoir passé à peine quelques heures en sa présence, Justin commençait à se rendre compte qu'il s'était fait beaucoup d'idées fausses sur la jumelle de Jaci.

— Attends une minute, dit soudain Jerry à sa sœur. J'ai quelque chose à te donner. Ne t'en vas pas ! cria-t-il par-dessus son épaule en se hâtant vers la maison.

Et s'il allait chercher sans plus tarder les papiers qui permettraient à Jena d'avoir accès à ses comptes, si bien qu'il ne serait plus question de mariage avec Thomas Machinchose ? De plus, elle n'aurait plus besoin de travailler au centre médical et pourrait rester chez elle pour s'occuper des jumelles. Là où était sa place.

— Que se passe-t-il ? s'étonna Jena.

Il haussa les épaules en posant le sac à l'arrière de la voiture, près du siège d'Abbie.

— Aucune idée.

A peine avait-il refermé la portière que Jerald était de retour.

— Tiens.

Tout essoufflé, il tendit un classeur à Jena.

— Voilà, tout est là-dedans. Tes relevés bancaires, ton chéquier, et l'état de ton portefeuille d'investissements depuis août. Je te rappelle que tu peux signer tes propres chèques depuis que tu as dix-huit ans.

Jena serra le dossier contre sa poitrine, des larmes de soulagement aux yeux.

— Merci, murmura-t-elle.

— Je suis à ta disposition pour répondre à toutes tes questions, ajouta Jerald d'un air attentionné.

Mais Justin savait très bien que tout ce qui l'intéressait, c'étaient les résultats financiers de son entreprise, et lui-même.

— Allons-y, dit-il en passant un bras autour des épaules de Jena.

Avant d'entrer dans la voiture, elle se tourna vers son frère.

— Je réfléchirai à propos de Thomas, promis.

Justin serra les poings. Certainement pas.

— Merci, répondit Jerald. Reviens quand tu veux, Jena.

Il jeta un regard noir à Justin.

— Toi et mes nièces, vous serez toujours les bienvenues.

Durant le trajet de retour, Justin réfléchit en silence. Si Jerry avait géré jusque-là les affaires de Jena, payant ses factures et plaçant son argent, il était fort possible qu'elle ne sache pas se débrouiller toute seule, ce qui expliquait sans doute la tension qui émanait d'elle à cet instant. Elle regardait par la vitre, littéralement agrippée à son dossier.

Après s'être garé non loin de la porte d'entrée, il se tourna vers elle.

— Est-ce que ça va ?

Elle se contenta de hocher la tête.

— Tu n'es peut-être pas au courant, mais parallèlement à ma licence en justice criminelle, j'ai étudié la finance. Et dès l'âge de seize ans, j'ai travaillé chaque été dans la société de placement de mon père. Je pourrais donc te filer un coup de main avec plaisir si tu veux des éclaircissements sur le fonctionnement de tes comptes et sur le travail de Jerry.

Sans répondre, elle essuya le coin de ses yeux, ce qui donna envie à Justin de la prendre dans ses bras en l'assurant que tout allait bien se passer, qu'elle pouvait compter sur lui pour prendre soin d'elle.

Hum. Voilà qui n'était pas habituel, chez lui. Mais il y avait quelque chose chez Jena… une naïveté et une fraîcheur qu'il n'avait jamais rencontrées chez les femmes qu'il avait fréquentées, et qui lui donnait envie de la protéger et de l'initier aux choses de la vie.

— Merci, murmura-t-elle enfin.

Prenant une profonde inspiration, elle tourna vers lui ses yeux encore humides.

— C'est la façon dont j'ai grandi, expliqua-t-elle. Pendant que Jaci luttait pour son indépendance, moi j'étais plutôt contente que l'on s'occupe de moi. J'ai choisi de faire aveuglément confiance à Jerald pour qu'il s'occupe de mon argent, et j'ai préféré le fuir plutôt que l'affronter. Mais à côté de ça, j'ai travaillé dès l'âge de treize ans, dirigeant la maison, et j'ai servi d'infirmière à ma mère tout en allant au lycée. Après sa mort, je suis devenue l'assistante de Jerald pour tout ce qui touchait aux relations humaines. Mais il ne m'a jamais payée par chèque. Il faisait en sorte qu'il y ait toujours assez d'espèces à ma disposition dans le coffre de son bureau et je me servais en fonction de mes besoins. Lorsque je devais me rendre quelque part, il y avait toujours une voiture avec chauffeur qui m'attendait.

Elle poussa un long soupir.

— Voilà pourquoi maintenant, je suis une maman de vingt-quatre ans capable d'organiser un dîner de quatorze couverts en deux heures, de coordonner un gala pour cinq cents convives avec un budget très strict, ou encore de gérer une trentaine d'employés dont la moitié parle espagnol. En revanche, je ne sais pas conduire, je n'ai aucune idée du montant dont je dispose — en dehors des deux cent trente-six dollars qui sont dans une enveloppe rangée dans un tiroir — et j'ignore comment régler une facture ou même comment rédiger un chèque.

Justin prit sa main glacée entre les siennes et la serra.

— Je te promets qu'à la fin du week-end, tu auras toutes tes factures à jour et classées, tu sauras combien tu as sur tes comptes et tu pourras remplir tes chèques toute seule.

Elle lui jeta un regard en coin.

— Et pour la conduite ?

Il se mit à rire.

— Si on ne trouve pas le Code de la route sur internet, je me procurerai un exemplaire du livret lundi. Et dès que tu auras réussi le code, je te donnerai moi-même des leçons de conduite et tu pourras te servir de mon 4x4 pour t'entraîner.

Jena laissa tomber le dossier et lui sauta au cou avant de l'embrasser sur la joue.

— Merci, merci ! s'exclama-t-elle.

La seconde d'après, ils s'embrassaient pour de bon, car, submergé par une vague de désir il tourna la tête vers elle et lui prit les lèvres. Elle se raidit l'espace d'une seconde, puis il la sentit fondre et s'ouvrir à lui. Avant d'avoir réalisé ce qui arrivait, il l'avait attirée sur ses genoux.

Ses yeux avaient encore besoin d'entraînement pour distinguer les jumelles l'une de l'autre, mais son corps, lui, reconnut immédiatement Jena…

Au bout de quelques longues et voluptueuses secondes, ils s'arrêtèrent, haletants, pour reprendre de l'air.

— Désolé, murmura-t-il. Je n'aurais pas dû.

En réalité, il n'était pas navré du tout. Plutôt frustré.

— Ce n'est rien, répondit-elle en s'écartant pour réajuster sa blouse. C'est moi qui ai fait le premier pas… encore une fois.

Justin sourit.

— La prochaine fois, ce sera mon tour.

De préférence dans une chambre avec un lit, et après s'être assuré qu'ils ne risquaient pas d'être interrompus. En tout cas, il n'avait pas l'intention de se laisser distancer par un autre homme.

Elle prit un air lointain, comme chaque fois qu'elle ne voulait pas qu'il lise dans ses pensées.

— Pourrais-tu éviter de dire à Jaci à quel point je suis nulle pour gérer ma vie ?

— Tu n'es pas nulle, tu manques juste d'expérience.

Doucement, il lui prit le menton et tourna son visage vers lui.

— Dès lundi, cela ira mieux, car j'ai deux matinées de congé et j'en profiterai pour te donner des cours.

Et pas seulement pour la finance, espérait-il.

— J'estime que, étant donné que ta charmante sœur et mon meilleur ami ne se sont pas gênés pour me cacher des choses très importantes, nous pouvons très bien avoir nos petits secrets. Pendant que nous y sommes, en auras-tu d'autres à me confier ?

— Mmm. Tu sais, le gâteau au chocolat que Jaci t'a apporté à chaque anniversaire ?

— Bien sûr. Avec une ganache fondante, une crème au beurre onctueuse et des copeaux de chocolat noir sur le dessus. J'y ai droit chaque année depuis mes quinze ans.

Rien que d'y penser, il en avait l'eau à la bouche.

— Il ne vient pas de Jaci, mais de moi. Et elle ne l'achète pas, c'est moi qui le confectionne.

Justin ne put cacher sa surprise.

— Toi ? Ce gâteau digne d'un chef pâtissier ? Allons donc.

— Comme je passais beaucoup de temps à la maison, j'ai sympathisé avec des membres du personnel. Ils m'ont appris plein de choses.

— Cela explique pourquoi Jaci a raté mon dernier anniversaire, dit-il amusé. La petite menteuse.

Elle se frappa le front du plat de la main.

— Oh non, j'ai oublié ton anniversaire ! Je suis vraiment désolée.

Justin écarta une mèche de cheveux de son visage.

— Tu devais avoir d'autres choses à penser, j'imagine.

A l'époque, elle devait être enceinte d'environ huit mois.

— Eh bien, quelle soirée, soupira-t-il en s'enfonçant dans son siège.

Cela faisait beaucoup de révélations en quelques heures.

Jena s'étira, puis jeta un coup d'œil à sa montre.

— Pour ma part, je suis épuisée. Annie ne devrait pas tarder à réclamer son biberon. J'espère qu'ensuite, je pourrai dormir sans interruption pendant quelques heures, afin de me présenter en forme à mon nouveau travail.

— Attends un peu avant de reprendre le travail, dit-il. Puisque tu as récupéré ton argent, tu n'as plus besoin de travailler.

— Peut-être pas, mais j'aime le métier d'infirmière. Et puis, Mary compte sur moi ce week-end.

— Tes filles aussi ont besoin de toi. Si elles avaient le choix, les femmes ne préféreraient-elles pas rester chez elles pour s'occuper de leurs bébés ?

— Détends-toi, répondit-elle. Ce n'est que pour seize heures en tout. Cela me fera du bien d'être un peu loin des filles, d'utiliser mes compétences et d'avoir des conversations d'ordre professionnel. De toute façon, je ne peux pas m'engager pour plus d'heures actuellement. Et si j'arrive à un arrangement avec Thomas, je déménagerai certainement dans les deux mois qui viennent.

Justin soupira. Voilà que ce Thomas revenait sur le tapis.

— Qu'est-ce que c'est que cette fixation sur le mariage ? Aussi bien toi, que Jaci et votre frère ? Je ne comprends pas.

— Parle plus bas, murmura Jena.

Il se figea, mais Abbie ne broncha pas.

— A la mort de mon père, notre part d'héritage, à Jaci et à moi, a été placée en fidéicommis, pour nous être remise à notre vingt-cinquième anniversaire, expliqua Jena.

Justin réfléchit à toute vitesse. Leur vingt-cinquième anniversaire… C'est-à-dire le 18 novembre, dans deux mois et demi.

— Mais comme mon père voulait tout contrôler, même au-delà de sa mort, il y a mis une condition. Jaci et moi devrons auparavant être mariées et vivre chacune avec notre époux. Et pour s'assurer qu'il ne s'agirait pas d'une mascarade, le paiement sera fractionné sur cinq ans, soit cinq millions de dollars par an pour chacune. Si l'une de nous n'était pas mariée à vingt-cinq ans, elle perdrait le montant correspondant à cette année, et il serait distribué à des œuvres de charité désignées par mon père. Si nous divorçons ou nous séparons pendant cette période de cinq ans, nous ne toucherons pas la part qu'il restait à nous verser.

Ainsi, même mort, leur père continuait à exercer son contrôle.

— Je comprends que la somme de vingt-cinq millions de dollars soit une forte incitation à se marier, dit-il simplement.

— C'est le legs que je ferai à mes filles et qui garantira leur avenir. Je suis prête à faire ce qu'il faut pour qu'elles l'obtiennent.

— Tu irais même jusqu'à épouser un homosexuel ? lâcha-t-il spontanément.

— Crois-moi, il est beaucoup mieux que tous ceux avec qui Jerald a essayé de me marier.

Justin fit une grimace. Cet odieux opportuniste.

— Quel est son intérêt là-dedans ?

— Certains pères ont recours à Jerald pour placer leur fils, ou dans l'espoir de redresser leur entreprise. En échange, ils lui promettent des contrats avantageux et lui rendent divers services. Ce n'est certes pas exactement ainsi que j'aurais aimé connaître mon futur mari, ajouta-t-elle tristement.

Justin eut soudain une idée.

— C'est juste pour cinq ans, pas vrai ?

Non seulement, elle serait dispensée d'épouser n'importe qui, mais il la protégerait des agissements de son frère et l'aurait quelque temps pour lui tout seul. Il assoirait l'avenir financier de ses filles, dont il resterait le seul et unique papa toute leur vie.

Le regard perdu dans le ciel étoilé, Jena hocha la tête.

— Après tout, cinq ans, ce n'est pas si long, décida Justin. C'est moi qui t'épouserai.

4

— J'ai besoin d'une infirmière ici ! appela Gayle une fois de plus.

A peine était-elle arrivée depuis une heure que Jena avait dû effectuer le triage de plus d'une douzaine de patients. Heureusement, Jaci l'avait déposée deux heures à l'avance et elle avait eu le temps de discuter avec Mary, de revoir les procédures et de se familiariser avec les lieux avant de commencer officiellement à travailler.

— J'arrive, répondit-elle tout en changeant la feuille de papier qui recouvrait la table d'examen de la salle quatre.

— Ça va ? demanda Mary lorsqu'elle l'eut rejointe.

— Très bien. Et le petit garçon ?

Un enfant de trois ans était resté sans connaissance pendant une période indéterminée. Mary secoua la tête et lui lança un regard qui voulait dire : « Pas bon ».

— Nous faisons tout ce que nous pouvons, répondit-elle à voix haute.

Dans le hall, Jena trouva une femme portant une petite fille. Il y avait du sang sur ses vêtements, ceux de l'enfant et sur le tissu qu'elle maintenait contre son visage.

— Que s'est-il passé ?

— Il a suffi que je tourne le dos une minute...

La femme se mit à pleurer.

— Je me moque que cette table basse ait été dans la famille de ma belle-mère pendant des années, dès que je rentre, je m'en débarrasse.

— Laisse-moi jeter un coup d'œil, ma puce, dit doucement Jena en écartant une masse de boucles brunes.

Une importante lacération s'étalait au-dessus du sourcil gauche. Mais le tissu avait adhéré à la blessure et elle aurait besoin d'humidifier la zone avec une solution saline pour mieux voir.

— Apparemment, les saignements ont cessé. Gayle va vous enregistrer et nous vous installerons dans une chambre.

— Cela fait près d'une heure que ma fille attend, protesta un homme du genre costaud depuis la salle d'attente. Sa fille de neuf ans était tombée de vélo alors qu'elle portait un casque et elle-même assurait qu'elle ne s'était pas cogné la tête. Elle était assise tranquillement devant la télévision et regardait des dessins animés, sans aucune détresse apparente ni traumatisme visible. Seul son poignet droit était enflé et douloureux et elle avait quelques écorchures aux mains. Son état était stable.

— Je suis désolée de vous faire attendre.

— Vous m'avez déjà dit ça, il y a une demi-heure, répondit l'homme en colère, en marchant droit sur elle.

— Il y a un problème, ici ? intervint une voix grave derrière elle. Celle de Justin. Elle n'avait jamais été aussi heureuse de l'entendre.

— Ouais, y a un problème, insista l'homme sans se démonter.

Justin rejoignit Jena. Un pantalon kaki recouvrait ses longues jambes, une chemise polo bleu marine moulait son torse musclé, et sur sa poche de poitrine on lisait « Rangore Security » en lettres rouges. Ses bras nus étaient forts et puissants et une légère odeur d'after-shave parvint jusqu'à ses narines, assez pour lui donner envie d'être plus près de lui.

Nul doute que Justin était un spécimen imposant, la personnification du macho de base et aussi, pour elle, le modèle avec lequel, jusqu'à présent, aucun mari potentiel n'avait soutenu la comparaison.

Jena n'eut pas le temps de le questionner sur son arrivée inattendue, car une sirène d'ambulance retentit.

— Nous attendons un patient dans un état sérieux, lui dit-elle.

Il alla bloquer la double porte pour qu'elle reste ouverte, et Jena se tourna vers l'homme en colère.

— Je suppose que si c'était votre enfant qui se trouvait en état de détresse respiratoire, vous voudriez que le médecin lui accorde la plus grande attention, même si, pour cela, d'autres personnes doivent attendre.

L'homme retourna s'asseoir sans répondre.

— Nous faisons tout notre possible, dit-elle aux patients et aux familles qui attendaient. J'ai déjà parlé à chacun d'entre vous et dès que le médecin sera disponible on vous appellera, en commençant par les cas les plus urgents, puis par ordre d'arrivée.

Après le départ des paramédicaux et l'installation du nouveau patient, elle retrouva un bref instant Mary et le Dr Morloni dans le couloir.

Mary jeta un coup d'œil sur les notes de Jena, dans lesquelles elle avait résumé les caractéristiques de tous les patients qu'elle avait vus.

— J'ai enregistré les signes vitaux, le motif de la consultation et le passé médical de chacun dans l'ordinateur, expliqua-t-elle. J'ai installé le patient qui respirait bruyamment dans la chambre un, et le bébé de neuf mois avec fièvre dans la chambre deux, pour qu'il soit loin de l'agitation.

— Vous avez très bien fait, dit le Dr Morloni. A présent, c'est reparti !

Portable à la main, il pivota sur ses talons et se dirigea chambre un.

— Ces deux jeunes de dix-sept ans, dit Mary en pointant du doigt la liste de Jena. Sont-ils venus avec leurs parents ?

— Non, avec un monsieur d'un certain âge qui a affirmé être leur tuteur.

— Sont-ils assurés ?

— Il faudra vérifier avec Gayle, mais je crois qu'il avait l'intention de payer en liquide.

Mary secoua la tête.

— Signale-les à Justin. Il y a des dealers de drogues qui envoient des ados se procurer des ordonnances pour des narcotiques qu'ils revendent ensuite dans la rue.

— C'est terrible...

— Prépare-toi à voir bien pire.

— A propos, tu sais ce que Justin fait ici ?

— Nous avons un contrat avec sa société pour qu'ils assurent la sécurité le soir. Dans la journée, cet endroit est très fréquenté, mais à partir de 17 heures, il n'y a plus personne. Cela rassure aussi nos patients.

— Et lui, est-ce qu'il travaille habituellement ici ?

— De temps en temps, quand son emploi du temps le lui permet. Normalement, Steve devait être de service ce week-end. Je suppose que ce changement a quelque chose à voir avec toi, ajouta Mary en souriant.

Jena ne savait pas comment le prendre. Devait-elle se sentir flattée qu'il vienne passer du temps avec elle, ou bien insultée qu'il garde un œil sur ses faits et gestes parce qu'il ne croyait pas en ses capacités ?

— En tout cas, le Dr Morloni a raison, tu as fait un très bon travail de coordination, Jena.

Ce fut à son tour de sourire.

— Merci. Sincèrement, j'ai apprécié chacun de ces moments de folie.

Durant des semaines, sa vie n'avait fait que tourner autour des jumelles. Jena adorait être maman, mais avec son nouveau job qui regroupait trois des activités qu'elle préférait — organisation, triage et soins — elle se sentait pleine d'énergie, comme revitalisée.

Après avoir emmené l'enfant au poignet blessé passer une radio, Jena retrouva Justin dans le couloir.

— Il y a deux ados en salle d'attente, accompagnés d'un homme d'âge mûr, lui dit-elle à voix basse.

— Je les ai remarqués.

— Tous les deux se plaignent de douleurs et Mary m'a demandé de te les signaler. Il y aurait un dealer qui enverrait des gamins chercher des ordonnances de narcotiques.

— Ils ont effectivement le profil. Laisse Mary s'en occuper.

— Pas question. Merci pour ta confiance en moi en tant qu'infirmière et en ma capacité de gérer la situation, dit-elle d'une voix ironique ;

Elle tourna les talons pour s'en aller, mais il la rattrapa par le bras, d'une main à la fois ferme et douce.

— Ce sont des gosses des rues, martela-t-il. Ils sont plus dangereux qu'ils en ont l'air. Tu crois vraiment que ton expérience en Caroline du Sud te permettra de faire face à des patients qui n'hésiteraient pas une seconde à te mettre un couteau sous la gorge pour obtenir ce qu'ils veulent ?

Jena eut un frisson d'appréhension, mais sa détermination ne fléchit pas.

— Si avoir affaire à des « gosses des rues », comme tu les appelles, doit faire partie de mon travail, plus tôt j'apprendrai à traiter avec eux, mieux cela vaudra.

— Tu es aussi têtue que ta sœur.

Pas tout à fait… mais la comparaison lui plut.

— Entendu, dit-il. Occupe-toi d'eux l'un après l'autre, et pas avant que le médecin ne soit prêt à les recevoir. Assure-toi aussi que je suis dans les parages.

Elle hocha la tête en signe d'assentiment.

— Si la moindre chose te met mal à l'aise, n'hésite pas à m'appeler.

— Merci, répondit-elle, voyant l'inquiétude dans ses yeux. Merci d'être là.

Grâce à lui, elle se sentait beaucoup plus en sécurité.

Il caressa sa joue.

— Tu peux être adorable quand tu veux, murmura-t-il.

— Quand cela m'arrange, répliqua-t-elle avec un clin d'œil.

Les deux heures qui suivirent furent un véritable marathon, mais Jena trouva le temps d'appeler deux fois pour prendre des nouvelles de ses filles, qui allaient très bien.

Mary insista pour l'accompagner quand elle s'occupa des deux adolescents, et elle fut bien inspirée, car l'un d'eux réagit mal lorsque le Dr Morloni l'informa que son examen était négatif et qu'il lui conseillait un anti-inflammatoire non-stéroïdien pour lutter contre la douleur.

Le cœur serré, Jena écouta les cris de protestation de l'ado. Comment pouvait-il, si jeune, être déjà impliqué dans un trafic illégal ? Et que lui arriverait-il quand le dealer se rendrait compte qu'il n'avait rien obtenu ?

Justin raccompagna les deux jeunes et leur tuteur jusqu'au comptoir pour qu'ils s'acquittent de leur règlement auprès de Gayle, puis jusqu'au parking.

— Tu sais, j'ai essayé, raconta-t-il à Jena à son retour. Je leur ai offert à chacun une chance de me donner le nom du dealer, en échange de la protection de la police. Ils ont rigolé et je préfère ne pas te rapporter ce qu'ils en ont pensé. Bref, ils n'étaient pas intéressés.

C'était stupide de leur part, songea Jena. Peut-être que, s'ils avaient pu bénéficier d'une meilleure éducation quand ils étaient plus jeunes, ou de stages professionnels qui leur auraient donné accès à de vrais emplois, bien payés... Elle se promit de faire des recherches en ce sens. Jaci avait choisi de soutenir des femmes en crise. Avec une partie de son héritage, Jena, elle, pourrait peut-être aider des enfants.

— Hé, dit Justin en lui relevant le menton. On ne peut pas aider des gens qui ne veulent pas être aidés.

— Je suppose que c'est le flic désabusé qui parle ?

— Pas désabusé, réaliste. Ton frère avait raison, tu as le cœur tendre, ajouta-t-il en souriant.

— Ce ne sont que des gamins, dit-elle.

— Par ici, l'enfance se termine bien avant dix-sept ans. Allez viens, allons déjeuner.

Dans la salle de repos, ils s'attablèrent devant leurs sandwichs et deux tasses de bon café.

— Hier soir, je t'ai promis de t'aider à y voir clair dans tes finances, et que tu saurais te servir de ton chéquier d'ici lundi, commença Justin en mordant dans son sandwich. Mais cela n'arrivera pas si demain, tu refuses de répondre à mes appels et que tu fais semblant d'être absente quand je frappe à ta porte, comme cela s'est passé aujourd'hui.

— Je ne me marierai pas avec toi, dit-elle simplement.

Voilà, c'était dit. Au panier, sa proposition dégradante, du style : j'arriverai bien à te supporter pendant cinq ans ! Comme si elle était une nuisance.

Justin prit le temps de mâcher une bouchée et d'avaler.

— C'est bizarre, je ne me rappelle pas avoir dit que le mariage était une condition nécessaire pour que je t'aide.

Il prit une dosette de crème dans le panier au milieu de la table et la versa dans son café.

— Mais puisque tu abordes le sujet, pourquoi pas ? ajouta-t-il.

Jena pianota nerveusement sur la table.

— Très bien, parlons-en.

Elle avait perdu l'appétit. C'était l'occasion de tout lui dire, d'éliminer définitivement toute idée de mariage entre eux. Bientôt, elle ne serait plus l'exacte réplique de Jaci et la seule partie d'elle qu'il désirait — son corps — serait altérée, certaines rondeurs si féminines auraient disparu à jamais. A moins que... Non. Elle avait pris sa décision et ne changerait pas d'avis.

Elle ouvrit la bouche, puis la ferma, incapable de trouver les mots. Par où commencer ? Comment lui expliquer ? Elle aurait eu besoin de temps. Or, elle n'en avait pas.

— Cela ne marcherait pas, dit-elle en ajoutant du sucre dans son café pour ne pas avoir à le regarder.

— Pourquoi pas ? demanda-t-il, mangeant toujours.

Il y avait tant de raisons.

— Parce que, chaque fois que l'on serait dans l'intimité, je saurais que tu préférerais être avec ma sœur. Je ne serai jamais rien de plus pour toi que le pâle substitut de la femme que tu veux vraiment.

— C'est faux ! s'écria-t-il.

— « Oh ! c'est si bon avec toi, Jaci », répéta-t-elle d'un ton ironique.

— Ce n'est pas juste. J'ai dit ces mots parce que tu m'avais fait croire que j'étais au lit avec elle.

— Et tu as pu ainsi exprimer tes véritables sentiments.

— J'étais soûl.

— Les paroles de l'homme ivre révèlent les pensées de l'homme sobre.

— N'importe quoi.

Il tapa de la main sur la table.

— C'est pour *ça* que tu ne veux pas m'épouser, moi, le père de tes enfants ?

— Je ne veux pas t'épouser parce que *tu* ne veux pas m'épouser. Je ne t'épouserai pas parce que ce serait cruel de te laisser faire partie de ma vie et de celle de mes filles, sachant que tu repartirais au bout de cinq ans.

Elle se leva.

— Et je ne t'épouserai pas parce que Jerald a raison, ajouta-t-elle en ramassant son repas intact. Je serais malheureuse, marié à un homme comme toi.

Un homme qu'elle aimerait mais qui ne l'aimerait jamais, qui serait focalisé sur la beauté physique et incapable d'être fidèle. Au moins, si elle épousait Thomas, son cœur serait protégé. Et son corps importerait peu.

Il ne pouvait pas laisser partir Jena comme ça.

— Attends.

Il la rejoignit avant qu'elle n'ouvre la porte.

— Je veux vraiment t'épouser.

— Pourquoi ? lui demanda-t-elle, le défiant de son regard bleu.

Parce que c'était la chose juste et honorable à faire. Mais il se doutait que cette réponse ne la satisferait pas.

— Est-ce parce que je suis riche et qu'en m'épousant, tu deviendrais riche aussi ?

Non.

— Ou bien parce que je suis jolie ?

Sa main frôla son torse d'un geste engageant.

— Parce que tu veux avoir mon corps nuit après nuit ?

Oh ça, oui. L'idée lui plaisait infiniment. Elle avait le dos tourné à la porte et il pressa son corps contre le sien.

— Je n'ai pas besoin de ton argent, murmura-t-il contre son oreille. Et peut-être que cinq ans deviendront dix, ou vingt, ou toute une vie.

Il déposa un baiser sur sa nuque.

— On ne le saura pas avant d'avoir essayé. Quoi qu'il se passe entre nous deux, sache cependant que je n'abandonnerai jamais mes filles. Mais plus j'y pense, plus l'idée de faire l'amour nuit après nuit me séduit. Et, crois-moi…

Avec douceur, sa main s'arrondit sur son sein, qu'il caressa jusqu'à sentir le mamelon se durcir sous le soutien-gorge et la blouse.

— Je vais te donner tant de plaisir, et si souvent, que tu n'auras pas le temps d'être malheureuse, acheva-t-il.

Puis il prit sa bouche et l'embrassa, la goûta sans pouvoir se lasser.

— Tu as des seins incroyables, murmura-t-il, caressant sa poitrine de ses deux mains.

Jena le repoussa.

— Et si je n'avais pas ces seins incroyables, et que mon corps te répugnait ?

Ce qu'elle disait n'avait pas de sens.

— Mais ce n'est pas le cas. Ton corps est parfait et j'en ai envie.

N'importe quel homme aurait éprouvé du désir pour elle. Et de nouveau, le sentiment jusqu'alors inconnu de la possession s'éleva en lui.

Cette fois, Jena le repoussa sans ménagement, les yeux remplis de larmes.

— Quoi ? s'étonna-t-il.

— Je suis plus qu'une paire de seins !

Il la saisit par la main.

— Qu'est-ce que j'ai dit de mal ? Je n'ai fait que te complimenter sur ton corps.

Elle lui jeta un regard suppliant.

— Je ne peux pas. Je t'en prie... Il faut que je retourne travailler.

Cet incident incompréhensible permit à Justin de noter une autre différence entre les deux sœurs : la gestion des émotions. Que ce soit le rire ou la colère, Jaci faisait profiter tout le monde de ce qu'elle ressentait. Au contraire, lorsque quelque chose perturbait Jena, elle se réfugiait dans le silence. Comme elle était trop bien élevée pour l'ignorer complètement, elle se contenta de se montrer polie, froide et brève dans ses réponses, et seulement quand c'était nécessaire.

Elle ne voulait pas l'épouser ? Parfait. De son côté, il avait fait ce qu'il fallait. Il pourrait être parent sans la contrainte du mariage. Encore mieux.

Jena entra dans la salle d'attente et sourit avec chaleur à une femme dépenaillée tenant un bébé dans ses bras. Elle lui porta son sac de couches et l'accompagna jusqu'à la salle d'examen, bavardant avec elle comme si elles étaient de vieilles amies. Naturelle et vraie.

Quand elle passa près de Justin, elle ne lui prêta pas plus d'attention qu'à une toile d'araignée. Il se crut revenu au temps du lycée.

La différence, c'était que maintenant, il ne pouvait pas ne pas la remarquer. Elle avait rassemblé ses longues boucles blondes en un chignon serré et dissimulé ses courbes généreuses sous une blouse informe. Le visage dépourvu de maquillage, elle ne ressemblait en rien à la Jena Piermont de la haute société dont on parlait dans les magazines people. Elle était beaucoup mieux. Incroyablement séduisante.

Il se rendit soudain compte qu'il avait un gros faible pour la version authentique de Jena.

Le Dr Charmeur la croisa dans le couloir et lui sourit. Justin lui aurait volontiers disloqué la mâchoire d'un coup de poing. Ce qui était absurde. Parce qu'il ne cédait jamais à la jalousie. Excepté, apparemment, quand il s'agissait de Jena, la mère de ses jumelles.

Il ne manquait plus que ça.

Un couple retourna voir Gayle au comptoir d'accueil pour régler avant de repartir. La main sur le bas de son dos, l'homme guidait doucement sa femme tout en portant leur bébé endormi dans son siège auto. Justin les avait repérés dès leur arrivée. Ils avaient à peu près le même âge que Jena et lui, et leur enfant devait avoir deux mois de plus que les jumelles. La femme avait paru nerveuse, s'inquiétant des joues rouges du bébé qui avait la fièvre. Son mari l'avait entourée de ses bras et elle avait posé la tête sur son épaule.

Cet homme avait sans doute grandi avec un meilleur modèle masculin que Justin. Comment être le genre d'homme dont Jena avait besoin ? Celui qu'elle méritait ? Pourtant, quelque chose au fond de lui ne pouvait s'empêcher d'y croire.

Grâce au ciel, le travail lui ôta ces idées de la tête. En raccompagnant le couple, il leur demanda s'ils étaient mariés depuis longtemps.

— Quelques semaines, répondit l'homme.

Ils avaient donc fait le bébé d'abord, eux aussi. Justin tint la porte de la voiture pendant que le mari installait le siège du bébé à l'arrière. Avant de démarrer, il se pencha pour embrasser sa femme. Elle lui sourit, comme s'il était l'homme le plus extraordinaire du monde.

Justin imagina Jena ayant le même regard pour lui, et cela lui fit chaud au cœur. Seulement, les femmes comme Jena ne regardaient pas les hommes comme lui de cette façon. Parce qu'il n'était pas aimant ni démonstratif, et, alors qu'elle cherchait une relation durable, il n'avait jamais réussi à rester avec la même femme plus d'un mois.

Au moment de retourner à l'intérieur, son portable sonna. C'était Jaci, qui lui donna des nouvelles des bébés.

— Elles dorment comme deux petits anges. Il paraît que tu t'es arrangé pour travailler au centre ce week-end ? Très intéressant, dit-elle d'un ton taquin.

— Qu'est-ce que tu veux ? grommela-t-il.

— Savoir comment va Jena. Cela fait plus d'une heure qu'elle n'a pas téléphoné pour avoir des nouvelles de ses filles.

Ainsi donc, elle avait trouvé le temps de joindre sa sœur malgré tout son travail. C'était vraiment une bonne mère. Pas comme la sienne, qui avait choisi l'attrait de la scène et les paillettes de Las Vegas au lieu de s'occuper de son petit garçon qui, à l'époque, marchait à peine. Il n'avait jamais reçu un appel de sa mère ni même une carte pour son anniversaire.

— Elle va bien, mais elle est très occupée.

Il venait encore de la voir aller et venir d'une pièce à l'autre, affairée et pleine d'assurance. Impressionnante.

— Ian m'a dit que tu comptais la ramener en voiture ce soir pour lui éviter d'avoir à le faire ?

— Exact.

— C'est étrange, aujourd'hui elle n'a pratiquement pas ouvert la bouche et n'a pas voulu te répondre quand tu es venu. S'est-il passé quelque chose entre vous ?

Intéressant. Ainsi, Jena n'avait pas parlé de sa proposition de mariage à sa sœur.

— Ne t'inquiète pas, tout va bien. Je lui fais part de ton coup de fil et si elle peut, elle te rappellera.

Quelques instants plus tard, lorsque Jena passa près de lui sans un mot, il l'arrêta.

— Jaci a téléphoné. Les bébés vont bien et dorment à poings fermés.

— Merci, répondit-elle sans le regarder, en reprenant sa marche.

Quelques minutes avant la fermeture, après avoir fait une dernière fois le tour du bâtiment, Justin vit Gayle accourir vers lui dans le hall, visiblement inquiète.

— Un des ados que vous avez raccompagnés dehors tout à l'heure est revenu, dit-elle. Il a parlé à Jena et cette inconsciente l'a suivi dehors. Je lui avais pourtant recommandé de vous attendre.

Justin courut aussitôt vers la sortie.

— Si je ne suis pas de retour dans une minute, appelez la police, lança-t-il sans s'arrêter.

Une fois dehors, son regard fouilla l'obscurité.

— Jena ? appela-t-il.

Rien.

— Jena ! cria-t-il plus fort, de façon à être entendu à un bon kilomètre à la ronde.

Toujours rien.

Alors, il écouta. Des voitures qui passaient. Un Klaxon à distance.

Puis le silence. Un cri étouffé... Il se dirigea vers la droite et suivit le son jusqu'au bout du parking, là où se trouvaient les emplacements réservés au personnel du centre médical. L'endroit paraissait plus sombre qu'auparavant. Levant les yeux, il remarqua que le lampadaire situé à l'angle était éteint.

— Si vous lui faites mal, je vous tue, avertit-il d'une voix ferme.

Même sans arme — car la direction du centre n'autorisait pas le port d'armes d'aucune sorte étant donné la proximité des enfants — il en était capable.

— Jena ?

— Je suis l...

Quelqu'un étouffa sa réponse. Suivant toujours le son, il se glissa entre deux voitures dans un endroit herbeux. Là, il aperçut une forme allongée — Jena — et une silhouette agenouillée à côté d'elle, une main posée sur sa bouche.

Aussitôt, il éprouva une sensation de malaise. Deux jeunes étaient venus au centre médical avec le dealer. Il chercha des yeux le deuxième et regarda aussi derrière lui. Personne.

Jena tenta de se débattre et l'individu enserra sa gorge de son bras.

Instantanément, Justin vit rouge, au point d'en oublier toute prudence et même l'instinct qui l'avait maintenu en vie au fil des années.

Ne pensant qu'à Jena, il bondit vers l'agresseur, fou de rage.

— Lâche-la tout de suite si tu tiens à la vie.

La seconde d'après, quelque chose lui heurta la tête. Un tuyau ? Une batte ? Il étouffa un cri de douleur et sa vision se brouilla. Incapable de rester debout, il roula sur le côté, luttant pour rester conscient.

— Ne lui faites pas de mal, cria Jena. Qu'est-ce que vous voulez ?

De l'argent. Des drogues. Elle, peut-être. Pas question. Justin réussit à se remettre sur les genoux. Si seulement sa tête pouvait arrêter de tourner.

— Restez à terre ! ordonna une voix masculine.

— Filons d'ici, dit une autre voix, manifestement paniquée.

Jena rampa jusqu'à Justin.

— Est-ce que ça va ?

Elle lui toucha doucement la tête.

— Mais tu saignes !

Il l'entoura de son bras. Ces deux-là ne la toucheraient plus.

Les ados se rapprochaient d'eux.

— Je t'avais dit que ça ne marcherait pas, dit l'un d'eux.

— Oh ! toi, tu as toujours la trouille !

Justin profita de leur moment d'inattention pour sauter sur ses pieds et attaquer. Son poing droit rencontra un nez, son coude une joue.

Soudain, on entendit une sirène de voiture qui se rapprochait rapidement. Les deux jeunes hommes s'enfuirent sans demander leur reste. Mais Justin se promit de veiller à ce qu'ils soient retrouvés.

Il vacilla sur ses jambes. Jena le rattrapa, le poussa contre une camionnette et appuya son corps contre le sien pour qu'il reste debout.

— Mais enfin, qu'est-ce qui t'a pris ? cria-t-il, ce qui ne fit qu'augmenter son mal de crâne.

— Il a dit que, quand le dealer avait vu qu'ils n'avaient pas d'ordonnances, il avait frappé son copain et il avait peur de revenir se faire soigner parce que tu leur avais interdit de remettre les pieds au centre. Je suis tellement désolée, dit-elle en l'étreignant.

Mmm, que c'était bon. Il ne put s'empêcher de la serrer plus étroitement contre lui, et ses mains s'égarèrent sur les rondeurs si douces de son corps.

Elle pencha la tête de côté.

— Je mettrai cette légère inconduite sur le compte de ton coup à la tête, commenta-t-elle.

— J'ai envie de toi, Jena.

Il tenta de l'embrasser dans le cou, mais perdit l'équilibre.

— C'est bien la preuve que tu n'as pas les idées claires, plaisanta-t-elle, s'appuyant de tout son corps contre lui — ce qui lui plut énormément. Maintenant, arrête de bouger, sinon je te lâche.

Une voiture freina, sirène hurlante, et des portes claquèrent.

Justin fit un rapide résumé de la situation à l'officier de police qui les rejoignit.

— Ils se sont enfuis à pied vers le nord, ajouta-t-il.

Le policier relaya l'information par la radio fixée à son épaule.

— Vilaine entaille, observa-t-il.

Justin s'en moquait. Il n'avait qu'une envie : se retrouver au lit avec Jena.

Il lui sembla que quelqu'un parlait, très loin.

— Reste avec moi.

La voix de Jena perça le brouillard. Il la voulait dans son lit. Toute la nuit. S'il n'y avait pas cette douleur à la tête...

— Rentrons, dit-il.

Naturellement, elle ne le lâcha pas avant qu'il n'ait passé une radio, un scanner et n'ait eu douze points de suture. Ce ne fut pas trop désagréable, puisque Jena lui tint la main pendant tout ce temps, lui parlant doucement.

Pour finir, le neurologue informa Jena et Ian — qui s'était précipité dès qu'on l'avait prévenu — que Justin avait une commotion cérébrale et qu'il fallait le réveiller toutes les heures jusqu'au matin. Jena insista pour le faire, puisqu'elle était responsable de sa blessure.

Ian les ramena en voiture, puis accompagna Justin à son appartement pendant que Jena allait jeter un coup d'œil aux jumelles, mettre Jaci au courant et ôter son uniforme.

— Ça va aller ? Veux-tu que je t'aide ? demanda Ian à Justin.

— Si j'ai besoin d'aide, je préférerais qu'elle ne vienne pas de toi.

— Ce coup à la tête ne semble pas avoir affecté ta libido, observa Ian en souriant.

— Il l'aurait plutôt réveillée.

— Fais attention tout de même. Jaci s'inquiète pour Jena, elle dit qu'elle n'est plus la même depuis son retour. Elle semble préoccupée et reste secrète. Jaci pense que ça a quelque chose à voir avec toi.

— Je m'en occupe, se contenta de répondre Justin en bâillant. Jaci n'a pas de raison de s'inquiéter.

La voix de Jena le réveilla.

— Aide-moi à le redresser, on va le déshabiller.

Justin sourit.

— Bonne nuit, Ian ! lança-t-il en retirant lui-même sa chemise, se retrouvant torse nu. Il y a un peu trop de monde, ici.

— N'hésite pas à m'appeler, Jena, dit ce dernier en les quittant.

Inutile, tout était sous contrôle. Excepté les vertiges. Il s'appuya sur Jena pour recouvrer son équilibre. Et puis il y avait cette douleur lancinante à la tête. Mais rien, pas même ça, ne l'empêcherait d'avoir Jena à lui.

5

Jena accompagna Justin à la salle de bains, troublée par son torse musclé exposé ainsi sous ses yeux.

— Assieds-toi.

Son équilibre étant un peu chancelant, elle le soutint et dut réprimer l'envie de toucher sa peau.

Elle s'en voulut d'avoir des pensées aussi peu professionnelles. Elle était ici en tant qu'infirmière, pas davantage.

Sa peau recouvrait des muscles très bien dessinés. Au niveau des hanches, une ligne sombre partait du nombril et allait se perdre plus bas...

Il déboutonna son pantalon.

— Le spectacle te plaît ?

Sans aucun doute. Il aurait fallu qu'elle soit bien difficile.

— Quand on a vu un corps d'homme, on les a tous vus, dit-elle, sur un ton de provocation.

Il s'éclaircit la gorge.

— Vas-tu me nettoyer la tête, ou bien m'as-tu amené ici pour une autre raison ? demanda-t-il avec un sourire engageant.

— Comment te sens-tu ? demanda Jena.

Elle ne devait pas oublier qu'il avait eu un choc violent à la tête à peine quelques heures auparavant. Seule une femme égoïste et sans cœur aurait cédé à son désir en prodiguant ses soins à un homme qui avait été blessé en tentant de la protéger ; un homme qui, de plus, était dans l'incapacité physique ou neurologique d'accomplir les actions qui lui trottaient à l'esprit.

Il fallait qu'elle se reprenne.

— Je suis un peu fatigué. Mais toujours prêt, ajouta-t-il en souriant.

Bon. Mieux valait se concentrer sur l'entaille, qui avait été impeccablement suturée.

— Je vais ôter le sang séché de tes cheveux. Où sont les gants de toilette ?

— Sous le lavabo.

Jena se mit au travail. Au bout de quelques minutes, Justin poussa un soupir de contentement.

— Tu as un toucher très délicat.

— Merci.

— Je n'aurais pas cru que j'aimerais autant que tu prennes soin de moi.

Cela lui plaisait, à elle aussi.

A cet instant, elle se trouvait debout entre ses cuisses et il avait les yeux juste au-dessus de ses seins. Elle pouvait sentir la chaleur de son regard sur eux, et elle sentit les pointes de ses seins se dresser. Une sensation qui, bientôt, lui manquerait terriblement. Refoulant sa peine, elle se concentra sur un sujet plus positif : la vie, tout simplement.

— Aïe, gémit-il.

— Oh ! pardon.

Perdue dans ses pensées, elle y était allée un peu fort.

Elle cessa de lui nettoyer la tête et il l'enlaça. L'attirant contre lui, il posa son front juste au-dessus de son ventre.

— Tu sens si bon, et tu es si belle. J'ai envie de te toucher, de te déshabiller. De sentir les pointes de tes seins se durcir dans ma bouche.

Le ciel lui vienne en aide : elle voulait la même chose, et avait surtout envie de sentir sa bouche sur son corps. Pour la dernière fois.

— Tu n'imagines pas ce que ça me fait, d'être aussi près de toi.

Oh ! si, elle l'imaginait tout à fait.

— Tu veux bien me laisser te toucher ?

Oui.

Comme s'il l'avait entendue, il posa la main sur son sein droit qu'il titilla de son pouce, déclenchant en elle une sensation de pure volupté. C'était merveilleux, et en même temps inquiétant. En l'absence de mamelons sensibles et érectiles, pourrait-elle de nouveau éprouver un tel désir pour un homme ?

— Ça va ? demanda-t-il.

— Très bien.

Pas vraiment, en fait.

— Je crains que ce coup sur la tête n'ait complètement déréglé le contrôle de tes pulsions, déclara-t-elle.

Et le pire, c'était qu'elle prenait le même chemin.

« Pense uniquement : relation infirmière-patient », se dit-elle.

— Ta tête est nettoyée, à présent.

Elle voulut s'éloigner de lui. Un peu de distance calmerait les choses, et il devait dormir. Mais il la tenait toujours serrée.

— Justin ?

— Ne bouge pas. Je crois que je vais vomir.

Jena s'écarta juste à temps, puis elle lui tendit un linge humide pour qu'il s'essuie le visage.

— Cela ne me plaît pas beaucoup que tu me voies dans cet état, marmonna-t-il.

Sans répondre, elle l'aida à se lever.

— Es-tu encore nauséeux ?

S'il vomissait de nouveau, elle appellerait le médecin.

— Je vais bien, répondit-il, sans en avoir l'air du tout. Allons nous coucher.

Il était temps de se répartir l'espace pour la nuit.

— Ian m'a autorisée à dormir dans son lit, dit Jena.

— Avait-il un grand sourire en disant ça ?

A bien y réfléchir, oui.

— Il se trouve que son lit est aussi le mien. Tu dors avec moi, décréta Justin en la prenant par la main.

— C'est une mauvaise idée, Justin. On ne peut pas...

— Tu as promis au médecin de veiller sur moi toute la nuit. Comment vas-tu t'y prendre si tu dors dans une autre chambre ?

— Je ferai sonner l'alarme de mon téléphone, et je viendrai te réveiller toutes les heures.

— Trop compliqué, répondit-il en l'entraînant dans sa chambre. Plus je discute, et plus ma tête me fait mal.

— Je vais te chercher un calmant.

— Tu es tout ce dont j'ai besoin.

Jena sourit. Comment une femme pouvait-elle résister à ce genre de phrase ?

Il lui lâcha la main, défit son pantalon et le laissa tomber par terre.

— Peux-tu ôter mes chaussures ?

Bien sûr, elle était là pour ça. S'occuper des autres était ce qu'elle faisait le mieux.

A présent, Justin était nu à l'exception d'un boxer-short en coton. Il se glissa sous les couvertures du grand lit, et l'attendit.

Jena brancha l'alarme de son téléphone portable, qu'elle posa sur la petite table. Puis elle le rejoignit dans le lit... Seulement pour cette nuit. Parce qu'il avait une blessure à la tête. Elle se coucha en lui tournant le dos.

Il vint se blottir derrière elle, comme il l'avait fait la dernière fois qu'elle avait dormi dans son lit. Son bras puissant lui entoura les côtes tandis que sa main recouvrait son sein.

— Merci, dit-il dans un profond soupir.

« Non. Merci à toi », répondit-elle silencieusement. Elle ferma les yeux pour mieux savourer sa présence. Juste pour cette nuit. Son corps se détendit, abandonné contre le sien dans une intimité qui ne se reproduirait plus jamais...

Elle se réveilla dans le noir et arrêta l'alarme de son téléphone. Justin grogna à côté d'elle. C'était le moment du test neurologique horaire.

— Comment t'appelles-tu ? lui demanda-t-elle.

— Cela t'arrive-t-il souvent de te réveiller à côté de quelqu'un dont tu ne connais pas le nom ? plaisanta-t-il. Je m'appelle Justin Rangore.

— Plus difficile, à présent. Qui suis-je ?

Son bassin se colla contre le sien et elle sentit quelque chose de ferme contre sa hanche.

— Tu es la charmante, l'adorable et la sensuelle *Jena* Piermont, répondit-il en insistant sur le prénom.

Elle sourit, secrètement ravie, avant de rebrancher l'alarme pour l'heure suivante.

— Dodo, dit-elle.

A sa surprise, il ne protesta pas et replongea immédiatement dans le sommeil.

Les trois fois suivantes, lorsque l'alarme sonna, elle eut tout juste la force de secouer Justin, de vérifier qu'il savait se situer en tant que personne dans le temps et dans l'espace, puis de rebrancher l'alarme avant de retomber endormie.

— Salut, ma belle.

Une douce voix d'homme interrompit un rêve délicieux et quelqu'un déposa un baiser sur le bout de son nez.

— Debout, il est l'heure.

Jena cligna des yeux, éblouie par le soleil matinal et découvrit le visage de Justin à quelques centimètres du sien.

— Comment te sens-tu ? lui demanda-t-elle.

Justin lui prit la main et la glissa le long de son torse nu jusque sous les couvertures.

— Qu'en penses-tu ?

Oh ! Impressionnant.

— C'est la preuve que tu n'as plus besoin de moi.

Elle voulut rouler sur le côté, mais fut bloquée par ses hanches.

— Oh ! si, répondit-il en se penchant pour lui embrasser la joue. Ne t'en va pas.

Il réussit à se glisser entre ses genoux et elle sentit la pression de son érection contre son bas-ventre. Instinctivement, elle eut envie de soulever les hanches.

Avec tendresse, il repoussa une mèche de son front, puis plongea son regard dans le sien.

— Reste avec moi, Jena.

Jena. Pas Jaci.

Il ne fallait pas. Cela ne ferait que rendre le choix de son futur mari plus difficile, et elle devait faire ce qui était le mieux pour elle et ses filles. Un coup d'œil à la pendule lui apprit que d'ailleurs, elles ne tarderaient pas à se réveiller. Jena n'avait jamais été séparée d'elles aussi longtemps que ces dernières vingt-quatre heures. Elle avait hâte de les embrasser, de sentir leur peau de bébé.

— S'il te plaît, ajouta-t-il de sa voix grave et sensuelle, qui savait la faire vibrer. Je voudrais te montrer quelque chose.

Lentement, il remua ses hanches d'avant en arrière.

— Que... que veux-tu me montrer ?

— Comme je fais bien l'amour quand je suis sobre, murmura-t-il à son oreille. Quand je prends mon temps, et que je me concentre uniquement sur ton plaisir.

Elle ne put réprimer un frisson de volupté. Deux Jena se livraient bataille en elle : la femme sensuelle, qui n'écoutait que son corps languissant après Justin, et la femme rationnelle, posée et responsable, dominée par sa raison.

Cette fois, ce fut la deuxième qui gagna, mais de justesse, car à chacune de ses caresses sur ses seins, chaque fois qu'il frottait son pénis en érection contre son sexe humide et gonflé, elle sentait sa raison vaciller.

— C'est très altruiste de ta part, railla-t-elle.

Et très tentant. Si elle épousait Thomas, adieu le sexe et bonjour l'abstinence. Même si elle parvenait à trouver, en l'espace de deux mois, un homme compréhensif qui accepterait sa décision, d'après les recherches qu'elle avait faites sur internet il y aurait des changements importants au niveau des sensations et de l'aspect de ses seins après l'opération. Cela aurait inévitablement un impact, à la fois pour elle et pour son partenaire, sur leur future relation intime.

C'était probablement la dernière occasion qui lui était donnée de sentir le délicieux picotement de ses seins tendus, de jouir de la caresse des mains et de la bouche d'un homme…

— Tu parles de sexe, mais pour faire l'amour, il faut… de l'amour, objecta-t-elle. Ou au moins, une certaine affection mutuelle.

Justin embrassa le point sensible à la base de son oreille. Oh ! si doucement. Ses hanches maintenaient leur rythme d'avant en arrière, sans se presser.

— Si je passais les deux heures qui suivent à te montrer la différence ? proposa-t-il, frôlant sa bouche de ses lèvres. Je préférerais que tu oublies la façon dont cela s'est passé entre nous la première fois.

Il commença à glisser le long de son corps.

— Hé ! Je n'ai pas encore dit oui, protesta-t-elle.

D'autorité, il souleva son T-shirt.

— Cela viendra, assura-t-il en enroulant sa langue autour d'un mamelon.

Et là… Oh ! mon Dieu.

— Oui, chuchota-t-elle sans même en avoir conscience.

Il suça l'autre mamelon avec la même volupté, la même assurance de séduire. Pour cela, Justin savait y faire : il utilisait tous les moyens nécessaires pour obtenir ce qu'il voulait. Finalement, il la traitait comme n'importe laquelle de ses conquêtes.

— Stop, dit-elle en le repoussant.

Levant la tête, il la regarda, surpris.

— Annie et Abbie vont bientôt se réveiller. Il faut que j'y aille.

Elle s'attendait à ce qu'il insiste, mais non. Il se contenta de déposer un dernier baiser dans son cou.

— Alors, cette nuit. Après le travail. Tu verras ce que je vais te faire.

Jena ne put réprimer un frisson d'anticipation…

Plus tard, Justin croisa Jena dans le centre médical.

— Tu as l'air fatigué, observa-t-elle.

Touché, il lui sourit. C'était gentil de sa part de continuer à se soucier de lui.

— Quelqu'un n'a pas arrêté de me réveiller la nuit dernière, répondit-il.

— Aussi as-tu besoin d'une bonne nuit de sommeil pour récupérer.

Elle le prit par la main.

— Justin fait une petite pause, annonça-t-elle à Gayle tout en l'entraînant dans le hall. Suis-moi. Je n'arrive pas à croire que tu aies si peu confiance en moi que tu viennes me surveiller comme un papa poule, au lieu de te reposer dans ton lit.

— C'est là que je serais si tu étais restée avec moi quand je te l'ai demandé, rétorqua-t-il.

Il mourait d'envie de défaire son chignon impeccablement serré et de laisser ses boucles blondes se répandre sur ses épaules.

Mais en dehors de ses avantages physiques indéniables, Justin découvrait qu'il prenait plaisir à passer du temps avec elle, et ils avaient passé de nombreuses heures ensemble ces deux derniers jours. Il était aussi resté une bonne partie de la matinée et le début de l'après-midi dans la chambre de Jena, à profiter de ses filles et à apprendre à s'occuper d'elles. Et pendant qu'elles dormaient, il avait vérifié ses relevés de comptes et lui avait appris à les déchiffrer et à payer ses factures.

A ce jour, c'était la période la plus longue qu'il eût jamais passée dans une chambre avec une femme, sans qu'ils finissent par se déshabiller. Pourtant, il avait apprécié chaque moment avec Jena, découvrant chez elle un captivant mélange de contrastes : elle était innocente, mais sexy ; chaleureuse, mais réservée ; hésitante, mais confiante.

En fait, il n'était pas venu au centre médical uniquement pour la protéger. Il ne voulait surtout pas qu'elle oublie qu'après son travail, ils avaient rendez-vous dans son lit. Là, il lui prouverait qu'il était bien attiré par elle, et non pas par Jaci. Il lui donnerait envie de lui autant qu'il avait envie d'elle, et il éliminerait Thomas, le Dr Charmeur et tous les autres hommes de ses pensées.

Certes, elle avait besoin de se marier. Seulement, il ne pouvait supporter l'idée qu'elle se retrouve au lit avec un autre. Il ne voulait pas non plus risquer de la décevoir pendant cinq longues années.

— Je me sens beaucoup mieux, dit-il.

A l'exception d'un soupçon de mal de tête qui persistait.

Jena l'entraîna dans une salle d'examen vide et lui désigna une chaise.

— Assis.

— Bien, madame.

Elle s'approcha de lui pour vérifier l'évolution de sa cicatrice et il écarta les jambes pour l'accueillir plus près de lui.

— J'aime te sentir, murmura-t-il, prenant une profonde inspiration.

Puis il posa les mains sur ses fesses fermes.

— J'aime te toucher.

Elle l'ignora, apparemment concentrée sur son examen.

— La cicatrice est bien nette. Des maux de tête ?

— Non, mentit-il, soucieux que rien ne vienne contrecarrer ses projets pour la nuit.

— Troubles de la vision ?

— Non.

Jena tenta de s'écarter, mais il la retint.

— Tu ne m'as pas interrogé sur mes lèvres. Elles brûlent. Avec un baiser, cela irait beaucoup mieux.

— Arrête, dit-elle, tout en souriant.

— Embrasse-moi d'abord.

Sa main recouvrit son sein, dont le bout se durcit sous sa paume.

— Les seins sont la partie de l'anatomie féminine que je préfère. Et les tiens sont une véritable perfection.

Ils étaient les plus jolis qu'il eût jamais vus, les plus agréables au toucher.

— J'apprécie que tu ne portes pas de soutien-gorge à bonnets renforcés.

Ainsi, il pouvait sentir son excitation à travers le tissu.

— On ne peut pas, chuchota-t-elle.

Pour autant, elle ne chercha pas à s'enfuir.

Il se mit à caresser les deux seins en même temps sous sa blouse.

— Oh non, ça devient trop dur, gémit-elle.

— C'est ça qui devient dur, dit-il en guidant sa main jusqu'à son sexe en érection.

Grossière erreur. Elle sursauta, comme sous l'effet d'un choc électrique.

— Il ne faut pas ! Ce n'est pas du tout professionnel. Si Mary arrivait avec un patient ?

— Elle n'entrerait pas sans frapper.

Mais Jena avait raison : il était allé trop loin. Il chercha son regard.

— Plus tard. Promets-le-moi.

— Entendu, répondit-elle après une seconde d'hésitation. Cette nuit.

Avant de passer la porte, elle se retourna et murmura quelque chose comme : « Pour la dernière fois. »

Resté seul, Justin ferma les yeux. La dernière fois ? Ils venaient à peine de commencer... Tout de même, il aurait bien voulu savoir ce qu'il se passait dans cette jolie tête blonde. Qu'est-ce qui faisait qu'une des filles les plus riches de la ville avait arrêté son télescope sur lui, l'avait choisi comme premier amant, et lui faisait confiance pour qu'il l'aide à s'occuper de ses finances ?

Pourquoi y avait-il cette lueur de désir dans ses yeux quand elle le regardait, alors qu'elle aurait pu avoir des hommes plus fortunés et plus cultivés, correspondant à son milieu ?

Il raccompagna dehors un homme qui était arrivé affolé, une heure auparavant, portant son petit garçon qui menaçait de s'étouffer en toussant. Finalement, il s'agissait du croup, devenu rare depuis qu'il existait un vaccin antidiphtérique.

— Vous avez des enfants ? demanda l'homme.

« Depuis environ deux jours. »

— Oui, deux petites filles. Des jumelles.

Involontairement il s'était redressé avec fierté.

— Quand on est parent, on peut parfois devenir fou d'inquiétude, observa le père.

Justin ne douta pas qu'il en serait de même pour lui, une fois qu'il aurait affermi son rôle parental au côté de Jena.

Vers minuit et demi, Jena et lui sortirent du centre médical en compagnie de Mary.

— Eclatez-vous bien, tous les deux, dit-elle avec un clin d'œil complice avant de regagner sa voiture.

— Oh ! non, murmura Jena en saisissant le bras de Justin. Tu crois qu'elle sait... ?

Son embarras l'amusa. Elle était si différente des femmes auxquelles il était habitué. Si... rafraîchissante.

— Quoi ? Que nous allons nous mettre nus tous les deux, et nous adonner au sexe ? Que nous allons renouer connaissance intimement, voire même faire l'amour ?

Elle lui donna une tape sur le bras.

— Je suis sérieuse.

— Moi aussi.

Gardant sa main au chaud dans le creux de son bras, il l'entraîna vers son 4x4. Durant le trajet vers l'appartement, elle parut mal à l'aise.

— Je suis un peu nerveuse, avoua-t-elle lorsque Justin se gara. Maintenant que tu es sobre et que tu sais que je ne suis pas Jaci... Peut-être vas-tu me trouver... décevante ?

— Qu'est-ce que c'est que ces bêtises ?

L'inquiétude de Jena semblait sincère. Il plongea dans ses magnifiques yeux bleus et la vit très vulnérable, cherchant à être rassurée.

— Ma chérie.

Il prit ses mains dans les siennes.

— J'ai terriblement envie de toi depuis ce matin. Je n'ai fait que fantasmer toute la journée. Il est impossible que tu me déçoives.

— Parfois, quand on veut quelque chose très fort, la réalité ne correspond pas à notre attente.

Justin eut l'impression d'avoir reçu un coup à l'estomac. Elle était en train de lui dire qu'il l'avait déçue la première fois, qu'il s'était trop précipité. Une femme expérimentée avait ses exigences et savait comment trouver son plaisir. Une femme sans expérience avait besoin qu'on la guide, et qu'on l'encourage à exprimer ses désirs.

En tout cas, elle avait suffisamment confiance en lui pour lui avouer ses craintes. Justin n'en fut que plus résolu à lui offrir la nuit d'amour qu'elle méritait et à lui prouver son attirance pour *elle*, Jena. Ce serait une nuit inoubliable, quoi qu'il arrive ensuite.

L'attirant contre lui, il déposa un baiser sur ses lèvres.

— Cette nuit, personne ne sera déçu, déclara-t-il. Je te le promets.

Il fit un pas de côté et, tendant la main vers elle, il attendit.

Avec un léger sourire, elle mit sa main dans la sienne. Elle lui faisait confiance, croyait en lui. Nulle parole n'était nécessaire.

Au rez-de-chaussée de l'immeuble, Brandon, le concierge, leur fit un petit signe.

— Bonsoir, Jaci. Bonsoir, Justin.

Jena lui sourit sans hésiter.

— Bonsoir, Brandon. Comment va votre maman ?

— Beaucoup mieux, merci.

Justin le voyait tous les jours et n'avait jamais discuté avec lui de sa mère. Et il doutait que Jaci l'ait fait.

— Pourquoi n'as-tu pas rectifié ?

Jena haussa les épaules en appuyant sur le bouton de l'ascenseur.

— C'est plus simple comme ça. Je suis la jumelle calme, timide et docile. Jaci est drôle, amicale et populaire. Cela ne me dérange pas que l'on me prenne pour elle. Du moins, en général, ajouta-t-elle avec un petit soupir triste. Mais j'avoue que parfois, je suis lasse d'être toujours la jumelle sage.

Une fois dans l'ascenseur, Justin lui sourit.

— Je suis certain que, si tu donnais une chance aux gens de te connaître, ils te trouveraient aussi amicale que Jaci et ils t'aimeraient. Moi, par exemple, ajouta-t-il en la pressant contre la paroi métallique avant de l'embrasser dans le cou. Tu me plais bien.

Elle se mit à trembler légèrement.

— Toi aussi, tu me plais, répondit-elle.

Il la souleva et pressa son sexe dur contre elle.

— Et si tu cherches à laisser s'exprimer un peu la vilaine fille qui est en toi, tu es venue au bon endroit.

Jena appuya le front sur son épaule.

— Parfois, c'est si bon d'être vilaine.

— Chérie, tu n'as encore rien vu.

6

Les portes de l'ascenseur s'ouvrirent avec un tintement. La soulevant toujours, Justin voulut sortir, sans se soucier de qui pourrait les voir.

— Repose-moi, pria Jena.

Elle tenta de se dégager, mais avec un homme aussi fort que Justin, c'était peine perdue.

— S'il te plaît... La vilaine fille en herbe qui est en moi n'est pas prête pour des démonstrations en public.

Il écarta les bras juste assez pour qu'elle puisse glisser jusqu'à terre en se tortillant.

A peine étaient-ils arrivés chez lui que, sans même prendre le temps d'allumer la lumière, Justin claqua la porte et, poussant doucement Jena contre le mur, frotta ses hanches contre ses cuisses écartées. En même temps, il pressa sa bouche contre la sienne et l'embrassa passionnément.

A l'évidence, la vilaine fille qui était en elle n'avait pas besoin d'être très stimulée. Elle lui rendait baiser pour baiser, caresse pour caresse.

Enfin, ils s'arrêtèrent pour reprendre leur souffle.

— Bon sang, Jena, haleta-t-il. C'est si bon... Je vais avoir du mal à me contrôler.

Il appuya son front sur le sien.

— Si nous ne ralentissons pas un peu, je te prends ici, tout de suite.

Elle eut envie de crier : « Vas-y ! Laissons-nous emporter. Prends-moi maintenant, comme si ta vic en dépendait. » Comme elle l'avait vu si souvent dans les films sentimentaux qu'elle regardait seule, dans sa chambre, il n'y a pas si longtemps. D'autant plus que c'était probablement sa dernière chance de connaître une telle expérience...

— Pourquoi pas ? répondit-elle plus calmement.

— Ne me tente pas... Je veux que cette nuit soit très spéciale pour toi, murmura-t-il d'une voix rauque. Dis-moi ce que tu veux, ma chérie.

— Tu le sais, osa-t-elle répondre. Je voudrais que tu me déshabilles et que tu me prennes maintenant, sans attendre. Je veux te sentir en moi.

D'un geste, Justin lui ôta son soutien-gorge et ils se retrouvèrent peau contre peau. Instinctivement, elle se frotta en rythme contre lui.

— Cette vilaine fille me plaît de plus en plus, marmonna-t-il en arrachant son string.

— A moi aussi. Elle n'apparaît que pour toi.

— Parfait.

Elle se retrouva nue, et se sentit soudain gênée. Son corps avait changé depuis leur première fois ensemble, mais pas en s'améliorant.

Justin tendit le bras et alluma la lumière.

— Eteins tout de suite ! cria-t-elle en tentant de couvrir son ventre de ses mains.

Non, il ne fallait pas qu'il voie...

— Je ne veux pas que l'on soit juste deux personnes anonymes s'agitant dans le noir. J'ai envie de te regarder...

— Non ! cria-t-elle plus fort.

Il la prit par les épaules.

— Hé, qu'est-ce qui ne va pas ?

— Je dois m'en aller...

Elle n'aurait jamais dû venir. Jamais elle ne pourrait se comparer aux femmes que Justin appréciait, aux corps minces et parfaits.

— Parle-moi, dit-il avec calme.

— Seulement si tu éteins la lumière.

Il la regarda comme si elle avait perdu l'esprit, mais s'exécuta néanmoins. Le problème, c'était qu'à présent elle voulait s'en aller, mais ne pouvait plus retrouver ses vêtements dans le noir.

— Je viens juste de penser que tu as mis au monde deux bébés, et que je ne sais même pas si tu as accouché par les voies naturelles ou si tu as eu une césarienne, dit-il doucement.

— A présent, je suis nue et j'ai froid, se plaignit-elle. Je préférerais être habillée pour poursuivre cette conversation.

— Pas de problème, je vais te réchauffer.

La soulevant dans ses bras, il la porta jusqu'au canapé, s'assit en premier et l'installa face à lui sur ses genoux, cuisses ouvertes. Puis il les enveloppa tous les deux dans une couverture blanche en tricot.

— Je t'écoute.

— Pour commencer, j'ai accouché normalement de mes deux filles, et le médecin m'a dit que je pouvais reprendre une activité sexuelle au bout de six semaines.

— Ça tombe bien.

— Mais je n'y suis pas obligée, dit-elle. Et finalement, j'ai décidé d'attendre.

Elle tenta vainement de s'échapper, mais ce faisant frôla son sexe toujours dur, ce qui réveilla en elle une vague de désir.

— Mmm, j'adore cette position...

— Moi aussi.

Justin se mit à remuer sous elle, massant exactement l'endroit qu'il fallait.

— Imagine, je n'ai qu'à baisser mon pantalon, enfiler un préservatif et je suis en toi. C'est l'affaire de quelques secondes.

— Vas-y.

Il lui prit les deux mains.

— Explique-moi d'abord ta phobie soudaine de la lumière. Aurais-tu été vampire dans une autre vie ?

— Et moi qui recommençais à me sentir bien... Le sexe d'abord, les explications ensuite ? proposa-t-elle d'un air engageant.

Avec un peu de chance il s'endormirait avant, et elle pourrait s'éclipser au milieu de la nuit pour aller retrouver ses bébés...

Mais il fut intraitable.

— Les explications d'abord. Ensuite, nous aurons toute la nuit pour le sexe, au point que tu seras trop épuisée pour remuer un cil.

L'offre était tentante.

— Bon, d'accord. Mon corps n'est plus celui que tu as aimé la première fois.

Il ne broncha pas, attendant la suite.

— J'ai des vergetures, tu comprends ? D'horribles marques rouges sur le ventre. C'est à vous couper l'envie et j'espérais que tu ne les verrais pas.

Elle s'appuya sur son torse pour se relever.

— Tu es content, à présent ?

— Une minute, dit-il, la tenant par les hanches pour qu'elle reste en place. C'est moi qui décide de ce qui me fait envie ou pas.

Se penchant légèrement sur le côté, il alluma une petite lampe.

— Tu as décidé de me contrarier ? protesta-t-elle.

Il leva les yeux vers elle, à la fois sérieux et songeur.

— Le fait que tu aies donné naissance à mes deux filles est pour moi quelque chose de merveilleux. Je pense que tu es une très belle femme. Et ce ne sont pas quelques marques sur ta peau qui me feront changer d'avis.

Jena en doutait. Lui qui accordait tant d'importance à la beauté physique, et pour qui les femmes étaient un divertissement...

Il tira doucement sur la couverture qu'elle retenait désespérément.

— S'il te plaît...

Peu à peu, elle finit par le laisser faire et il révéla son corps en pleine lumière.

A la surprise de Jena, il ne réagit pas, se contentant de la regarder avec attention. Pourtant, elle savait ce qu'il voyait : une peau qui avait perdu sa fermeté autour du nombril, et de nombreuses marques à la base du ventre, s'étendant vers les hanches.

— Est-ce que ça fait mal ? demanda-t-il à voix basse.

— Seulement au moral. Là-bas, l'infirmière m'a affirmé qu'elles s'effaceraient avec le temps. Mais je crois qu'il vaut mieux renoncer aux Bikinis.

Il laissa courir son doigt sur une vergeture particulièrement visible.

— Tu as connu beaucoup de changements et d'épreuves à cause de moi, dans ton corps et dans ta vie.

Ce n'était pas la réaction à laquelle elle s'attendait. Elle étudia son expression, bien loin de montrer la répulsion qu'elle redoutait. C'était plutôt un mélange d'intérêt, d'admiration et... était-ce possible ? Y avait-elle vraiment vu une étincelle d'amour ?

— Je ne regrette rien, dit-elle, sincère. J'aime mes filles, et j'adore être une mère.

Il ne lui restait plus qu'à être une épouse attentionnée pour son mari, gérant leurs vies et planifiant l'avenir de ses filles.

— Je te trouve toujours très belle, Jena, déclara-t-il en la regardant.

Il mentait bien.

— Continue avec ce genre de baratin, et je ne croirai plus un seul mot sortant de ta bouche.

Justin poussa un soupir dramatique.

— D'accord, tu as raison. Tes seins sont hideux, au point que je ne supporte pas de les regarder.

Joignant le geste à la parole, il se cacha les yeux et elle lui donna une tape sur l'épaule.

— Dis donc, ce n'est pas très sympa.

Il prit l'air dépité.

— Quoi que je dise, ce n'est jamais bien. Comment te satisfaire ?

Posant les mains sur ses seins, il abaissa les yeux sur son sexe et s'humecta les lèvres.

— Je crois que je connais un moyen.

Le cœur de Jena se mit à battre plus vite.

— Mais d'abord... Embrasse-moi, chérie. Et je serai à ton entière disposition. Demande-moi ce que tu veux, Jena.

Aucun doute, c'était bien à elle, et à elle seule qu'il s'adressait. Prenant son visage dans ses mains, elle se mit à l'embrasser avec une ferveur qui la surprit elle-même.

N'y tenant plus, il la serra contre lui et lui rendit son baiser avec fougue, donnant pour la première fois libre cours aux émotions qu'il ressentait. Ce baiser, c'était pour la fille qui l'avait épié adolescente, pour la femme qui l'avait choisi comme premier et unique amant, et pour la mère de ses enfants.

— Je ne veux pas de sexe, déclara-t-elle quand ils reprirent leur souffle.

Il n'eut pas le temps de paraître déçu.

— Je voudrais que tu me fasses l'amour.

Cela pouvait s'arranger.

— Fais-moi l'amour comme à une femme à qui tu tiens, qui compte vraiment pour toi.

Il se raidit.

— Mais si tu ne peux pas... ça ne fait rien, ajouta-t-elle en l'embrassant de nouveau.

Elle défit le bouton de son pantalon et il la laissa faire, en s'avouant qu'en réalité, il tenait à elle, pour des tas de raisons : il y avait eu leurs rencontres clandestines au lycée ; les gâteaux qu'elle préparait pour lui ; la façon dont elle s'occupait de Jaci, de ses filles, de ses patients et même de lui — quand il avait été blessé.

Le fait qu'elle compte autant pour lui était la seule explication à la peur et à la colère ressenties quand il l'avait sue entre les mains des deux jeunes délinquants — et qui avaient été sans commune mesure avec les émotions qu'il éprouvait en secourant une victime dans le cadre de son métier de policier. Il se rappelait son angoisse en songeant qu'il aurait pu se retrouver seul avec leurs filles, s'il lui était arrivé malheur...

— Ça va ? demanda Jena.

Il hocha la tête. On pouvait dire qu'il allait bien, si l'on considérait qu'en l'espace de deux jours, il avait été confronté à un passé qu'il ignorait, que son présent était chamboulé, et que son avenir n'avait plus rien à voir avec celui qu'il avait envisagé — tout cela, de par le retour de la femme qu'il tenait dans ses bras.

D'une manière plus sexy que la plus chevronnée des séductrices que Justin ait eues dans son palmarès, Jena glissa de ses genoux, entraînant avec elle son pantalon et son boxer. Au passage, il accompagna son geste en soulevant les reins.

Agenouillée à ses pieds, nue entre ses cuisses, elle leva les yeux vers lui.

— C'est *toi* qui es beau, murmura-t-elle.

Devant son sexe en érection, ses yeux s'écarquillèrent.

— Je sais à quoi tu penses et j'adorerais ça, dit-il d'une voix éraillée. Mais cette nuit est pour toi.

Elle sourit.

— L'idée me plaît assez.

— Ma chérie, ce qui va suivre te plaira encore plus.

Il prit un préservatif et déchira l'emballage.

— Si on le mettait à deux ?

— Je ne l'ai encore jamais fait.

Avec elle, il aimait être l'homme des premières fois. Il appréciait aussi l'intérêt qu'il lisait dans ses yeux quand ils se posaient sur son membre viril, fièrement dressé pour elle.

— Comme ça.

Prenant ses mains dans les siennes, il l'aida à dérouler le préservatif.

— Maintenant, pouvons-nous en venir au fait ? demanda-t-elle, impatiente.

Oh ! oui.

— Chevauche-moi.

Jena s'exécuta, un genou de chaque côté de ses hanches. Il posa les mains sur ses fesses et, lentement, pénétra dans sa chaleur humide, si tentante.

— Mmm, gémit-elle. C'est trop bon.

Titillant ses seins, Justin adressa une brève prière au dieu de l'endurance tandis que son bassin allait et venait sans arrêt.

« Garder le contrôle. »

— Oh ! Jena.

— Encore, répondit-elle, haletante.

Il fut tenté d'accélérer le rythme pour les amener tous les deux jusqu'à paroxysme du plaisir. Mais elle voulait qu'il lui fasse l'amour, comme à une femme à laquelle il tenait.

Et soudain, cinq années de mariage avec elle ne lui parurent pas si redoutables, ni même dix ou vingt ans.

— Je veux te voir jouir, dit-il en allumant la lampe. Croise les pieds derrière mon dos.

Leurs langues se mêlèrent et le plaisir se mit à monter en lui.

— Dis-moi ce que tu veux, lui demanda-t-il de nouveau.

— Toi, répondit-elle, les yeux fermés, ses hanches accompagnant ses coups de reins.

— Moi aussi je te veux, Jena. Rien que toi.

Et pas seulement pour cette nuit.

— Tu comptes pour moi.

Du coup, elle rouvrit les yeux et il accéléra le rythme, se délectant de l'entendre gémir de plaisir.

— Jena, tu es si belle, intelligente et sexy…

— Justin ! cria-t-elle.

Il atteignit l'orgasme quelques secondes après elle et roula sur le côté, l'entraînant avec lui.

Le lendemain matin, Justin se réveilla, le corps nu et chaud de Jena blotti contre lui, sa tête au creux de son épaule. Il sourit. C'était une câline.

Pour une fois, cela ne le dérangeait pas. Il ne s'esquiva pas sans la réveiller, et ne chercha pas une excuse pour se débarrasser d'elle. Au contraire, il aimait la sentir ainsi, et se dit que ce serait bien s'il pouvait vivre cela en permanence. Et il n'éprouvait plus d'angoisse à la perspective d'être lié de façon durable à une femme. L'idée d'être le mari de Jena, de dormir près d'elle chaque nuit, vivre et prendre soin d'elle et de ses filles — sa famille — le rendait même heureux.

Tout ce qu'il lui restait à faire, c'était de convaincre Jena de l'épouser.

Il jeta un coup d'œil à la pendule. En bonne mère qu'elle était, elle voudrait rentrer avant que les filles ne se réveillent. Cela lui laissait une vingtaine de minutes : quinze pour mettre à profit son érection matinale, et cinq pour aborder le sujet du mariage pendant qu'elle ressentirait encore les effets de l'orgasme.

Avec précaution, il se tourna pour lui faire face, et lui caressa doucement la jambe avant de poser la main sur son sein.

Elle s'étira en poussant de petits grognements.

— Bonjour, ma beauté.

Les yeux toujours fermés, elle esquissa un sourire.

— Trois fois, ce n'était pas assez ? murmura-t-elle.

Le sexe. La douche. Et la pause-ravitaillement de 3 heures du matin.

— Je crains que non.

Il lui semblait qu'il ne pourrait jamais se rassasier d'elle. Leur compatibilité au lit était incontestable.

— Je viens de penser à une position qu'on n'a pas encore essayée...

Lorsque, comblés, ils s'écroulèrent l'un près de l'autre, Jena poussa un long soupir satisfait.

— C'était... indescriptible. Beaucoup mieux que je l'aurais cru possible.

— Je suis d'accord, dit-il.

L'occasion se présentait d'elle-même.

— Tu es drôle et charmante, et tendre, et belle, et sexy. Et bien que je doute être le genre de type avec qui tu aies jamais rêvé de faire ta vie un jour, je ferai tout mon possible pour être un bon mari et un bon père pour les jumelles. Alors, qu'en dis-tu ? Veux-tu m'épouser ?

Elle ne répondit pas.

— Je t'offrirai une belle bague de fiançailles...

Mais elle restait sans réaction.

— Je sais qu'il n'y a pas de garantie pour que ça marche, mais on se plaît bien, poursuivit-il. En tout cas, toi, tu me plais. Et je crois que je te plais aussi. Et tous les deux, nous voulons ce qu'il y a de mieux pour nos filles. On s'entend bien au lit, c'est plutôt un bon début, non ?

Elle tourna vers lui un regard morne.

— Et si je n'étais ni belle ni sexy, et qu'on ne s'entende pas au lit ? Est-ce que tu voudrais encore m'épouser ?

Voilà que ça recommençait. Les femmes avaient toujours le chic pour déformer tout ce qu'on leur disait.

— Moi, je pense que non, dit Jena en s'écartant de lui.

— Donne-moi une chance de m'exprimer, tu veux bien ?

Elle s'immobilisa, assise sur le lit, lui tournant le dos.

— Tu me poses des questions dont je ne connais pas les réponses, commença-t-il après s'être redressé sur ses oreillers. Tu voudrais que je te mente pour que tu sois heureuse ? Devrais-je te jurer que je te trouverai toujours jolie, et que j'aimerai toujours ton corps quoi qu'il arrive ? Que, jusqu'au jour de ma mort, je ne trouverai jamais une autre femme aussi sexy que toi ?

Jena baissa la tête sans répondre.

— Je ne peux pas prédire l'avenir, ma chérie. Mais je suis complètement honnête quand je te dis mon désir de me marier avec toi. Et je te jure solennellement que je te respecterai et prendrai soin de toi et de nos filles pendant cinq ans, pour que tu puisses remplir les conditions de ton père.

Elle se raidit.

— Cela signifie-t-il que j'envisage de m'enfuir et d'entamer la procédure de divorce à la seconde où tu auras touché ton cinquième chèque ? poursuivit-il. Bien sûr que non. Cela veut-il dire que nous vivrons toute notre existence dans une totale félicité ? Je l'espère, mais je n'en sais rien. Quels couples récemment mariés peuvent l'affirmer ?

— Savais-tu que ma mère était décédée d'un cancer ? demanda brusquement Jena.

Enfin, elle se décidait à ouvrir la bouche. Totalement hors sujet, mais il s'en contenterait.

— Non, je croyais qu'elle était morte d'une pneumonie.

— Suite à un cancer métastatique du poumon, lui-même consécutif à un cancer du sein. J'étais tellement occupée à la soigner de son traumatisme crânien, qu'il ne m'est pas venu à l'idée que le cancer était revenu.

Justin se rappela vaguement que Jaci lui avait parlé de la tumeur au sein de sa mère.

— A la suite du premier cancer, la relation entre mon père et ma mère a changé. Maman a bien essayé de maintenir à la maison l'atmosphère que nous connaissions, mais papa passait de plus en plus de temps à son bureau. Avec la chimiothérapie, elle était souvent malade. Son opération lui a laissé des cicatrices douloureuses, et les rayons l'ont terriblement fatiguée.

Tout en l'écoutant, Justin se demanda ce que cela avait à voir avec la question leur mariage.

— Voilà comment je me suis retrouvée à m'occuper de la maison, du personnel et de ma mère à l'âge de treize ans, poursuivit Jena.

Pendant que Jaci passait les heures après la classe et les week-ends à traîner dehors avec lui et leurs copains...

— Lorsque ses magnifiques cheveux blonds ont commencé à tomber mèche par mèche, je l'ai aidée à trouver des moyens de le cacher. Je l'accompagnais pendant ses traitements et lui tenais la bassine quand elle vomissait. J'ai vu mon père, qui l'avait adorée, la regarder avec répulsion. Et j'ai assisté à son repli, elle qui était si chaleureuse et pleine de vie. A force de combattre la maladie et la peur, elle est devenue de plus en plus déprimée. J'ai consacré mes années d'adolescence à prendre soin d'elle, et je n'aurais pas voulu qu'il en soit autrement. Mais je refuse de mettre mes filles dans la même situation.

— Une minute.

Justin vint s'asseoir à côté d'elle, sur le lit.

— Es-tu en train de me dire que tu as un cancer du sein, comme ta mère ?

A l'âge de vingt-quatre ans ? N'avaient-ils plus que quelques mois devant eux, au lieu d'années ? Et allait-il devoir élever leurs filles sans elle ?

7

— Non. Dieu merci, non...

Justin poussa un profond soupir de soulagement. Malheureusement, l'histoire ne s'arrêtait pas là.

— Mais j'ai été testée positive au gène mutant BRCA2, autrement dit, le gène du cancer du sein. Cela signifie que je cours un risque accru de développer un cancer du sein et/ou des ovaires, et, qui plus est, dans mon jeune âge, c'est-à-dire avant la ménopause.

Jena se leva pour récupérer son soutien-gorge de dentelle et l'enfila rapidement.

— Je m'efforce de comprendre, mais j'aurais besoin de quelques éclaircissements, dit Justin, se mettant à aller et venir dans le séjour, uniquement vêtu d'un boxer-short bleu marine qui ne cachait presque rien de son corps superbe. Qu'est-ce que le cancer de ta mère a à voir avec nous ?

Elle enfila son slip, puis sa tenue d'hôpital — pantalon et haut — et jeta un coup d'œil à la pendule avant de lui répondre.

— J'ai tout juste le temps pour une version courte.

Il s'assit sur le canapé et croisa la cheville au-dessus de son genou.

— Je t'écoute. Cela dit, j'aurais préféré que tu restes en petite tenue, ajouta-t-il en souriant.

— La première grosseur douloureuse, je l'ai découverte au sein droit à l'âge de vingt ans.

Le sourire de Justin disparut.

— Ensuite, j'en ai trouvé deux autres, ce qui fait un total de trois en quatre ans. La dernière, c'était il y a cinq mois.

— Jena, je ne me doutais vraiment pas...

— Cela signifie qu'à trois reprises, j'ai dû effectuer des tests et subir trois biopsies par aspiration — la seconde ayant été suivie de l'ablation du kyste. Par bonheur, toutes se sont révélées négatives.

Elle se pencha pour enfiler ses chaussettes.

— Mais, chaque fois, depuis la découverte du kyste jusqu'au résultat du labo, j'ai vécu jour et nuit dans un état de panique. Je ne pouvais pas m'empêcher de me demander ce qu'il se passerait si j'avais un cancer, à quel stade il serait, quel traitement je devrais subir et quelle serait mon espérance de vie. La dernière fois a été particulièrement pénible : j'étais enceinte des jumelles, loin de chez moi et de mes médecins habituels.

— J'ose à peine me l'imaginer, murmura Justin, comme pour lui-même.

— Et à présent, je suis maman. Une mère célibataire, responsable de deux bébés. Que leur arrivera-t-il, si un jour je tombe malade et ne peux plus m'occuper d'elles ? Et si je meurs ?

Comme chaque fois qu'elle pensait à ses filles grandissant sans elle, Jena sentit une vague de tristesse lui envahir la poitrine et sa gorge se serra.

— Je..., commença Justin.

Elle leva la main pour l'arrêter.

— Non.

Le problème n'était pas de savoir qui s'occuperait des jumelles. Mais si elle ne prenait pas des mesures pour diminuer les risques de développer un cancer, ce ne serait peut-être pas elle qui sécherait leurs larmes, les câlinerait, et les embrasserait pour leur souhaiter bonne nuit. Et plus probablement, ce ne serait pas elle qui leur parlerait des garçons, les accompagnerait pour acheter leur robe de promotion, ou planifierait leur mariage. Et même si sa remplaçante était affectueuse et aimante, l'idée que ce ne serait pas elle qui connaîtrait tout cela avec ses filles lui brisait le cœur.

— Je ne peux pas vivre avec cette menace permanente, à me demander, non pas si je vais être touchée par la maladie, mais *quand*. J'ai besoin d'avoir le contrôle de ma vie, pour moi et pour mes filles.

Jena glissa les pieds dans ses sabots et rejoignit Justin sur le canapé.

— Tu sais, j'ai fait de nombreuses recherches sur mon cas et sur les tests génétiques. J'ai passé des heures chez une généticienne — ce qui a fortement mis à mal mes finances de l'époque — discutant des risques et des issues possibles de ces tests, expliquant mes raisons et l'assurant que je ne laisserais pas le résultat du test — s'il se révélait positif — influer négativement sur ma vie et mes relations.

— C'est pourtant ce que tu es en train de faire pour nous, fit remarquer Justin.

Peut-être, mais c'était dans le souci de les protéger tous les deux.

— D'abord, à l'époque, on n'avait pas de relation.

Comment lui expliquer...

— Les gens réagissent différemment aux résultats des tests génétiques, dit-elle. J'ai opté pour une approche proactive. J'ai deux parentes proches — ma mère et sa sœur — qui ont eu un cancer du sein avant la ménopause. Ma tante a découvert sa première grosseur au sein à vingt-cinq ans. Stade trois. Elle est morte avant de pouvoir fêter ses trente ans.

Justin parut abasourdi.

— Ma mère n'a pas atteint l'âge de cinquante ans, poursuivit-elle. Quant à moi, j'étais très jeune quand on a trouvé que j'avais des seins au tissu dense, ce qui constitue un autre risque de développer un cancer. Et le test est donc revenu positif pour la mutation génétique. Pourtant, au lieu de me sentir condamnée, je me sens plus forte.

Il ouvrit la bouche, mais aucun son n'en sortit.

— Parce que maintenant, je peux prendre une décision en connaissance de cause sur la manière dont je veux procéder *avant* que le cancer n'envahisse ma vie.

Jena prit une profonde inspiration, le temps de se préparer à la suite.

— C'est pourquoi j'ai décidé de subir une mastectomie prophylactique bilatérale avec reconstruction immédiate. Il faudra aussi prévoir dans le futur — une fois que je serai certaine de ne plus vouloir d'autres enfants, mais pas après trente-cinq ans — une hystérectomie totale, et je n'aurai donc plus d'utérus.

Visiblement choqué, Justin la fixa d'un regard vide.

— Prophylactique ? demanda-t-il enfin.

— A titre préventif, expliqua-t-elle. L'ablation des glandes mammaires réduira considérablement le risque de cancer du sein.

— Est-ce qu'elle supprime ce risque ?

— Non, parce qu'il est impossible d'enlever tout le tissu du sein.

— Résumons-nous, dit-il en se levant, les bras croisés. Afin que je sois sûr d'avoir bien compris. Tu envisages d'avoir une double opération *de confort* — je suppose que c'est le terme correct, puisque pour l'instant, tu ne souffres de rien ?

Jena acquiesça en silence.

— Tu vas donc subir cette opération qui risque d'entraîner diverses complications chirurgicales et vont déformer ton corps, parce qu'il *se pourrait* que, dans le futur, tu développes un cancer.

Il mit les poings sur ses hanches.

— Et tu crois sincèrement que tu contrôles ta peur ?

— Je peux me passer de tes sarcasmes, rétorqua-t-elle, se levant à son tour. Je savais que tu ne comprendrais pas et que tu serais obnubilé par l'ablation des seins en ne tenant compte de rien d'autre. Parce que la femme que tu épouseras doit avoir de gros, de beaux, de *vrais* seins. Tu l'as affirmé toi-même, ils sont ta partie préférée de l'anatomie féminine. C'est pourquoi, pour résumer, je ne t'épouserai pas. Par ailleurs, il s'agit de mon corps, et c'est moi qui décide de la manière dont je m'occupe de lui. Tu n'as pas ton mot à dire.

Elle fit un mouvement pour partir, puis se ravisa.

— Sache également que le fait de diminuer considérablement le risque — élevé — que j'ai de développer un cancer me donne un contrôle que je n'aurais pas une fois que les cellules cancéreuses auraient envahi mon corps. Pas de chimiothérapie. Pas de rayons. Et je ne vivrais pas avec la peur de mourir, jour après jour et mois après mois, dans l'attente de savoir si les traitements ont été efficaces. Tu ne peux pas savoir ce que c'est.

Les larmes coulèrent sur ses joues quand elle se rappela le douloureux combat de sa mère contre la maladie.

— Tant que j'aurai le choix, je choisirai la vie. Et si cela implique que je me retrouve sans seins ni utérus, qu'il en soit ainsi.

A présent, il fallait qu'elle sorte, ou bien elle allait s'effondrer par terre, épuisée par cette conversation. Elle s'efforçait d'être forte et indépendante, mais elle se sentait parfois tellement seule…

— Et Jaci ? demanda Justin, la stoppant dans son élan. Qu'est-ce qu'elle pense de tout ça ? Et que va-t-elle faire ?

— Elle n'est pas au courant, et tu dois me promettre de ne rien lui dire.

— Tu veux dire que tu es porteuse du gène du cancer du sein, et que tu n'en as pas informé ta sœur jumelle, qui est susceptible de l'avoir, elle aussi ?

— Jaci sait que j'ai passé des tests, mais elle m'a demandé de ne pas l'informer du résultat. Et je respecte sa volonté. Elle sait qu'elle court le même risque que moi et a choisi de passer régulièrement des radios pour détecter un éventuel problème.

— Ce qui paraît très sensé.

— Pour elle. Elle n'a pas eu trois alertes en quatre ans. Et elle n'est pas mère. Peut-être que quand elle aura des enfants, elle changera d'avis, peut-être pas. C'est *son* choix. Et quand nos filles auront dix-huit ans, je prévois d'être là pour discuter de *leurs* choix, en tant qu'exemple vivant qu'un passé familial fortement marqué par le cancer et qu'un test génétique positif ne constituront pas une sentence de mort ; et aussi en tant que modèle pour la prise de contrôle et la recherche d'options. J'aiderai les jumelles à obtenir les informations les plus récentes sur les traitements. Puis je soutiendrai leur décision sur la manière dont elles voudront procéder.

Ainsi, elles n'auraient pas à traverser tout cela seules, comme elle avait dû le faire.

— Mais si tu ne voulais pas que l'on sache que tu allais te faire opérer, pourquoi être rentrée ? demanda Justin. Pourquoi ne pas l'avoir fait en Caroline du Sud ?

Parce qu'il fallait donner à Jaci le temps de s'habituer à ses nièces ; et s'assurer qu'elle se sentirait bien dans le rôle de tutrice. Et Jena voulait être près au cas où l'opération ne se passerait pas bien, pour que sa sœur puisse assumer ses responsabilités sur-le-champ.

— Quelques-uns parmi les meilleurs médecins et hôpitaux du monde se trouvent à moins d'une heure d'ici. C'est le cas de mon médecin, en qui j'ai toute confiance, dit-elle.

Elle se tourna pour prendre son blouson.

— Maintenant, si tu veux bien m'excuser…

— Non, dit Justin en la rattrapant dans l'entrée.

Il appuya son dos contre la porte et croisa les bras.

— Jusqu'ici c'est surtout toi qui as parlé, à présent c'est mon tour.

Elle fit un geste pour consulter sa montre.

— Jaci ou Mandy s'occuperont des jumelles à leur réveil, poursuivit-il. J'aimerais que tu répondes à cette question. Qu'arrivera-t-il à *nos* filles si cela se passe mal pendant l'opération et que tu ne survives pas ? Ne me regarde pas comme ça. Tu es infirmière, tu connais tout des complications et des risques chirurgicaux. Ne me dis pas que ça ne t'avait jamais effleuré l'esprit.

Cela faisait des mois qu'elle y pensait, jour et nuit.

— Il se trouve que j'ai signé devant notaire des papiers en ce sens, opération ou pas, répondit-elle. Si je devais me retrouver invalide, Jaci est habilitée à prendre des décisions à ma place. Et si je devais... mourir, tout ce que je possède ira aux filles et les filles iront avec Jaci, qui a accepté, s'il m'arrivait quelque chose un jour, de les adopter, de les aimer et de les élever comme je l'aurais fait moi-même.

Mais ce que sa sœur ne savait pas, c'était qu'elle avait laissé à ce sujet un guide d'instructions détaillées au notaire.

— C'est inacceptable, protesta Justin.

— Tu n'as rien à dire.

— Justement, c'est là que tu te trompes. Je n'ai peut-être pas à intervenir sur la façon dont tu traites ton corps, mais j'ai assurément mon mot à dire sur la vie de *mes* filles, et je ne veux pas que tu me mettes dans une position où je devrai avoir recours à la justice.

Elle s'agrippa au comptoir de la cuisine.

— Je n'imaginais pas que tu...

— Apparemment, tu ne me connais pas aussi bien que tu le crois, l'interrompit-il. Je ne suis plus le garçon que tu as connu au lycée. Je suis devenu un adulte responsable, et j'ai bien l'intention de faire ce qui est le mieux pour *nos* filles. C'est pourquoi tu vas m'épouser, et ce, *avant* de te faire opérer.

— Mais..., tenta-t-elle de protester.

— Il ne s'agit pas de toi ou de moi, mais d'agir au mieux pour Abbie et Annie. Il faudrait qu'elles me connaissent et s'habituent à moi, et que j'apprenne à m'occuper d'elles. De cette manière, si jamais — le ciel nous en préserve — quelque chose t'arrivait, elles garderaient la stabilité de leur environnement familial, et au moins un parent dans leur vie.

Les paroles de Justin étaient tout à fait sensées. D'ailleurs, Jena devait bien s'avouer que, tout au fond d'elle-même, elle avait espéré cette solution.

— Mais..., répéta-t-elle.

— Tu as besoin de te marier, et je veux t'épouser. Où est la difficulté ? Me trouves-tu donc si peu recommandable ? Trouves-tu donc que je sois un si mauvais parti ?

— Laisse-moi donc finir, dit Jena. Qu'on le veuille ou non, nous ne pourrons pas nous marier avant mon opération.

Justin se figea.

— Tu veux dire que la date est arrêtée pour bientôt ? Comment est-ce possible ? Tu viens juste de récupérer ton argent et tu n'as pas d'assurance.

— Parce que je m'appelle Piermont. L'hôpital a accepté d'attendre jusqu'à mon anniversaire pour que je leur règle le montant exorbitant que je leur devrai à titre privé.

— Tu étais donc bien sûre de trouver un mari...

Elle eut une moue désabusée.

— L'argent peut presque tout acheter. Même un homme prêt à épouser une mère de deux bébés avec des faux seins. J'ai aussi tout organisé pour que Jaci ne sache rien de mon opération. J'ai réservé une suite sur le compte des entreprises Piermont et une infirmière s'occupera des filles pendant deux semaines.

— Que vas-tu raconter à ta sœur ?

Elle détourna la tête. Elle ne savait pas encore, et elle détestait mentir à sa sœur. Mais c'était trop dur de lui faire ses adieux, de lui dire tout ce qui devait être dit, au cas où...

Justin la fixa un moment en silence.

— Quand ? demanda-t-il simplement.

— Dans deux jours.

Il s'assit à la table de la cuisine.

— Déjà.

Elle le rejoignit et se laissa tomber sur une chaise à côté de lui. Durant des semaines, elle avait combattu le doute et l'indécision, et voilà qu'ils revenaient pour s'attaquer à sa fragile certitude que l'opération sans attendre était la bonne décision. Ne dramatisait-elle pas les choses ?

Mais les mêmes arguments étaient prêts à contre-attaquer, et elle pensa à sa tante Lynnie. Les cellules mutantes mortelles n'étaient-elles pas déjà en train de se multiplier dans son corps ? Peut-être était-il déjà trop tard ? Allait-elle détruire son apparence physique, sa vie sexuelle et sa chance de connaître un véritable amour et de faire un vrai mariage, tout cela pour être tout de même vaincue par la maladie ?

Elle vit de la sollicitude dans le regard de Justin.

— Nous allons traverser tout ça, assura-t-il, confiant.

Il était si confiant.

— Nous ?

Ce n'était pas son problème. *Elle* n'était pas son problème. Elle le réglerait seule, comme elle l'avait toujours fait.

Justin posa sa main sur la table, paume vers le haut, la regarda dans les yeux et attendit.

Elle avait besoin de le toucher, de le sentir et d'absorber ses certitudes. Alors elle avança la main, et il referma les doigts autour d'elle. Ce geste lui donna de l'espoir, et elle se sentit en sécurité et protégée.

— Ma mère est partie quand j'avais deux ans, commença-t-il, le regard lointain. Lorsque j'ai été en âge de comprendre, grand-mère Abbie m'a expliqué que c'était parce que mon père ne s'était pas bien occupé d'elle. Je me rappelle lui avoir dit que quand je serais grand, je prendrais tellement soin de ma femme qu'elle ne voudrait jamais me quitter. Et je veillerais si bien sur mes enfants qu'ils m'aimeraient toujours. Grand-mère avait souri et m'avait traité de bon garçon en me tapotant la tête.

Son regard s'abaissa sur leurs mains jointes.

— Ensuite grand-mère Abbie est morte, me laissant seul avec mon père, et j'ai oublié la promesse que je lui avais faite. En grandissant, j'ai commencé à suivre l'exemple égocentrique de papa, lui ressemblant un peu plus chaque année, tout en me persuadant que j'étais une meilleure personne que lui et qu'un jour, je serais un meilleur mari et un meilleur père. Mais, comme si quelque part dans mon subconscient, je m'en croyais incapable, je n'ai jamais laissé une femme être suffisamment proche pour bâtir avec elle un semblant de relation. Comme ça, j'étais certain de ne pas échouer.

Il releva la tête et lui sourit.

— Et puis tu es venue, et tu m'as donné deux belles petites filles. Je n'ai encore jamais eu envie de bien faire les choses, comme maintenant. Tu es ma chance, Jena. De prouver que je suis meilleur que papa, que je suis capable d'être un mari et un père, de prendre soin d'une famille. Comme je l'avais promis à grand-mère Abbie et comme vous méritez que l'on s'occupe de vous, toi et les filles. Donne-moi cette chance, Jena. Epouse-moi.

Jena sentit les larmes lui monter aux yeux. Elle aurait tellement voulu dire oui. Mais elle imagina Justin avec, dans le regard, la même répulsion qu'elle avait vue chez son père, et resta muette.

— Dis quelque chose.

Elle ne pouvait pas.

— Ça va ? lui demanda-t-il en lui serrant la main.

Non. Ça n'allait pas du tout.

— J'ai besoin de temps pour réfléchir, répondit-elle en retirant sa main.

Brusquement, elle se leva et se dirigea vers la porte.

— On en parlera plus tard, il faut que tu te prépares pour aller travailler.

Et elle se hâta de sortir de l'appartement, comme la lâche qu'elle était.

Tard dans la soirée, après une journée de travail difficile de dix heures et un passage à la bijouterie, Justin retrouva le calme de son appartement, épuisé et affamé. Il était plus déterminé que jamais à convaincre Jena de l'épouser, malgré le sentiment d'appréhension tenace qu'il éprouvait.

En jetant les clés sur le comptoir, il remarqua un élégant plateau de cristal au milieu de la table de la cuisine, portant ce fantastique gâteau au chocolat que savait faire Jena. Il y avait une carte à côté, dont il lut l'inscription à voix haute.

« Désolée d'avoir manqué ton anniversaire. J'espère qu'il s'était bien passé. Au cas où tu aurais une petite faim, je t'ai préparé aussi un pain de viande. Il est dans le frigo. Jena »

Certes, ce n'était pas le « Oui, j'accepte de t'épouser » qu'il avait espéré, mais c'était un geste plein d'attention qu'il apprécia à sa juste valeur. Malgré toutes ses préoccupations, Jena avait trouvé le temps de cuisiner pour lui. Durant ces deux derniers jours, il avait pris conscience d'une chose : Jena était quelqu'un qui se souciait des autres.

Mais qui se souciait d'elle ?

Un quart d'heure plus tard, après s'être douché et changé, Justin s'installa pour dîner, avec une bière bien fraîche. Il prit une bouchée du pain de viande et ferma les yeux. Bon sang, elle savait cuisiner ! Du coup, son appréhension envers le mariage diminua un peu.

Après avoir mangé, il alluma son ordinateur pour faire une recherche sur le gène du cancer du sein. En l'espace de deux heures, il s'informa sur le BRCA2, les mères ayant un cancer du sein, les traitements, les chances de survie, les risques en cas de tissu dense, et les mastectomies prophylactiques bilatérales. Il parcourut des douzaines d'articles, tant sur l'aspect technique que sur l'expérience de femmes de l'âge de Jena à différents stades de la maladie, certaines ayant subi une mastectomie. Et des blogs. Avec des illustrations dont il aurait pu se passer, sans pour autant pouvoir s'empêcher de regarder.

Quand il referma son ordinateur, il avait acquis une compréhension nouvelle de la situation dramatique que vivait Jena. Mais, à cause des photos, il s'inquiétait aussi davantage de savoir s'il posséderait la force de caractère nécessaire pour lui apporter le soutien dont elle aurait besoin, en l'aidant à se rétablir et à accepter les transformations de son corps. Il secoua la tête pour tenter d'effacer les images qui le poursuivaient : des cicatrices, des globes aux formes irrégulières, sans mamelons.

Soudain, l'idée que Jena avait eue d'épouser un homosexuel ne lui paraissait plus si insensée. Cela lui permettrait d'éviter le rejet d'un homme aimant les femmes. Un homme comme lui, Justin.

Après l'opération, serait-il encore attiré par elle ? Son corps réagirait-il au sien comme maintenant ? Que se passerait-il s'il en était incapable ?

Il frappa du plat des deux mains sur la table. Il ne s'agissait pas de sexe, ni de lui. Il était question de Jena, la mère de ses filles, et de cette nouvelle famille qu'ils formaient tous les quatre. Et il avait le plus grand respect pour Jena qui avait la force de faire un choix difficile pour prolonger sa vie face à un risque certain et élevé de développer un cancer.

Dire qu'il avait tout ramené à cette ablation des seins, alors qu'il s'agissait de beaucoup plus. Il n'était qu'un imbécile doublé d'un égoïste.

Ses paroles lui trottaient encore dans la tête : « Je choisis la vie... Et je suis beaucoup plus qu'une paire de seins. »

Cela, sans aucun doute. Jena Piermont était une mère aimante et dévouée, une femme étonnamment forte et courageuse qu'il serait heureux et honoré d'avoir comme épouse. Et il ne pouvait pas attendre le lendemain matin pour le lui dire.

Il consulta son téléphone portable pour vérifier l'heure : 22 h 30. Il ne voulait pas risquer de les réveiller, elle et les bébés. Alors il appela Ian.

— Jaci s'inquiète beaucoup pour sa sœur, lui dit ce dernier. D'ailleurs, je te la passe. Bonne chance.

— Justin Rangore, commença Jaci d'une voix forte. Tu ferais bien de me raconter rapidement ce qu'il se passe avec Jena, ou c'est la fin de notre amitié.

— Bonsoir, Jaci.

— Et n'essaie pas de changer de sujet. Jena s'est refermée sur elle-même. Elle a à peine articulé deux mots depuis que Ian et moi sommes rentrés du travail. J'ai constaté qu'elle avait cuisiné et nettoyé toute la journée, ce qui est typique chez elle quand elle est perturbée. Et elle nous a servi un vrai festin au dîner, avant de disparaître dans sa chambre sans avoir avalé une seule bouchée. Il se passe quelque chose, et je sais que tu sais de quoi il s'agit.

Oui, mais malgré son envie de se confier à Jaci et Ian, ses deux plus proches amis, Justin ne pouvait rien dévoiler.

— Je descends, dit-il, coupant la communication avant que Jaci ait pu protester.

Il prit la bague de fiançailles et sa clé de secours pour l'appartement de Jaci — au cas où elle serait si en colère qu'elle refuse de lui ouvrir. Et trois préservatifs, parce qu'il restait un homme et devait être prêt à toute éventualité.

A sa surprise, il trouva Ian dans le hall, appuyé près de la porte de l'appartement.

— Je suis censé t'empêcher d'entrer, annonça-t-il, la mine désabusée.

— Tu veux essayer ?

— Mais non. A deux conditions. La première, regarde-moi dans les yeux et promets-moi que ta conversation avec Jena a pour but d'améliorer les choses et non de les faire empirer.

Justin le regarda dans les yeux.

— Je le promets.

Du moins, il l'espérait.

— Pour la deuxième, il faut que tu me donnes quelque chose à raconter à Jaci pour la calmer et l'amener à me rejoindre au lit.

Sans hésiter, Justin sortit l'écrin de velours de sa poche et l'ouvrit, révélant l'éclat d'un diamant de deux carats. Les vendeuses lui avaient assuré que Jena l'adorerait. Mieux valait que ce soit le cas, étant donné ce que cela lui avait coûté.

— Dis à Jaci que je suis venu faire ma demande à Jena.

Il voulait aussi qu'elle sache qu'il la soutenait dans sa décision de se faire opérer, qu'il serait à ses côtés et prendrait soin d'elle et des filles. Qu'elles étaient sa famille. Elle ne serait pas seule.

Ian lui serra la main avec vigueur.

— Félicitations, mec.

— J'ai une faveur à te demander. Es-tu d'accord pour prendre toutes tes affaires afin que je puisse installer Jena et les filles là-haut avec moi demain ?

— Tu es bien pressé, dit Ian en souriant.

Justin sourit. Si seulement il pouvait tout lui raconter...

— De toute façon, tu passes déjà tout ton temps chez Jaci.

— Demain soir, après le travail ? murmura Ian en ouvrant la porte.

— Le plus tôt sera le mieux.

— Parle doucement, Mandy et Maddie dorment dans le séjour. La porte de Jena est fermée et peut-être que les jumelles aussi sont endormies.

Sur la pointe des pieds, Justin suivit Ian dans le couloir jusqu'à la chambre de Jena. Il frappa doucement, sans obtenir de réponse. La porte n'étant pas fermée à clé, il entra dans la chambre obscure.

— Jena ?

Une petite lampe était allumée dans un coin de la pièce, révélant deux berceaux le long d'un mur, une table à langer et un panier à linge. Dans un autre angle, il y avait une poussette double et un bureau. Avec le lit en plus, on avait à peine la place de remuer dans la pièce.

— Justin ? murmura Jena. Quelque chose ne va pas ?

— D'où viennent toutes ces affaires ?

— J'ai voulu que Ian et Jaci se sentent bien dans l'appartement, alors j'ai rassemblé ici toutes les affaires d'Abbie et Annie, pour que tout le monde cesse de trébucher partout.

Elle s'assit sur le lit, les cheveux ébouriffés, les yeux gonflés et le bout du nez rouge.

— Qu'est-ce que tu fais ici ?

— Je viens de passer les deux dernières heures à faire des recherches sur internet, c'est pourquoi j'arrive aussi tard. Désolé.

— Qu'est-ce que tu recherchais ?

— Des infos sur le cancer du sein en général, le gène du cancer du sein, et les mastectomies prophylactiques bilatérales.

Elle fit mine de se lever.

— Si tu es venu pour tenter de me dissuader...

Justin s'assit à côté d'elle.

— Au contraire, je suis descendu te dire combien j'admirais ton courage.

Jena le fixa de ses yeux bleus embués de larmes.

— J'ai du mal à m'imaginer dans ta situation, et si je l'étais, je ne sais pas si j'aurais le cran de prendre cette décision.

Prenant ses mains dans les siennes, il les porta à ses lèvres.

— Et je ne voudrais pas d'un autre modèle que toi pour nos filles. Nous avons besoin de toi. Et je tiens à ce que tu profites des progrès de la médecine qui te permettront de vivre sans risque.

Deux larmes brillèrent sur les joues de Jena.

— Tu avais raison, reconnut-il, se sentant lui-même ému. Tu es tellement plus qu'une paire de seins. Tu es la mère de mes enfants, une femme à laquelle je tiens, qui compte pour moi.

Elle prit un mouchoir en papier et se tamponna le nez.

— Merci. Mais...

Justin se leva, sortit l'écrin de sa poche et posa un genou à terre.

— J'ignore de quoi l'avenir sera fait, dit-il en ouvrant la boîte. Mais je veux que toi, moi, Abbie et Annie nous formions une vraie famille, que l'on vive ensemble et que nous nous soutenions les uns les autres.

Il fit une pause et elle esquissa un sourire timide.

— Alors, qu'en dis-tu, Jena ? Veux-tu m'épouser ?

Le sourire s'évanouit.

— Avant que tu répondes, tu dois savoir qu'étant donné tes talents culinaires, je risque fort de prendre du poids et de perdre ce corps d'athlète que tu as actuellement sous les yeux. Serais-tu d'accord pour m'épouser, sachant que dans quelques mois ou quelques années, je ne ressemblerai plus à ce que je suis maintenant ?

D'autres larmes coulèrent, mais elle hocha la tête.

— Et toi, veux-tu m'épouser, sachant que mon corps sera bientôt différent de ce qu'il est maintenant ? demanda-t-elle.

— Oui, répondit-il en la regardant droit dans les yeux.

Puis il sortit la bague de son écrin et la lui présenta.

— Jena Piermont, veux-tu me faire l'honneur de devenir ma femme ?

Pendant qu'il attendait sa réponse, il eut la surprise de sentir, pour la première fois, son cœur s'emballer dans sa poitrine.

— J'accepterai ta bague à une condition, dit-elle enfin.

— Tout ce que tu veux.

— Si, après mon opération, tu ne me trouves plus attirante...

— Ça n'arrivera pas, répondit-il, tout en priant pour être en mesure de faire face le moment venu. Regarde-moi.

Lentement, elle leva les yeux vers lui.

— Passons déjà par la phase de l'opération, proposa-t-il. Pour le reste, nous verrons au fur et à mesure.

— Mais je veux que tu me promettes d'être honnête avec moi en me disant ce que tu penses et ce que tu ressens. Et si tu changes d'avis pour m'épouser, je comprendrai.

— Je ne changerai pas d'avis, dit Justin d'un ton qu'il s'efforça de rendre convaincant.

Elle ne parut pas l'avoir entendu.

— Je ne supporterais pas que tu sois malheureux, que tu me tournes le dos au lit, ou que tu me regardes d'un air de dégoût ou de regret.

Sa détresse le toucha, et il eut terriblement envie de la prendre dans ses bras.

— Je promets d'être honnête avec toi. Mais je ne...

Jena posa un doigt sur ses lèvres pour le faire taire.

— Merci. C’est tout ce que j’avais besoin d’entendre.

Puis elle lui tendit sa main et il glissa la bague de fiançailles à son doigt.

Elle la leva vers la lumière pour mieux l’admirer.

— C’est la plus belle bague que j’aie jamais vue, murmura-elle.

Ça, il en doutait.

— Je l’adore. Et elle me va parfaitement. Comment as-tu réussi... ?

— En fait, j’ai regardé la main de chaque femme dans le magasin jusqu’à ce que j’en trouve une qui ressemble à la tienne.

Le portable de Justin sonna et il regarda l’écran.

— C’est ta sœur, dit-il en lui tendant l’appareil.

— Elle est au courant ?

— J’ai dû parler de mes intentions à Ian, sinon il refusait de me laisser entrer. Mais elle ne connaît pas ta réponse...

Jena prit le téléphone.

— Salut, Jaci. Oui, Justin m’a demandé de l’épouser.

Elle sourit.

— Oui, j’ai dit oui.

Le cri de Jaci fut si fort de l’autre côté de l’appareil qu’un des bébés tressaillit dans son sommeil.

— Chhut, dit Jena. Le mariage ?... Je ne sais pas. De toute façon, avant notre anniversaire.

Justin se pencha sur l’appareil.

— Mais nous emménageons ensemble demain, dit-il à voix haute juste avant la fin de la conversation téléphonique.

Parce que sa future femme avait besoin qu’il veille sur elle et sur leurs filles. Il fit mentalement une courte prière pour qu’il sache se montrer à la hauteur.

L’un des bébés se mit à faire des bruits de succion.

— Combien de temps avons-nous avant leur réveil ? demanda-t-il en faisant glisser le négligé de soie rose par-dessus sa tête. A propos, j’adore cette tenue.

A son tour, elle lui ôta son T-shirt.

— Environ un quart d’heure.

Il lui prit la main et l’entraîna sur le lit.

— Sache que j’adore la lingerie sexy.

— Moi aussi, murmura-t-elle en l’attirant vers elle.

8

Jena avait été si occupée qu'elle n'avait pas eu le temps de s'inquiéter. A la liste déjà longue des choses à faire la veille de l'opération, il avait fallu ajouter : « S'installer avec Justin », « Annuler l'hôtel et l'infirmière », et « Modifier le testament de sorte que Justin devienne l'unique tuteur légal des filles. »

— Et un bébé tout propre, annonça-t-elle en sortant Abbie de la baignoire et en la posant sur la serviette rose que tendait Justin.

Ce dernier prit sa fille contre lui et l'entoura de la serviette, avec douceur et précaution. Le papa idéal.

Jena fit de même avec Annie, qu'elle glissa dans une serviette jaune.

— Tu es sûr de vouloir te débrouiller seul ?

— Il faut bien que je commence un jour.

A l'exception de quelques heures pour régler les formalités concernant sa demande urgente de deux semaines de congé, Justin était resté près d'elle toute la journée, observant, apprenant, participant. Elle n'aurait pas pu attendre plus de son fiancé.

— Sois gentille avec papa, dit Jena à Abbie en lui chatouillant le pied à travers la serviette.

Justin sourit. Visiblement, il aimait être appelé papa.

— Il est l'heure d'aller au lit, annonça-t-il à sa fille en la posant sur la table à langer. Et ta sœur et toi feriez bien de dormir au moins deux heures d'affilée, parce que papa a des projets avec maman, cette nuit.

De son côté, Jena installa Annie sur le lit puisqu'ils n'avaient qu'une table à langer. Passer la nuit précédant l'opération dans les bras de Justin était ce qu'elle pouvait rêver de mieux… D'ailleurs, elle voulait passer toutes les nuits dans ses bras.

Pour changer Abbie, Justin se concentra si intensément que Jena se demanda s'il se rendait compte qu'il pensait tout haut.

— La couche, les attaches derrière. Fait. Mince... D'abord, nettoyer avec une lingette pour bébé.

Ce qu'il fit avec beaucoup d'application.

— *Ensuite*, la couche, les attaches derrière. Fait. La crème sur les fesses. Beurk...

Il s'essuya les doigts sur la serviette.

— La couvrir. Fait. Vérifier que c'est bien attaché. Fait. *Yes !*

Il leva les mains au-dessus de la tête en signe de victoire.

— Mission accomplie.

Jena se mit à rire. Changer les filles n'avait jamais été aussi distrayant.

Abbie commença à pleurer.

— Chhhhhut, lui dit Justin. Il ne faut pas que maman pense que papa est incompétent.

Cette fois Jena sourit et sentit son cœur se remplir d'amour pour lui, tant il était désireux de bien faire en s'occupant de sa fille.

— Tu es loin d'être incompétent, le rassura-t-elle. Tu manques juste d'expérience.

Une fois les deux bébés changés, ils allèrent dans la cuisine, où elle regarda Justin préparer et réchauffer les biberons comme elle le lui avait montré plus tôt. De nouveau, il se concentra, annonçant chaque geste qu'il faisait.

Abbie pleura pour de bon et Justin prit le ton de quelqu'un qui récitait une leçon bien apprise.

— Même si mes filles sont affamées et poussent des cris perçants parce que je suis trop lent, je ne dois sous aucun prétexte leur donner le biberon sans en avoir vérifié la température en versant un peu de lait au creux de mon poignet, comme ceci.

Il fit la démonstration.

— Parfait, dit Jena en lui tendant Abbie. Maintenant, prends ta fille. Tu viens me rejoindre sur le canapé ?

C'était une invitation tout à fait innocente, mais elle se rappela soudain la dernière fois qu'ils étaient là tous les deux, nus, elle le chevauchant, et sentit le rouge lui monter aux joues.

Justin la regarda avec un sourire coquin.

— A te voir rougir, tu dois penser ce à quoi je pense.

— A nourrir nos filles, bien sûr.

Ils s'installèrent ensemble sur le canapé avec chacun un bébé dans les bras et donnèrent ensemble le biberon. Instantanément, le silence se fit.

— C'est mon moment préféré de la journée, déclara Jena. Celui où la paix s'installe à la nuit tombante, avec des bébés repus, qui s'endorment tranquillement.

— Je te comprends, répondit Justin. Mais mon but, en tant que futur époux, est de faire de l'heure où *nous* nous couchons ton moment préféré.

Elle eut un sourire amer. Si elle survivait à l'opération. S'ils continuaient à partager le même lit. S'il n'était pas complètement rebuté par les changements que son corps subirait.

Mieux valait changer de sujet.

— J'apprécie d'avoir de l'aide. Comme ça, on peut s'en occuper et les câliner en même temps. Mais Abbie est une gourmande, tu devras donc veiller à lui faire faire un rot tous les trente grammes, quelles que soient ses protestations.

Et Dieu sait si elle protestait.

— A mon avis, celle-là va nous donner du fil à retordre, estima-t-il.

— Peut-être. Si c'est le cas, on fera avec. Mais s'il te plaît, promets-moi de ne pas lui mettre d'étiquette, comme la casse-pieds, ou l'excitée. Souvent, on nous mettait comme ça des étiquettes, à Jaci et moi, c'était un moyen de nous différencier. Toutes les deux, on détestait ça. Justement, d'aussi loin que je me souvienne, on a appelé Jaci « l'excitée ». Et de fait, en grandissant, c'est ce qu'elle est devenue. Etait-ce parce qu'elle était née ainsi, ou pour se conformer à l'image que les gens avaient d'elle ?

— Je pencherais plutôt pour la première solution. Mais je comprends ce que tu veux dire. Pas d'étiquettes, promis.

Les bébés endormis, ils restèrent un moment côte à côte à goûter leur tranquillité, mais rapidement les pensées de Jena la ramenèrent à ce qui l'attendait le lendemain. Il fallait qu'elle s'occupe pour avoir l'esprit tourné vers d'autres choses.

Elle se leva.

— Je suis fatiguée, et j'ai encore du rangement à faire.

— J'espère que tu n'es pas *trop* fatiguée, dit Justin.

— Non.

Il l'aida à coucher les bébés comme elle le lui avait appris, sur le côté, avec une couverture roulée dans le dos et une couette légère par-dessus.

Au passage, il la frôla.

— Je m'occupe de la cuisine, murmura-t-il. Ensuite, je t'attendrai dans notre chambre.

A cette perspective, Jena sentit un frisson lui parcourir le corps.

Après avoir rangé la chambre des filles et la salle de bains, elle prépara ses papiers. Elle devait remettre à Justin un carnet important dans lequel elle avait noté tout ce qui concernait la manière de s'occuper des bébés, ainsi que toutes les adresses et numéros de téléphone importants, et elle y joignit leurs certificats de naissance. Elle avait gardé Jaci comme personne proche habilitée à prendre soin d'elles, ne pouvant courir le risque que Justin change d'avis et décide un jour de se débarrasser d'elle. Oh ! Et elle ne devait pas oublier de sortir les lettres qu'elle avait écrites, au cas où.

Dans la salle de bains, elle attacha ses cheveux et se glissa dans la douche, voulant être parfaite pour Justin. Mais quand elle en sortit et surprit le reflet de son corps nu dans le miroir, elle ne put détourner son regard de sa poitrine ronde et pleine. Elle posa les mains sur ses seins, appréciant leur douceur et leur fermeté sous ses paumes. Ses pouces coururent sur les mamelons qui se durcirent, déclenchant une onde de plaisir qui se déplaça entre les jambes. Ils avaient toujours été si sensibles, si prompts à se dresser.

Leur absence serait totale et définitive.

Après avoir nettoyé la cuisine et allumé trois douzaines de bougies qu'il disposa dans la chambre, Justin se demanda combien de temps il fallait à Jena pour se préparer. Au bout de vingt minutes, il alla à sa recherche et, voyant la porte de la salle de bains légèrement entrouverte, jeta un coup d'œil à travers l'entrebaillement.

Debout devant le grand miroir au-dessus du lavabo, Jena contemplait sa poitrine nue et laissait courir ses doigts sur ses seins, le regard triste.

Il frappa doucement et poussa la porte. Elle ne broncha pas, ne fit pas un mouvement pour se couvrir, manifestement fascinée par ce qu'elle voyait.

— Je leur fais mes adieux, murmura-t-elle.

Se glissant derrière elle, il posa ses mains sur les siennes.

— Viens te coucher, nous pourrons leur dire adieu ensemble.

— Dans une minute.

Elle le regarda dans le miroir.

— Merci, lui dit-elle. Merci d'avoir pris sur ton temps de travail et d'avoir fait tous ces efforts pour apprendre le quotidien des filles et pouvoir prendre le relais. J'y suis vraiment sensible.

Quant à lui, il était heureux qu'elle lui ait donné l'opportunité de faire ce qu'il fallait.

— Avec grand plaisir.

Maintenant, c'était lui qui caressait ses seins. Elle ferma les yeux, la tête contre son épaule.

— J'ai réfléchi, dit-il, en se penchant pour déposer une avalanche de petits baisers dans le creux de son cou. Et j'ai décidé qu'il était temps pour moi de trouver une nouvelle partie du corps féminin que je préfère. Les seins appartiennent au passé.

Sa langue se promena sous son oreille et elle pencha la tête en gémissant.

— Je crois que j'ai trouvé l'endroit, c'est ce creux délicat dans le cou d'une femme. Dans le cou de *ma* femme, précisa-t-il en l'embrassant de plus belle.

— Merveilleux, soupira Jena.

— A présent, viens.

— Encore une minute, je veux me faire belle pour toi, dit-elle en le poussant gentiment dehors.

— Le compte à rebours a commencé, déclara-t-il.

Il frôla ses lèvres et pressa son sexe en érection contre elle.

— Je ne vais pas pouvoir attendre très longtemps.

Quelques minutes plus tard, elle se tint debout à l'entrée de la chambre, et il resta sans voix. De toute sa vie, il n'avait vu de spectacle aussi adorable que Jena, ses boucles blondes retombant sur le tissu soyeux de son négligé rose pâle qui ne cachait rien de ses longues jambes, et dont le décolleté plongeant révélait ses seins magnifiques. Elle portait aux pieds une paire de mules à talons argentées.

Justin la rejoignit à la porte.

— Tu es... étourdissante.

— La chambre est splendide avec toutes ces bougies allumées, s'émerveilla-t-elle.

Il savait que cela lui plairait.

— Spécialement pour toi. Tu es très belle.

Elle était sienne. Et il la voulait, maintenant.

— Merci d'avoir tout fait pour rendre cette nuit spéciale, murmura Jenna.

Elle l'embrassa sur la joue, son corps chaud contre le sien, ses seins dressés frôlant sa poitrine. Pour l'instant, il ne voulait pas penser à l'opération ni aux changements qu'elle entraînerait dans leur vie sexuelle. A cet instant, il avait sa fiancée terriblement sexy dans ses bras, et rien ne l'empêcherait de faire de cette nuit un souvenir inoubliable.

— Tu me rends fou, Jena Piermont.

Quand il l'eut menée jusqu'à l'orgasme, la suivant de près, il poussa un profond soupir. Sur une échelle de un à dix, il avait atteint au moins vingt-cinq, avec une intensité dont beaucoup de gens rêvaient, mais que peu parvenaient à connaître.

— Oh ! Justin, je t'aime, proféra-t-elle avec un soupir comblé.

Réaction normale après avoir fait l'amour. Mais Justin s'imagina comme ce serait bien d'être aimé de Jena. De se tenir tendrement par la main, assis sur le canapé, de savoir qu'en rentrant chez lui le soir, quelqu'un l'attendrait, avec qui il bavarderait ensuite devant un bon dîner.

Toujours uni à elle, il roula sur le côté et la maintint contre lui en l'embrassant sur le front. Il avait envie qu'elle l'aime, voulait l'aimer en retour, et que leur mariage soit un vrai mariage heureux, et pas seulement une convention pour le bien de leurs enfants, ou pour pouvoir récupérer de l'argent.

9

Quelques trop brèves heures plus tard, après une nuit d'amour dont Jena se souviendrait toute sa vie, ce fut le moment de partir. Elle jeta un coup d'œil circulaire à l'appartement, se demandant si c'était la dernière fois qu'elle le voyait.

L'estomac de Justin gargouilla.

— Tu es ridicule de ne pas vouloir prendre de petit déjeuner.

— Comme je te l'ai déjà dit, si tu ne manges pas, je ne mangerai pas non plus.

Elle sourit, attendrie.

Il amena la poussette double jusqu'à la porte de Mme Calvin, qui avait également accepté de garder les bébés pendant la nuit.

Jena passa la tête à travers la porte entrouverte.

— Je te rejoins là-haut, j'ai encore une chose à faire.

Elle sortit de son classeur les quatre lettres qu'elle avait écrites — juste au cas où — et vérifia que rien ne manquait. Une pour Jaci. Une pour Abbie. Une pour Annie. Et une pour Justin. Après avoir embrassé chaque enveloppe, elle posa le tout sur la table de la cuisine.

« Pourvu que vous n'ayez jamais à les lire. »

Justin accompagna Jena à l'hôpital, puis jusqu'au bureau du chirurgien plasticien pour que les marques soient faites sur ses seins avant l'opération. Il resta près d'elle en lui tenant la main, sa présence contribuant beaucoup à la calmer et la rassurer, jusqu'à ce que l'infirmière lui interdise l'accès au service de chirurgie.

Il se pencha sur la barre du lit médical et l'embrassa sur les lèvres.

— Je ne repartirai pas de cet hôpital sans toi, murmura-t-il à son oreille.

Quelques minutes plus tard, l'anesthésiste lui administrait le produit. Tout en comptant jusqu'à cinquante, Jena songea au dernier baiser de Justin et à son expression pleine d'émotion. Elle se sentait en paix…

Jena émergea de l'anesthésie incapable de bouger, mais en étant sensible aux sons. Un moniteur émettait un bip à intervalles réguliers et des gens parlaient. Il y avait Justin et une voix masculine qu'elle ne reconnut pas. Elle tenta vainement d'ouvrir les yeux et déglutit avec peine. Sa bouche était sèche.

Elle sombra de nouveau dans le sommeil.

Plus tard, quand elle se réveilla, tout était calme et elle se trouvait dans un lit. Une grande main chaude tenait la sienne. Elle tourna la tête : Justin la regardait.

— Enfin, dit-il en souriant.

— Quelle heure… ?

Elle s'interrompit. C'était douloureux de parler.

— 21 heures.

— De l'eau ?

Il lui tendit un verre à moitié plein avec une paille et elle avala une petite gorgée.

— Abbie et Annie ?

— Mme Calvin a dit qu'elles allaient bien. Une de ses petites-filles est venue l'aider après l'école et va passer la nuit chez elle. Elle te fait dire de ne pas t'inquiéter et de te concentrer sur ta guérison.

Essayant de changer de position, Jena sentit un tiraillement désagréable sous l'aisselle et fit la grimace.

— Veux-tu que j'appelle l'infirmière ? demanda Justin, inquiet. Tu as besoin d'un calmant ?

— Non. Je me sens bizarre. Dans les vapes.

— Le médecin a dit que tu allais te sentir groggy.

— Tu n'as pas besoin de rester.

— Mais je *veux* rester. N'oublie pas que je ne partirai pas d'ici sans toi.

Jena ferma les yeux et se rendormit.

Le lendemain après-midi, Justin marchait à côté de Jena, prêt à la soutenir. Il était étonné qu'elle ait réussi à arriver au cinquième étage, depuis sa sortie de la voiture, sans être assistée.

— Tout de même, je n'arrive pas à croire que tu aies refusé de passer une autre nuit à l'hôpital, dit-il.

— Je vais bien, lui répondit-elle, un peu pâle. J'avais besoin de rentrer.

Justin voulait l'aider, mais il ne savait pas où il pouvait la toucher au-dessus de la taille. En plus des deux pansements qui lui recouvraient les seins et étaient maintenus par un soutien-gorge chirurgical — qu'il avait entr'aperçu — Jena avait quatre drains qu'il avait appris à vider, deux sous chaque aisselle. Elle disait qu'ils lui faisaient plus mal que les incisions chirurgicales.

Arrivés à l'appartement, Justin l'installa dans le fauteuil inclinable, où elle ne tarda pas à s'endormir. Alors, pour la première fois depuis qu'ils avaient quitté l'hôpital, il poussa un long soupir de soulagement. Ils y étaient arrivés.

Il se rendit dans la cuisine se faire une tasse de café et aperçut des lettres sur la table. Elles étaient au nombre de quatre, et l'une d'elles portait son prénom. Il l'ouvrit.

« Cher Justin,

« Si tu lis cette lettre, cela voudra dire que mes pires craintes se seront réalisées et que je n'aurai pas survécu à l'opération. »

Une lettre « A n'ouvrir qu'après ma mort. » Il la lâcha aussitôt et courut vérifier si Jena respirait toujours, craignant de lui avoir porté malheur. A cette pensée, son estomac se noua.

Il jeta dans l'évier l'eau qu'il avait fait bouillir pour le café, s'assit à la table et fixa la lettre. Qu'avait-elle voulu qu'il sache si elle n'était plus là pour le lui dire ? Grâce au ciel, elle était bien en vie, et mieux valait qu'il l'apprenne de sa jolie bouche.

Prenant la lettre, il la froissa en une boulette, mais ne put se résoudre à la jeter.

La curiosité fut la plus forte : il l'ouvrit et lissa le papier.

« Je suis désolée de te laisser seul pour prendre soin de nos filles. Sois certain que si cela n'avait tenu qu'à moi, je serais là, avec vous. Puisque ce n'est pas le cas, sache que j'ai une confiance totale dans ta capacité d'élever nos filles d'une façon qui me rendrait fière d'elles. Ne crains pas de demander de l'aide si tu en as besoin.

Dans les pages qui suivent, j'ai laissé des instructions détaillées sur ce que j'aimerais que tu fasses, des petites choses qui permettront aux filles, chaque année, de se rappeler combien leur maman les aimait. »

Justin sentit son cœur se serrer et tendit la main vers la boîte de mouchoirs. C'était dingue. Il aurait dû fêter le retour de Jena et non pas lire cette lettre, mais il fallait qu'il aille jusqu'au bout.

« Au lycée, j'avais eu le béguin pour le garçon que tu étais alors, beau gosse, drôle et n'ayant peur de rien. Une fois adulte, il a suffi de quelques jours pour que je tombe amoureuse de l'homme que tu étais devenu, toujours beau, drôle et sans peur, mais aussi bon et attentionné, fiable et responsable. Ton aide et ton soutien ont signifié beaucoup pour moi. Rien n'aurait pu me rendre plus heureuse que de vivre à tes côtés. Je regrette infiniment de ne pas avoir eu cette chance.

« Je t'aime.

« A toi pour toujours,

Jena. »

Bouleversé, Justin s'appuya contre le dossier de sa chaise et se prit la tête entre les mains. Jena l'aimait. Jamais de sa vie il n'aurait cru possible qu'une femme aussi brillante voie en lui autre chose qu'un parfait crétin. « Je t'aime. A toi pour toujours, Jena. » Elle l'aimait. Pour toujours.

Et comme, pendant l'opération, il avait passé de nombreuses heures à envisager la possibilité d'une vie sans elle et s'était alors senti très mal, il était à présent quasiment certain de l'aimer en retour. Et il comptait bien le lui dire à la première occasion.

Un coup d'œil à la pendule lui indiqua qu'il restait une heure avant le dîner.

C'était le moment de montrer ses qualités d'homme au foyer. Il sortit du réfrigérateur les lasagnes aux légumes que Jena y avait laissées et les mit à réchauffer au four. Puis il appela Mme Calvin et monta rechercher les jumelles.

Elles se mirent à pleurer dès l'ascenseur, et il regretta de ne pas avoir accepté l'offre de leur gardienne de leur donner le biberon avant qu'il ne les reprenne.

— Papa va bien s'occuper de vous, leur dit-il dans le couloir qui les ramenait à l'appartement. Mais il faut vous taire, sinon vous allez réveiller maman.

Apparemment, elles étaient surtout concernées par leur ventre vide.

Il entra dans l'appartement avec les filles toujours hurlant, prêt à s'excuser auprès de Jena de l'avoir réveillée, mais il trouva le fauteuil vide.

— Jena ? appela-t-il.

Pas de réponse.

La porte de la salle de bains était fermée à clé.

— Jena !

Une voix étouffée lui parvint.

— Je vais bien.

— S'il te plaît, ouvre la porte.

— Occupe-toi d'Abbie et Annie, je n'ai pas besoin d'aide.

— Appelle-moi si tu changes d'avis.

Mais comment l'entendrait-il, avec les pleurs des petites ? Il entreprit d'abord de les changer, ce qui ne se passa pas sans mal.

— Je peux le faire, je peux le faire, chantonnait-il.

Puis il les mit chacune dans son berceau — ce qui ne leur plut pas du tout — et entreprit de préparer les biberons, arrêtant le four au passage juste avant que les lasagnes ne brûlent.

Entretemps, il alla frapper à la porte de la salle de bains tandis que les jumelles continuaient de hurler. Rien.

— Jena, est-ce que ça va ? demanda-t-il en appuyant son oreille sur la porte.

Il crut entendre un sanglot.

— Va-t'en, dit-elle d'une voix misérable.

— Ouvre cette porte tout de suite !

Elle ne répondit pas.

Avec les jumelles affamées et en pleurs d'un côté et Jena enfermée toute seule de l'autre — et qui l'inquiétait de plus en plus — Justin comprit qu'il n'y arriverait pas tout seul. Que lui avait-il pris de se charger d'une femme à peine sortie de l'hôpital et de deux bébés, alors qu'il n'avait aucune expérience dans ce domaine ?

« Ne crains pas de demander de l'aide », lui avait-elle écrit.

Il appela sa sœur.

Jaci se précipita dans l'appartement, suivie de Ian. Justin tendit Abbie à Ian, prit Annie dans ses bras et entraîna Jaci jusqu'à la salle de bains.

— Désolé de te faire ça et Jena va probablement me détester, mais je ne sais pas si elle a besoin d'une infirmière ou de sa sœur. En tout cas, elle a besoin de quelqu'un et ne veut pas de moi. Jaci est là, ouvre, ajouta-t-il plus fort.

— Non ! cria Jena.

— Qu'est-ce que tu as bien pu lui faire pour qu'elle reste dans les toilettes ? s'inquiéta Ian.

— Mais rien du tout !

Justin colla l'autre jumelle dans les bras de son ami.

— Attends-moi dans la chambre avec les bébés, je serai de retour avec les biberons dans deux minutes, reprit-il.

— Que s'est-il passé ? demanda Jaci, visiblement anxieuse.

— Il vaut mieux que ce soit elle qui t'en parle, répondit Justin en se rapprochant de la porte. Allez, chérie. C'est Jaci ou moi.

Demain, il retirerait le loquet.

— Jena ? appela Jaci à son tour. Tu m'inquiètes. S'il te plaît, laisse-moi entrer.

On entendit un cliquetis. Jaci ouvrit, jeta un coup d'œil, puis se hâta de disparaître à l'intérieur et de refermer derrière elle.

Justin n'eut pas le temps de se sentir soulagé, il devait regagner la cuisine pour préparer les biberons.

Jena se rassit sur l'abattant des toilettes, trop fatiguée pour pouvoir rester debout, le corps douloureux de s'être débattue avec la fermeture à glissière de sa veste de sweat et d'avoir tenté en vain, à multiples reprises, de vider ses drains.

Appuyée contre la porte, Jaci, l'air choqué, avait les yeux fixés sur le soutien-gorge chirurgical. Elle ne mit visiblement pas longtemps à comprendre.

— Oh ! non, murmura-t-elle, les yeux remplis de larmes. Pas le cancer. Pas toi.

— Je vais bien, l'assura Jena.

— Ce n'est pas l'impression que tu donnes. Tu as plutôt l'air d'une femme qui vient juste de subir une mastectomie bilatérale, et sans m'en parler. Pourquoi ?

Jena baissa les yeux.

— Tu avais dit que tu ne voulais pas connaître le résultat de mon test génétique. Je pouvais difficilement t'informer de mon intention de subir cette mastectomie prophylactique sans devoir tout t'expliquer.

— Prophylactique ? répéta Jaci en posant la main sur son cœur. Dieu merci.

Elle poussa un soupir de soulagement.

— D'accord, je ne voulais pas avoir le résultat de ton test, mais j'aurais voulu être au courant de tes projets concernant l'opération et j'aurais bien évidemment voulu être là pour toi, pour t'aider dans tes recherches et ta réflexion. Je suis sûre que tu as fait une liste de pour et de contre.

Jena sourit malgré elle : cette liste était effectivement dans son classeur.

— Quand t'es-tu fait opérer ? demanda Jaci.

— Hier matin.

— Hier matin ! s'exclama-t-elle, l'air horrifié. Que fais-tu ici, loin de l'hôpital ? Avec tes jumelles ? Et Justin ?

— J'ai commis une erreur, reconnut Jena, les yeux de nouveau pleins de larmes. J'étais pressée de rentrer, mais je me sens très mal, je n'arrive pas à vider mes drains moi-même et je ne veux pas que Justin me voie comme ça.

— Oh ! Jen.

Jaci se pencha et la prit doucement dans ses bras.

— Je pense que je me suis fait opérer trop vite, poursuivit Jena. Si j'avais attendu un peu, cela aurait peut-être été plus facile. Justin et moi aurions eu plus de temps pour nous accoutumer l'un à l'autre.

Trop tard, à présent.

— Mais il y avait tante Lynnie, ajouta Jaci en hochant la tête, compréhensive.

— Je ne pourrais pas supporter que Justin me repousse. Je l'aime, dit Jena, pleurant de plus belle.

Jaci lui tapota le dos.

— Je sais.

— Maintenant, il n'y a plus aucune chance qu'il m'aime en retour, gémit Jena.

— A mon avis, tu te trompes. Il était dans tous ses états, tout à l'heure. S'il n'est pas déjà fou d'amour pour toi, cela ne saurait tarder, j'en suis certaine. Comment pourrait-on ne pas t'aimer ? Tu es parfaite.

Jena détourna la tête. Même pas en rêve.

Elle porta la main à ses seins.

— Ils sont moitié moins gros qu'avant. Et je ne sens rien du tout, ajouta-t-elle en appuyant dessus.

Excepté un désespoir grandissant.

— C'est comme s'ils étaient morts...

— Il est encore beaucoup trop tôt, assura Jaci. Peut-être que tu retrouveras certaines sensations.

Et peut-être que ses mamelons, qui avaient été gardés, survivraient et ne tomberaient pas. Et peut-être que dans quelques semaines, une fois habillée, on ne pourrait pas faire de différence. Peut-être... ou pas.

— Allez, laisse-moi voir, demanda Jaci, redevenue infirmière en l'espace d'une seconde.

Elle examina les pansements et les drains.

Jena se sentit plus calme.

— Merci d'être venue, lui dit-elle. Je déteste te déranger.

— Ne sois pas ridicule, dit Jaci d'un ton ferme. Tu es ma sœur, ma jumelle et je t'aime.

Le visage grave, elle se tourna vers elle.

— Quand tu as mal, j'ai mal. Quand tu es heureuse, je suis heureuse. Je ferais n'importe quoi pour toi, Jena. N'importe quoi.

— Tu vas encore me faire pleurer... Moi aussi je t'aime, et je ferais n'importe quoi pour toi.

Jaci sourit.

— Pour être honnête, bien que je sois désolée de ce qu'il t'arrive, je suis vraiment contente que, pour une fois, ce soit toi qui aies besoin de moi.

On frappa à la porte.

— Tout va bien, là-dedans ? demanda la voix de Justin.

Paniquée, Jena se recroquevilla sur elle-même pour qu'il ne la voie pas et ressentit un tiraillement à la poitrine.

— Ferme la porte à clé ! demanda-t-elle à sa sœur, qui s'exécuta.

— Jena va bien, annonça Jaci d'une voix forte. Nous allons sortir dans quelques minutes.

Après que sa sœur eut vidé ses drains, l'eut aidée à se laver et à enfiler un nouveau jogging, Jena se sentit beaucoup mieux.

Le lendemain matin, après une assez bonne nuit de sommeil — grâce aux calmants — elle se réveilla dans le fauteuil inclinable, c'était là où elle se sentait le mieux. Justin, qui avait refusé de dormir dans le lit pour être plus près d'elle, s'était endormi sur le canapé.

Quand elle se leva, elle avait mal partout et traîna les pieds jusqu'à la salle de bains.

En fermant la porte, elle remarqua qu'il n'y avait plus de loquet et la rouvrit.

— C'est tout ce que tu as trouvé à faire pendant que je dormais ? protesta-t-elle.

— Je voulais empêcher les filles de s'enfermer comme tu l'as fait, expliqua Justin depuis le canapé. Je suis en train de devenir un parent proactif.

— Ha-ha, dit-elle sur un ton ironique.

— Veux-tu que je vide tes drains ? proposa-t-il de l'autre côté de la porte.

— N'entre pas !

— J'ai promis de respecter ton intimité. Mais en cas d'urgence, il faut que je puisse rentrer. Veux-tu, oui ou non, que je t'aide ?

— Non. Jaci m'a dit qu'elle passerait avant d'aller travailler.

— A l'hôpital, l'infirmière avait pourtant affirmé que j'avais fait du bon travail, dit Justin.

Jena avait été obligée de le laisser faire, sinon ils ne l'auraient pas laissée sortir. Pendant qu'il pratiquait, elle avait veillé à ce qu'il ne puisse rien voir sous sa tenue. Ces minutes avaient été les pires qu'elle ait vécues dans cet endroit.

— J'apprécie que tu veuilles m'aider, mais je me sens plus à l'aise avec Jaci, expliqua-t-elle en ouvrant la porte.

Il se pencha en avançant les lèvres.

— Un vrai baiser du matin apaisera mon orgueil blessé.

L'avait-elle vraiment vexé ? Il devait plaisanter. Elle l'embrassa.

— Que désires-tu manger au petit déjeuner ? demanda-t-il.

— Tu n'as pas besoin de...

— J'en ai envie, la coupa-t-il.

C'était si gentil de sa part...

— Pourquoi pas du pain de seigle grillé ?

— Je m'en occupe tout de suite.

Durant les jours qui suivirent, ils s'installèrent dans une agréable routine. Chaque jour, Jena semblait se sentir un peu mieux et essayait d'en faire un peu plus, toujours sous le regard attentif de Justin.

Mais à part un semblant de baiser occasionnel, elle gardait ses distances, se sentant dépourvue d'attrait et de féminité et pas du tout prête pour une intimité d'aucune sorte.

Les nuits passées dans le fauteuil inclinable se multiplièrent. Malgré la diminution de la douleur et l'augmentation de son activité, Jena insistait pour dormir là, affirmant qu'il était plus confortable pour elle que le lit. Mais chaque jour qui passait, Justin était de plus en plus certain que c'était pour elle le moyen d'instaurer une distance physique entre eux.

Quand ils étaient assis ensemble sur le canapé pour regarder la télévision et qu'il essayait de glisser un bras autour d'elle, elle lui demandait de ne pas le faire. Trop douloureux, disait-elle. Bon. Mais s'il tentait de lui tenir la main, elle l'enlevait. Et Jena n'acceptait que Jaci avec elle dans la salle de bains.

Du coup, égoïstement, Justin regrettait presque d'avoir fait appel à elle, même s'il pouvait comprendre que Jena préfère avoir affaire à sa sœur.

Une semaine après l'opération, Justin emmena Jena voir le médecin pour qu'il lui retire deux drains, espérant pouvoir enfin voir sa poitrine. Mais, à sa demande, il dut rester dans la salle d'attente pendant toute la durée de la visite. Elle lui avait refusé l'accès à la salle d'examen.

Il sentait Jena devenir plus distante, plus ombrageuse. Elle souriait moins, semblait préoccupée. Au fond de son cœur, il comprit que, s'il ne faisait pas quelque chose, il allait la perdre.

Alors, il se dit que la première étape pour récupérer l'ancienne Jena consistait à la faire sortir de l'appartement. Il saisit l'occasion de leur visite chez le médecin pour l'emmener déjeuner.

— Pourquoi t'arrêtes-tu ici ? demanda-t-elle en le voyant garer la voiture sur un parking.

— Je t'invite à déjeuner. Tu es restée enfermée trop longtemps dans l'appartement.

— Je n'ai pas faim.

— Moi, oui.

— Je ne veux pas y aller. J'ai encore deux drains, tout le monde va les voir.

Il lui fit face.

— Tu portes une blouse ample avec un gros pull. Je peux t'assurer que les drains et autres bandages que tu as encore sont invisibles.

Avec détermination, il fit le tour de la voiture pour lui ouvrir la porte. Elle le regarda, hésitante, si peu sûre d'elle. Il lui tendit la main et elle la prit pour descendre de son siège.

La première chose qu'elle fit fut d'offrir son beau visage au soleil.

— Ça fait du bien…

Gardant sa main au creux de son bras, il rentra avec elle à l'intérieur du petit bistro, comme n'importe quel couple ayant rendez-vous pour déjeuner. C'était très agréable. Au bout d'un moment, ils s'étaient lancés dans une conversation à bâtons rompus. Jena avait l'air détendu, il réussit même à lui tirer quelques sourires, et la fit rougir une fois. Elle avait retrouvé son appétit.

Alors, il reprit espoir.

Mais, de retour à l'appartement, elle redevint distante. Après avoir mis les filles au lit, elle lui dit qu'elle allait prendre une douche.

— Veux-tu que je t'aide ?

— Non, non. Tout va bien, répondit-elle en se précipitant dans la salle de bains.

Frustré, il se retrouva seul dans le séjour, guettant le moindre signe de détresse.

Soudain, il entendit le bruit d'un objet qui tombe à terre — peut-être un flacon de shampooing — suivi d'un grognement étouffé. Il se précipita dans la salle de bains et — grâce au loquet retiré — poussa la porte.

— Est-ce que ça va ?

— Un léger étourdissement, répondit-elle d'une voix faible, derrière le rideau de la douche.

Il passa la tête sur le côté.

— Non ! cria-t-elle. Va-t'en !

Elle se pencha en avant pour cacher sa poitrine, et du coup, lâcha la barre et vacilla. Justin se pencha pour arrêter l'eau et rattrapa Jena avant qu'elle ne tombe.

— Ne me regarde pas !

Mais déjà, il avait vu les contusions pourpres, les bandes de sparadrap sur les incisions ; et les longs tuyaux de ses drains.

Justin s'assit sur l'abattant des toilettes et la prit sur ses genoux.

— S'il te plaît, regarde ailleurs, dit-elle, l'air effondré.

Justin en eut assez.

— Tu sais quoi ? C'est trop tard, j'ai regardé. Et tu veux savoir ce que j'ai vu ?

— Non, répondit-elle d'une voix à peine audible.

— J'ai vu les seins d'une femme à laquelle je tiens énormément, qui avaient l'air contusionnés et douloureux. Et tu veux savoir ce que j'ai ressenti ?

Elle secoua faiblement la tête, les yeux baissés.

— Ça a été dur. Tu n'as accepté ma bague de fiançailles qu'à la condition que je sois honnête avec toi. Alors voilà. Je me suis senti très mal. En colère contre le cancer, et impuissant à soulager ta douleur ou accélérer ta guérison. Et plus déterminé que jamais.

Tout en faisant attention aux drains, il l'entoura de ses bras et l'étreignit.

— Je sens que tu me repousses, mais je ne te laisserai pas faire, ajouta-t-il, les yeux humides.

Elle était quelqu'un de très spécial pour lui, il le sentait dans son cœur.

— Tu peux repousser tout ce que tu veux. Mais je n'irai nulle part.

Jena resta muette.

— Avant ton opération, tu m'as affirmé que tu étais plus qu'une paire de seins. Je suis d'accord, mais toi ? Il ne suffit pas de le dire, encore faut-il que tu y croies.

Il l'embrassa sur le front.

— Tu es tellement plus pour moi. Je t'aime, Jena. Et pas seulement pour ton corps magnifique, mais pour ce que tu es. Une femme intelligente, douce, attentionnée, aimante et courageuse.

— En ce moment, je ne me sens pas très courageuse.

Elle leva la tête pour le regarder.

— Je t'aime aussi. Et tu t'es si bien occupé de moi et des filles. Mon héros, ajouta-t-elle avec un sourire.

— Comment te sens-tu à présent ?

— J'apprécierais que tu restes à côté pendant que je me rince. Mais fais-moi plaisir, cela me gêne que tu me regardes maintenant.

Il ferma les yeux et elle lui embrassa la joue.

— Merci.

Une fois le rideau tiré, il rouvrit les yeux.

— Ça va, ma chérie ?

— Oui. J'aime quand tu m'appelles ma chérie.

— Jena Piermont, serais-tu en train de flirter avec moi ?...

La deuxième semaine après l'opération, Jena le laissa s'occuper de ses drains et elle retourna dans leur chambre, mais en dormant dans un coin du lit, et très redressée, comme dans le fauteuil.

Le mercredi suivant, ils retournèrent voir le médecin qui lui retira les deux derniers drains. Cette fois, il fut accepté dans la salle d'examen, mais de l'autre côté du rideau. Il put néanmoins entendre les commentaires du médecin.

Des progrès.

A partir de là, les choses revinrent peu à peu à la normale. Jena pouvait mieux se déplacer et avait moins besoin d'aide pour s'occuper des jumelles. Mais, de loin, ce que Justin appréciait le plus était qu'elle dormait de nouveau allongée sur le côté, de sorte qu'il pouvait se lover contre elle la nuit.

C'était quelque chose qu'il appréciait beaucoup plus que de fumer des cigares, boire des verres et jouer aux cartes avec une bande de copains jusqu'aux premières heures de la matinée. Aussi, lorsque Ryan lui reprocha d'avoir annulé pour la quatrième fois leur partie de poker, Justin lui conseilla de trouver un remplaçant permanent. Cela ne l'intéressait plus de jouer chaque semaine. De temps en temps, peut-être, mais pour le moment il préférait passer du temps avec sa fiancée et ses filles.

A la fin de la troisième semaine après l'opération, ce fut comme si l'épisode chirurgical n'avait jamais existé. A ceci près, qu'il n'avait toujours pas posé les yeux sur le corps nu de sa fiancée depuis, et qu'ils n'avaient pas refait l'amour.

Justin ne la pressait pas, mais il lui avait fait comprendre que quand elle serait prête, il serait là.

Rien.

Aussi fut-il stupéfait lorsque, en rentrant de son travail au milieu de la quatrième semaine, il vit Jena l'accueillir à la porte, vêtue d'un déshabillé rouge terriblement sexy et de ses petites mules argentées.

— Bienvenue, dit-elle d'une voix timide. J'ai pensé que peut-être... si tu voulais... on pourrait essayer...

— Tu es fantastique, Jena, murmura Justin, qui avait instantanément senti son corps réagir à la vue de Jena.

Le gratifiant de son plus beau sourire, elle marcha jusqu'à lui et l'embrassa. Ce fut un vrai baiser passionné, et non plus les petites bises platoniques des dernières semaines.

Elle le rejoignit sur le canapé et le regarda avec hésitation.

— J'ignore la tournure que tout cela va prendre. Mais nous devons dépasser cette période difficile, s'il y a un espoir... Je voudrais tant te rendre heureux, te donner ce dont tu as besoin, mais...

— Tu me rends heureux, assura-t-il. Ce que je voudrais maintenant, c'est te tenir contre moi.

Pour calmer ses nerfs, rétablir sa confiance en elle et réveiller sa passion. Elle voulut de nouveau le chevaucher et, les mains sur ses hanches, il la guida sur lui.

Les yeux de Jena s'agrandirent de surprise quand elle sentit son érection.

— Tu vois l'effet que tu me fais, chérie ? dit-il, sentant son corps se détendre. Je te désire tout autant qu'avant.

— Embrasse-moi, murmura-t-elle en se penchant sur lui.

Épilogue

Deux semaines plus tard.

— Jena, tu es très belle, dit Jaci à sa sœur.

— Toi aussi.

En fait, elles portaient toutes les deux la même robe de mariée couleur ivoire, simple et élégante.

— Maman aurait adoré qu'on se marie ici, dans son magnifique jardin. Merci de l'avoir suggéré, ajouta Jena.

Jaci avait également insisté pour que l'on attende que Jena soit tout à fait rétablie avant de procéder à la double cérémonie.

— Il me semble que maman est ici, avec nous, murmura Jena.

Elle ne remercierait jamais assez sa sœur d'avoir refusé de se contenter d'un rapide échange de consentements dans un lieu officiel.

— Et c'est bien de la harpe que j'entends ?

— Surprise ! dit Jaci en souriant.

— Tu l'as fait ! s'exclama Jena. Pendant que j'étais préoccupée par les jumelles, Justin et mon nouveau corps auquel je devais m'habituer, tu as réussi à organiser le mariage de mes rêves. Comment t'en es-tu souvenue ?

— C'est simple, tu ne faisais que parler de ça quand on était ados.

Jena étreignit sa sœur.

— Je t'aime...

— Moi aussi, et j'ai envie que tu sois heureuse.

— Tu vois, aucune de nous ne le croyait possible, mais on a réussi à trouver deux hommes fantastiques, qui nous aiment autant qu'on les aime, et ce, malgré les manœuvres de Jerald. Quant à moi, jamais je ne forcerai mes filles à se marier, déclara Jena.

Jaci caressa son ventre d'un air pensif.

— Et moi, j'accepterai mes enfants et les aimerai comme ils seront, avec tous leurs défauts, sans chercher à les cataloguer, ajouta-t-elle.

— Comment ai-je pu ne pas m'en apercevoir ? s'exclama Jena. Tu es enceinte !

Sa sœur sourit et se contenta de hocher la tête.

— Oh ! Jaci ! Je suis si heureuse pour toi. C'est super, nos enfants auront à peu près le même âge et grandiront en devenant les meilleurs amis du monde.

— S'il te plaît, ne dis rien encore. Je dois l'annoncer à Ian ce soir.

Leur tante Mill les rejoignit et s'extasia sur leurs robes. Elle était une des rares personnes invitées au mariage.

— C'est l'heure d'y aller, annonça-t-elle. Vos futurs époux commencent à s'impatienter.

Elle se plaça entre elles et leur offrit ses coudes.

— Je voudrais Jena à ma droite et Jaci à ma gauche.

Les deux sœurs échangèrent un regard de connivence. Puis elles sourirent et permutèrent discrètement.

Ne s'étant rendu compte de rien, tante Mill les guida dans l'allée.

— Je sens votre mère partout autour de nous, murmura-t-elle en inspirant profondément.

Une brise légère souffla.

Au détour de l'allée, elles aperçurent Ian, Justin et le juge qui officiait. Marta se tenait à droite de Justin, portant Abbie et Annie. Mandy était à la gauche de Ian, portant Maddie.

Le regard de Justin, si élégant dans son smoking, alla de l'une à l'autre des sœurs.

Ian, tout aussi superbe, fit un clin d'œil à Jena, puis se concentra sur sa vraie fiancée.

Tante Mill s'arrêta à environ deux mètres des hommes.

Justin regarda Ian, qui s'effaça pour qu'il s'avance en premier. Il fit un pas vers Jaci et le cœur de Jena se serra. Après tout ce qu'ils avaient traversé ensemble, il ne parvenait toujours pas à la reconnaître. Il tendit la main vers Jaci, mais se tourna vers Jena.

— Je pense que c'est toi que je suis censé épouser aujourd'hui, Jena, à moins que tu n'aies changé d'avis.

Une bouffée de joie l'envahit.

— Pas du tout, répondit-elle en prenant sa main.

Il l'accompagna jusqu'au juge. Jena ne douta plus que sa mère soit là.

Abbie se mit à pleurer au moment où le juge commençait à parler.

— Elle ne s'arrêtera pas tant que tu ne l'auras pas prise, murmura-t-elle à l'oreille de son futur mari.

Justin prit Abbie dans ses bras et elle se calma immédiatement.

— Désolé, dit-il.

Le juge continua, et ce fut Annie qui se mit à pleurer. Jena la prit des bras de Marta, et elle se calma immédiatement.

— Désolée, dit-elle.

Le juge poursuivit son discours. Ils échangèrent leurs vœux et, une fois qu'il eut dit : « Vous pouvez embrasser la mariée », Justin rendit Abbie et Annie à Marta, en dépit de leurs protestations.

— J'adore mes filles, dit-il à Jena. Mais il y a des moments qui ne sont pas faits pour être partagés.

Et, la prenant dans ses bras, il l'embrassa.

Durant le repas qui suivit à l'appartement de Jaci, Jena se pencha à l'oreille de son mari.

— J'ai oublié de te prévenir, ton paquet est arrivé ce matin pendant que tu étais sorti.

C'était le cadeau-surprise qu'il voulait qu'elle porte pendant leur nuit de noces. Puisque Jena préférait ne pas dévoiler ses faux seins, ils avaient trouvé un nouveau passe-temps qui les amusait beaucoup : rechercher des nuisettes toutes plus affriolantes les unes que les autres, qu'elle porterait au lit.

Justin sourit, de ce sourire qui ne manquait pas de déclencher en elle un long frisson d'anticipation.

— Il me tarde de te voir dans celle-là...

— Et j'ai hâte que tu me voies la porter.

Jouer les mannequins pour Justin s'était révélé être un préliminaire hautement érotique qu'ils appréciaient tous les deux. Jena adorait voir briller dans ses yeux une étincelle de désir quand elle défilait pour lui.

Certes, leur vie sexuelle avait changé, mais elle n'était pas moins satisfaisante qu'avant l'opération. Dans les bras de Justin, Jena se sentait aimée, et c'était tout ce qui comptait.

TINA BECKETT

Un médecin au bout du monde

Traduction française de
EVELINE CHARLÈS

BLANCHE

HARLEQUIN

Titre original :
DOCTOR'S GUIDE TO DATING IN THE JUNGLE

Ce roman a déjà été publié en 2018.

1

— Tout ce que nous faisons, c'est mettre un cautère sur une jambe de bois !

Le Dr Matt Palermo, qui procédait à une résection de l'artère fémorale, ignora le murmure exaspéré de son collègue. C'était une métaphore, bien entendu, mais il savait que le patient qui se trouvait sur le brancard voisin présentait une blessure aussi effrayante que celle qu'il était en train de traiter... sauf que le pied de ce malheureux était resté quelque part dans la forêt tropicale.

Il devinait très exactement ce que son confrère ressentait, puisqu'en arrivant dans cette partie de l'Amazonie, il avait éprouvé le même sentiment d'impuissance.

Satisfait de son travail, il s'apprêta à refermer la plaie.

— Vous avez besoin d'aide ? demanda-t-il en jetant un rapide coup d'œil à son voisin.

L'autre médecin s'était affalé sur une chaise.

— J'en ai ma claque ! grommela ce dernier en passant ses mains dans ses cheveux humides de sueur.

Il avait tenu à peine quinze jours sur le bateau-hôpital qui naviguait sur l'Amazone. La période d'essai était terminée... il allait regagner son cabinet de ville, retrouver le bloc immaculé où il opérait sur un fond de douce musique. Il ne reviendrait jamais au Brésil.

Jamais.

Et Matt resterait seul pour mener une bataille perdue d'avance.

Dès que Stevie descendit de l'avion, elle fut littéralement happée par la chaleur. Vacillante, elle dut faire un effort pour rester debout sur la piste d'un noir brillant qui miroitait autour d'elle.

Incroyable ! Il faisait encore plus chaud à Coari qu'elle ne s'y attendait. Elle se dirigea vers l'employé qui retirait les bagages du ventre du vieil avion.

— *Oi, senhor ! Cuidado com a mala vermelha, por favor.*

Souriant, l'homme s'empara de sa trousse médicale et la balança en haut du tas, en dépit de ses recommandations. Elle fit quelques pas en direction du terminal, priant le ciel que quelqu'un soit venu la chercher. Elle n'avait eu affaire qu'à la directrice de *Projeto Vida*, qui s'était montrée très évasive.

— Dites au candidat de nous envoyer son CV, ainsi que les photocopies de son diplôme, avait-elle dit avant de raccrocher.

Stevie n'avait pas eu le temps de préciser que le candidat en question n'était autre qu'elle-même. A sa grande surprise, après qu'elle avait expédié les documents demandés, elle avait reçu une réponse affirmative, incluant la longue liste des vaccinations nécessaires.

Et voilà ! Elle était arrivée.

Plus libre que jamais, puisqu'elle avait rompu avec son menteur de fiancé, qui était accessoirement le directeur de l'hôpital où elle travaillait auparavant.

Dorénavant, elle pourrait exercer la médecine comme elle l'entendait, ce qui incluait de porter secours à ceux qui en avaient besoin. Si elle devait parcourir le fleuve Amazone pour cela, peu lui importait.

Eventant son visage avec sa main, elle vit un camion-remorque qui se dirigeait vers la montagne de bagages. Sa trousse se trouvait au sommet, si bien que, d'ici quelques minutes, elle se retrouverait écrasée sous la masse...

Faisant volte-face, Stevie se mit à courir. Les deux employés s'immobilisèrent, se demandant visiblement quelle mouche l'avait piquée. Montrant sa trousse du doigt, elle leur expliqua en portugais ce qu'elle voulait. Par bonheur, ils la comprirent et, un instant plus tard, elle serrait contre son cœur sa précieuse mallette.

— *Obrigada.*

Sortant quelques billets de son portefeuille, elle leur montra ses sacs et leur demanda s'ils pouvaient les porter jusqu'à l'aéroport pour elle. Ils acquiescèrent d'un signe, tandis qu'elle tirait sa valise à roulettes.

Lorsqu'elle franchit le seuil du terminal, où la chaleur semblait encore plus oppressante qu'à l'extérieur, elle se demanda pour la première fois si elle avait pris la bonne décision… d'autant que personne n'avait l'air de l'attendre.

Se dirigeant vers le guichet, elle se renseigna pour savoir si quelqu'un avait parlé de venir chercher un médecin.

— *Ninguém, senhora, desculpa.*

Ce n'était pas la réponse qu'elle attendait. S'écartant du guichet, elle s'immobilisa au centre de la salle, prise de panique. Sentant ses jambes la trahir, elle s'assit sur sa valise, résistant à l'envie d'enfouir son visage dans ses mains.

« Respire lentement… C'est ça. »

Forcément, on allait venir la chercher.

Soudain, une porte située sur le côté s'ouvrit. Un homme de haute taille, vêtu d'un pantalon kaki, apparut sur le seuil. Tout en regardant autour de lui, il s'approcha du guichet. Stevie se redressa, un sourire timide aux lèvres. Ses noirs sourcils froncés, l'inconnu l'ignora et chuchota quelques mots à l'employée. Lorsqu'il se pencha au-dessus du comptoir, son polo noir moula ses larges épaules. La femme montra Stevie du doigt, mais, de nouveau, les yeux de l'homme l'effleurèrent sans s'arrêter.

— *Onde ?* demanda-t-il assez fort pour que Stevie puisse l'entendre.

— *A loira sentada na lmala, senhor.*

La blonde assise sur la valise ? Stevie regarda autour d'elle. Il n'y avait personne d'autre…

A en croire les plis qui creusaient les coins de sa bouche, le nouveau venu était horrifié. La rejoignant en quelques enjambées, il s'arrêta devant elle.

— C'est une plaisanterie ?

— Pardon ?

Rejetant la tête en arrière pour le regarder, elle se força à soutenir le regard d'un bleu glacial.

— Je suis venu chercher le Dr Stefan Wilson, dit-il.

Stevie se mordilla la lèvre inférieure. Il la dominait de toute sa haute taille et, si elle avait fait confiance à ses jambes, elle se serait levée pour l'affronter.

— Je suis le Dr Stefani Wilson, dit-elle. En général, on m'appelle Stevie.

Jurant sourdement, il passa la main dans ses cheveux et sortit une liasse de papiers de la poche arrière de son pantalon. Prenant son temps, il les feuilleta.

— Le contrat porte le prénom d'un certain Stefan. J'attendais un homme.

Stevie déglutit avec difficulté... Il allait la renvoyer ! Prenant les formulaires qu'il lui tendait, elle les parcourut rapidement.

— Je ne comprends pas... Je les ai remplis et je les ai envoyés moi-même par mail à la directrice de *Projeto Vida*.

Trouvant son diplôme, elle le lui montra.

— Vous voyez ? C'est bien Stefani. J'avais inclus la photocopie de mon passeport, mais elle n'a pas l'air d'y être.

— Super ! dit-il en reprenant les documents. Cela n'en reste pas moins pour moi une mauvaise plaisanterie...

Une femme.

Comment Tracy avait-elle pu lui faire un coup pareil, alors qu'il avait bien spécifié qu'il voulait qu'on lui envoie un *homme* ? Elle savait très bien à quoi ressemblait ce boulot. Jusque-là, aucun des trois médecins qui avaient posé leur candidature n'avait supporté des conditions de travail aussi pénibles. Et Tracy pensait que ce petit bout de femme le pourrait ? Qu'elle serait capable de couper une jambe gangreneuse, si la situation l'exigeait ?

Il l'imaginait déjà dans sa blouse blanche, collée par endroits à sa peau par la transpiration... Justement, une gouttelette de sueur perlait dans ses cheveux blonds comme les blés et glissait le long de son cou avant de disparaître sous son chemisier. Secouant la tête, il s'arracha à ce spectacle.

— Oubliez ça, dit-il. Vous ne restez pas.

Il lui jeta un regard qui, du moins l'espérait-il, la renverrait dans l'hôpital tranquille où elle exerçait auparavant. Si elle cherchait l'aventure, elle n'était pas venue au bon endroit. Quant à lui, il n'avait certes pas besoin de se laisser distraire par des visions incongrues.

— Vous vous moquez de moi ? Je viens de parcourir près de sept mille kilomètres, pour venir ici. Je suis spécialisée en chirurgie vasculaire, et...

— Ce qui ne vous sera d'aucune utilité, dans la jungle, répliqua-t-il d'une voix ferme.

En fait, ces compétences lui auraient été bien utiles, pour soigner cette plaie à la jambe, un mois et demi plus tôt.

— J'ai aussi travaillé aux urgences pendant un an, ce qui implique que je suis versée dans l'art du triage.

Il émit un ricanement.

— L'*art* du triage ? Sur le champ de bataille, vous verrez que ce mot a une signification bien différente.

Une petite veine se mit à battre furieusement, à la base du cou de la jeune femme. S'il lui avait fait peur, Matt s'en réjouissait. Cela voulait dire qu'elle allait prendre ses jambes à son cou comme Craig avant elle… et Mark avant lui.

A cet instant, un porteur déposa trois énormes sacs rouges, de la même couleur que sa valise, auprès de Stevie Wilson. Ils étaient visiblement tout neufs, comme si elle les avait achetés tout exprès pour le voyage. Elle adressa un signe de tête à l'employé, qui s'éloigna sans attendre de pourboire. Apparemment, il savait que c'était peine perdue… Décidément, elle ne savait rien des usages du pays !

— Je parie que vous ne parlez même pas le portugais.

— Eh bien, vous avez perdu votre pari. Quant au « champ de bataille » auquel vous faites allusion, je n'ignore pas que le Brésil est une nation pacifique, du moins c'est ce que j'ai appris dans mes livres d'histoire.

— La lecture ne suffit pas, pour tout connaître d'un pays.

— Merci de me l'apprendre !

— Quoi qu'il en soit, je ne pense pas que vous soyez faite pour ce travail.

— Vous savez, monsieur… Je ne crois pas avoir retenu votre nom.

— Je m'appelle Matt Palermo.

— Très bien, monsieur Palermo. Pourquoi ne pas me laisser décider si je suis faite ou non pour ce travail ?

— J'ai l'impression que Tracy ne vous a pas mise au courant des conditions d'hébergement.

— Je suis parfaitement au courant, au contraire. Tracy et moi, nous habiterons sur le bateau et nous irons de village en village. Parfois, nous serons parties pendant plusieurs semaines.

Il hocha la tête, un petit sourire aux lèvres. Elle ignorait visiblement qui il était. Tracy l'avait-elle fait exprès ?

— Vous... et Tracy ?

— Oui. Pourquoi ? Vous ne pensez pas que deux femmes puissent faire le travail ?

— Ce que je pense n'a aucune importance, sinon Tracy ne vous aurait jamais engagée.

— C'est horrible, ce que vous dites !

— Pas vraiment. Et ce n'est pas avec Tracy que vous allez habiter.

La jeune femme battit des paupières, manifestement très surprise.

— D'accord. Ce sera avec quelqu'un d'autre, mais cela n'a pas d'importance.

— Vous croyez ?

— Absolument, affirma-t-elle, l'air peu convaincue.

— Donc, cela ne vous contrariera pas d'apprendre que nous allons cohabiter, vous et moi.

Comme elle tirait nerveusement sur le col de son chemisier, il entrevit un coin de peau blanche. La bouche soudain très sèche, il se força à continuer.

— Nous vivrons sous le même toit pendant des semaines, voire des mois.

Stevie faillit s'étouffer. Il lui fallut quelques secondes pour se ressaisir.

— Je peux gérer, affirma-t-elle d'une voix vibrante. D'ailleurs, si vous craignez que je me jette sur vous, il y aura un autre médecin pour jouer les chaperons. Vous êtes le capitaine du bateau ? Le cuisinier ?

Il se mit à rire.

— Malheureusement pour vous, je ne suis ni l'un ni l'autre. Si vous montez sur ce bateau, vous devrez me supporter vingt-quatre heures sur vingt-quatre et sept jours par semaine.

Comprenant qu'une mauvaise nouvelle se profilait à l'horizon, Stevie se mordit la lèvre inférieure.

— Pourquoi ?

— Parce que *je serai* votre compagnon de voyage, pas Tracy. Il se trouve que je suis le seul médecin à cent lieues à la ronde.

2

Juchée sur le siège de la Land Rover, Stevie s'agrippait à la portière tandis que le véhicule slalomait entre les nids-de-poule. Quand Matt ne pouvait les éviter, il s'y engouffrait le plus naturellement du monde.

Ignorant le bruit causé par ses dents qui claquaient à chaque choc, elle tentait de se ressaisir. D'accord, elle n'avait pas reçu l'accueil chaleureux qu'elle espérait. Loin de lui manifester la moindre reconnaissance, Matt Palermo se comportait comme s'il avait voulu la rayer de la surface de la terre.

Et alors ? Elle n'était pas là pour qu'on la félicite, mais pour aider les gens.

Elle se rappelait le rire de Michael, quand elle lui avait montré cet article sur *Projeto Vida*.

— C'est sérieux ? avait-il demandé. Il y a vraiment des médecins qui exercent dans la jungle ?

Trop embarrassée pour avouer qu'elle trouvait l'idée fascinante, elle avait éteint son ordinateur. En réalité, elle y pensait depuis un an, imaginant bêtement que Michael partageait son idéal. Pour quelle autre raison aurait-il accepté la direction d'un hôpital public ?

Ce n'était quand même pas uniquement dans le but de se réserver une chambre pour ses rendez-vous… comme celle où elle l'avait surpris en compagnie d'une collègue. Pour comble, c'était le jour de son anniversaire.

Elle dut laisser échapper un gémissement, car Matt tourna brusquement la tête vers elle.

— Dites-moi ce qui vous a poussée à quitter New York ? demanda-t-il, comme s'il avait deviné ce qui la tourmentait.

— A votre avis, pourquoi les gens prennent-ils ce genre de décisions ?

— Parfois, ils n'ont pas conscience de ce qui les attend.

— Et, parfois, ils veulent simplement être utiles.

— Exact. Les trois derniers médecins qui sont venus, animés par ce noble motif, ne sont pas restés un mois. Il aurait mieux valu qu'ils envoient un chèque à *Projeto Vida*.

— Vous pensez que l'argent peut remplacer des praticiens qualifiés ?

Les mains de Matt se crispèrent sur le volant.

— Non, mais cela n'aide pas notre cause, quand les visages changent chaque fois que le bateau s'arrête dans un village.

Intéressant.

— Vous voulez dire qu'il faut gagner la confiance des villageois ?

— En effet. Et ce n'est pas facile.

— Chaque fois que quelqu'un s'en va, c'est vous qui devez annoncer la nouvelle aux gens, c'est cela ? fit Stevie sur un ton plus doux. Depuis combien de temps travaillez-vous pour *Projeto Vida* ?

— Assez longtemps.

— Vous devriez peut-être songer à faire vos bagages, docteur Palermo.

— Non. Et, si vous devez rester à l'essai quelque temps avec moi, vous devrez m'appeler Matt. Nous nous efforçons de rester simples et de toute façon, les villageois utiliseront votre prénom.

Ignorant la fin de sa tirade, elle se concentra sur le début.

— A l'essai ? Mon contrat stipule que je vais rester deux ans.

— Celui des autres aussi, grommela-t-il.

— Peut-être suis-je plus résistante qu'eux... et même autant que vous, si ça se trouve.

— J'en doute !

— Cela ressemble fort à un défi.

— Vous croyez ?

Stevie aurait juré qu'il avait souri.

— Absolument ! affirma-t-elle. Et méfiez-vous, parce que je reviens rarement sur mes décisions, encore moins quand on me provoque.

« Si tu démissionnes, ce sera un mauvais point sur ton CV », lui avait lancé son ex. Cet avertissement n'avait fait que la confirmer dans sa décision de quitter l'hôpital.

— Nous verrons bien, dit seulement Matt.

Stevie remarqua plusieurs cicatrices plus ou moins récentes sur le dos de ses mains bronzées.

— Vous mettez des gants chirurgicaux, je suppose ? lui demanda-t-elle, intriguée.

— Bien sûr, répliqua-t-il en fronçant les sourcils.

Elle se détourna pour observer le paysage.

— On arrive bientôt ?

— Dans une demi-heure.

Un nouveau cahot faillit la jeter à bas de son siège.

— Désolé, dit-il. Vous n'êtes certainement pas habituée à ce genre de route.

Elle ouvrait la bouche pour répondre, quand le téléphone de Matt se mit à sonner. Il se gara aussitôt sur le bas-côté pour répondre.

— Allô ? Oui, elle est là... Ecoute, je t'avais dit ce que je voulais. Il y avait certainement d'autres candidats... D'accord. N'interromps pas les recherches, s'il te plaît.

Cette hâte à se débarrasser d'elle vexa Stevie.

— Je n'en sais rien, continuait Matt. Elle a énormément de bagages, mais elle n'a rien dit à ce sujet... Ne quitte pas... Vous avez apporté les moustiquaires ? demanda-t-il en se tournant vers Stevie.

— Cent cinquante, comme le demandait Tracy. J'ai aussi acheté une boîte de lingettes imbibées d'une lotion anti-moustiques. Ne me dites pas que vous avez cru que je transportais des vêtements dans toutes ces valises ?

L'espace de quelques instants, Matt ne put soutenir le regard de la jeune femme. D'accord, il l'avait sous-estimée...

— Oui, dit-il au téléphone, elle les a apportées.

— Parfait, répondit Tracy. Accorde-lui une chance, tu veux bien ? Nous savons tous les deux que tu as besoin d'un second médecin, alors évite de dire n'importe quoi.

Matt réprima un ricanement. Trop tard ! Il jeta un bref coup d'œil à Stevie, qui regardait le paysage. Une longue mèche de cheveux blonds s'était échappée de son chignon pour caresser sa joue. Il frissonna. A quoi pensait Tracy, en lui envoyant une femme ?

Secouant la tête, il prit conscience que cette dernière attendait sa réponse.

— D'accord, dit-il, je vais faire un effort.

— Ne m'oblige pas à venir, répliqua Tracy en riant.

— Au cas où tu ne l'aurais pas remarqué, je suis un grand garçon.

— Je le sais. Tout ce que je te demande, c'est de te comporter comme tel.

Les flancs du bateau portaient encore quelques traces de peinture blanche. Matt ne faisait certainement pas allusion à cela, quand il avait parlé de « champ de bataille », mais cette embarcation semblait avoir connu la guerre...

Abasourdie, Stevie descendit de la Land Rover et fit quelques pas tandis que Matt sortait ses bagages du véhicule. Les lettres en partie effacées, à l'arrière du bateau, ne laissaient aucun doute : *Projeto Vida*... C'était bien le bateau-hôpital où elle allait exercer la médecine, pour le meilleur ou pour le pire.

Deux hommes sautèrent du pont pour se hâter dans leur direction. Matt leur asséna quelques tapes amicales dans le dos avant de faire les présentations.

— Nilson et Tiago, voici Stefani Wilson, qui va travailler avec nous, dit-il en portugais.

Les deux membres de l'équipage accueillirent très amicalement Stevie avant de s'emparer de ses valises.

— Bienvenue à la maison, dit Matt. Alors ? Vous êtes toujours décidée à rester ?

— Plus que jamais.

— Vraiment ?

— Je ne partirai pas, même si ce bateau semble être un foyer d'infections.

Tout en parlant, elle écrasa un moustique sur son bras.

— Il va falloir utiliser une lotion anti-moustiques, lui conseilla Matt. On dirait qu'ils s'en prennent plus particulièrement aux nouveaux venus. Vous devez avoir un sang plus sucré.

— Je parie qu'ils ne vous attaquent jamais !

Stevie regretta immédiatement cette repartie puérile. Matt passa la main sur sa nuque, comme pour détendre ses muscles crispés.

— Vous êtes prête à vous mettre au travail ?

— Je suis là pour ça, dit-elle sèchement. Pardonnez-moi... Le décalage horaire me fait sûrement perdre mes bonnes manières.

— Pas de souci.

Matt remua sa tête de droite et de gauche. Stevie perçut nettement les craquements de vertèbres.

— Vous avez des problèmes de dos.

Elle ne précisa pas qu'elle avait étudié la chiropraxie avant de se lancer dans la médecine traditionnelle.

— Rien de grave. Je vieillis, c'est tout.

Mais elle remarqua qu'il imprimait un mouvement de rotation à son torse, ce qui était un signe de souffrance. Immédiatement, elle se mit à envisager de possibles diagnostics...

« Arrête, Stevie. Ce ne sont pas tes affaires. »

— Nous montons à bord ? suggéra-t-elle.

— Si vous êtes sûre d'être prête à affronter cette épreuve.

La façon dont il prononça ces mots lui donna la chair de poule. Sûrement, l'intérieur ne pouvait pas être pire que l'extérieur ! Elle était tenace au travail, mais elle ne supporterait pas le manque d'hygiène ou de stérilisation.

Une fois sur le pont, sa gorge se noua. Là encore, il ne restait que des lambeaux de peinture. Le bois était abîmé, troué par endroits.

— Vous recevez des patients ici ?

— Bien entendu. Dans la salle de soins qui nous sert aussi de bloc.

Un bloc ! Stevie se força à se taire, pour ne pas tenir des propos qu'elle regretterait ensuite. Un instant plus tard, ils entraient dans la cambuse, qui était parfaitement propre, à son grand soulagement.

— Où prenez-vous votre eau potable ?

— Dans la rivière. Elle est filtrée, puis stérilisée aux ultraviolets et additionnée de chlore. Nous disposons d'un système très perfectionné.

Stevie se détendit un peu en constatant que les revêtements métalliques étaient d'une propreté impeccable.

Matt l'observait, appuyé contre le mur, ses cheveux noirs touchant presque le plafond. Elle frissonna sans savoir pourquoi. Ses relations avec les hommes avaient toujours été un peu compliquées. Il lui faudrait donc éviter le problème d'un mètre quatre-vingt-six qui se trouvait devant elle...

— *Come licença, Mateus !* fit une voix venant du dehors.

Quelques secondes plus tard, les deux autres membres de l'équipe les rejoignaient.

Mateus. Ainsi que Matt le lui avait dit, ils s'appelaient par leurs prénoms. Michael, au contraire, avait toujours insisté pour qu'elle garde ses distances avec le personnel de l'hôpital, soi-disant pour gagner son respect. Pourtant, il était clair que Nilson et Tiago respectaient profondément Matt.

Ferait-elle un jour partie de leur petit cercle ? Elle en doutait.

— Nous avons mis les sacs du nouveau médecin dans ta chambre.

Matt rougit brusquement, tandis que Stevie sentait son sang se figer dans ses veines. Qu'est-ce que cela voulait dire, dans *sa* chambre ?

Sans lui laisser le temps de demander des explications, Matt la prit par le bras.

— Je vais vous montrer où on a posé vos affaires.

Dès qu'ils eurent quitté la pièce, elle s'immobilisa, ignorant la pression des doigts de Matt, sur sa peau.

— Pourquoi les ont-ils mises dans votre chambre ? Je ne sais pas ce qui se passe, mais...

— Pas ici ! Ils peuvent nous entendre. Ils ont suffisamment de potins sous la dent pour les deux prochaines semaines. Nous pensions tous que mon futur confrère devait être... un homme. Maintenant, vous comprenez pourquoi la situation est si compliquée.

— Pourquoi ? Vous pouvez m'installer dans une autre pièce.

Matt haussa les sourcils.

— Vous préférez dormir avec Nilson et Tiago ?

— Bien sûr que non !

Il l'entraîna le long d'un étroit couloir. Elle remarqua qu'il devait courber les épaules pour ne pas se cogner la tête.

— Vous pouvez constater que nous n'avons pas d'autre cabine.

Rien d'étonnant à ce qu'il se soit énervé, en s'apercevant que « Stefan » était une femme. Seigneur ! Qu'allait-elle faire ? Surtout s'il n'y avait qu'un seul lit dans la chambre !

Elle dormirait sur le pont, s'il le fallait !

Au risque de se faire dévorer par les moustiques ?

Peut-être.

Son cœur battit plus vite quand Matt poussa une porte et s'écarta pour la laisser passer. Elle entra, s'efforçant de ne pas le frôler, mais toutes les précautions du monde ne pouvaient l'empêcher de sentir le parfum masculin qui imprégnait l'atmosphère. Se forçant à respirer lentement, elle inspecta la pièce. Même sans ses valises, empilées dans un coin, il y avait à peine de la place pour deux. Elle laissa échapper un soupir de soulagement en apercevant les deux hamacs suspendus l'un au-dessus de l'autre. Pour l'instant, la moustiquaire était relevée, mais, la nuit, elle les envelopperait tous les deux… créant autour d'eux une bulle d'intimité.

Stevie sentit la panique l'envahir.

Elle émit un petit rire qui ressemblait à un gloussement hystérique.

— Je suppose que je suis censée dormir en haut ?

3

En haut ? Matt s'efforça de réprimer les images qui surgissaient dans son esprit.

— Ne vous inquiétez pas, dit-il, je dormirai avec l'équipage.

Elle se tourna vers lui, ses yeux verts brillant de gratitude.

— Mais si leur chambre est aussi petite que celle-ci…

— On s'arrangera. Je fixerai des crochets, de façon à installer mon hamac au-dessus des leurs.

— Vous touchez quasiment le plafond et vous ne pourrez plus bouger !

Matt se frotta la nuque, dans l'espoir de se débarrasser de la douleur qui ne le quittait pas.

— C'est sans importance.

— Vous avez conscience que l'air chaud monte ? Je dégouline déjà de sueur, alors que j'ai les pieds sur le sol.

— Je vous remercie de pointer les aspects positifs de la situation.

Stevie se passa la langue sur les lèvres, et l'espace de quelques instants, il ne put détacher son regard de sa bouche.

— Ecoutez, nous sommes des adultes et ce n'est pas comme si vous pouviez voir… quelque chose, une fois que je serai couchée. Je mettrai un bas de jogging et un T-shirt, à la place de mon pyjama. Si nous laissons la porte ouverte et si nous nous habillons et déshabillons dans la salle de bains, tout ira bien.

C'était une bonne idée… sauf que d'habitude, Matt dormait entièrement nu. Et il s'interrogeait sur ses réactions, quand ces jolies courbes féminines se balanceraient au-dessus de sa tête, suffisamment proches pour qu'il…

— Je vais y réfléchir, dit-il en sortant dans le couloir.

— D'accord, mais je vous l'aurai proposé.

Il aurait encore préféré qu'elle lui fasse du charme… Il aurait pu la renvoyer sans mauvaise conscience. Il n'avait pas besoin d'une aventure de quinze jours et une relation à long terme était hors de question. Il avait aimé Vickie, et maintenant elle était partie...

Dès qu'il eut ordonné à Nilson de larguer les amarres, il proposa à Stevie de visiter le bateau, en commençant par les toilettes. Il réprima un sourire en la voyant froncer les sourcils à l'idée que l'eau des douches était pompée dans la rivière.

— Rassurez-vous, elle est filtrée, lui dit-il. Vous ne risquez pas de trouver quelque chose qui rampe dans vos cheveux.

— Ouh ! Ne mettez pas ce genre d'image dans ma tête.

Lorsqu'ils arrivèrent dans la salle de soins, elle ouvrit de grands yeux étonnés.

— C'est stupéfiant ! J'avoue que je m'inquiétais un peu...

— Vraiment ?

— Oui, quand j'ai vu l'extérieur du bateau et la... chambre. Mais cette pièce est impeccable, dit-elle en effleurant du doigt l'évier scintillant. L'eau vient aussi de la rivière ?

— Oui, mais elle d'abord purifiée selon le même processus, puis stockée dans des bidons stérilisés.

— Apparemment, vous avez pensé à tout. Comment aseptisez-vous les instruments ?

— A la vapeur. Ensuite, ils sont emballés sous des films en plastique.

Elle rejeta une mèche blonde derrière son oreille, attirant l'attention de Matt sur ses pommettes hautes et ses longs cils noirs. Elle semblait aussi délicate qu'une poupée de porcelaine, ce qui rendait plus étonnante encore sa décision de s'engager dans une telle aventure. Avait-elle quelque chose à se prouver ? Ou à quelqu'un d'autre ?

Après quelques pas, elle s'immobilisa entre les tables d'examen en acier inoxydable.

— Vous êtes à la pointe du progrès. Ce matériel a dû vous coûter une petite fortune.

— Oui. C'est la raison pour laquelle le reste du bateau est dans un si triste état, même si nous nous assurons de son bon fonctionnement mécanique. Tout l'argent dont nous disposons est consacré aux patients. Les médecins et l'équipage peuvent se passer du superflu.

— Comme de vrais lits, dit Stevie en riant.

— Il ne s'agit pas de cela, en l'occurrence. Les hamacs sont plus pratiques. De cette façon, on ne risque pas que les matelas soient infestés de punaises ou de petites horreurs rampantes. Par ailleurs, il y fait plus frais et vous serez surprise de constater à quel point ils sont confortables.

— Si je comprends bien, je vais devoir réviser mes opinions.

— Quoi qu'il en soit, en ce qui concerne cette pièce, nous devons éviter tout risque de contamination. Seuls les médecins et les patients y sont admis.

— Compris. Il vous arrive de garder des malades, la nuit ?

— Cela peut arriver, si nous prévoyons une opération, par exemple. Ou si… un membre de l'équipe tombe malade et que nous devons le transporter dans une ville plus importante.

Stevie posa sur lui un regard empreint de compassion.

— Cela vous est déjà arrivé ?

Il ne pouvait pas la suivre sur ce terrain. Pas aujourd'hui. Pour éviter d'avoir à répondre à d'autres questions, Matt jeta un coup d'œil à sa montre.

— Allons voir ce que Tiago nous a préparé pour le déjeuner.

Le repas était constitué d'un plat unique appelé *Caruru do Parà*, composé de crevettes frites et de gombo. Stevie n'avait jamais rien dégusté de tel ; c'était délicieux.

— Vous aimez cela ?

— J'adore ! Je n'avais jamais mangé de gombo, sauf dans le jambalaya, ce plat cajun à base de fruits de mer et de poulet.

Tiago, qui était le cuisinier de l'équipe, hocha la tête avec satisfaction.

— Bon, oui ?

Stevie lui demanda en portugais quels étaient les plats populaires de la région. Souriant, Tiago débita plusieurs noms qu'elle ne connaissait pas.

— Où avez-vous appris cette langue ? lui demanda Matt. Votre accent est différent.

— J'ai vécu au Portugal pendant sept ans, quand j'étais enfant. Mon père travaillait à l'ambassade des Etats-Unis.

— Je comprends mieux, dit-il en fonçant les sourcils.

— Je m'exprime mal ?

— Pas le moins du monde, mais vous découvrirez que les phrases ne sont pas tout à fait construites de la même façon, ici.

— Je trouve votre accent très joli, miss Stefani, intervint Tiago.

— Tous mes amis m'appellent Stevie, précisa-t-elle avec un sourire. J'espère que vous en ferez autant.

— St-ti-viii, répéta-t-il.

— C'est cela.

Matt secoua la tête.

— De Stefan à Stevie, en passant par Stefani. Je ne m'étonne plus d'avoir nagé en pleine confusion… Votre vue m'a un peu troublé, je l'avoue.

— Et maintenant ? Vous l'êtes toujours ?

Il eut un petit sourire.

— Troublé ? Plus que jamais.

Sur ces propos énigmatiques, il se leva et alla poser son plateau sur l'évier. Stevie l'imita aussitôt.

— Merci pour ce délicieux repas.

— Je suis ravi qu'il vous ait plu, répliqua Matt en sortant.

Dès qu'il eut disparu, Tiago se pencha vers elle.

— J'espère que vous serez gentille avec lui, chuchota-t-il. Sa femme lui manque beaucoup.

Matt était marié ! Seigneur ! La situation était encore plus délicate qu'elle ne le pensait.

— Où est-elle, en ce moment ?

— Au ciel.

— Quoi ? Oh ! Je suis désolée.

— Ne lui dites pas que je vous en ai parlé, surtout !

— Ne vous inquiétez pas.

Stevie lança un coup d'œil à la porte. Elle aurait bien voulu savoir quand et pourquoi l'épouse de Matt était morte, mais elle ne voulait pas embarrasser Tiago. Par ailleurs, elle ne souhaitait pas cancaner dans le dos de son confrère. S'il voulait se confier à elle, il le ferait. Il n'y avait d'ailleurs aucune raison pour cela, puisqu'il espérait qu'elle s'en irait au plus vite.

Lorsqu'elle le rejoignit sur le pont, il fixait la rivière.

— Pourquoi avez-vous choisi le Brésil ? lui demanda-t-il sans se retourner.

— Je connais la langue... du moins, un peu.

— Ce n'est pas ce que je voulais dire. En tant que chirurgien vasculaire, vous auriez été engagée partout dans le monde. Mais ceci... est un peu étranger à votre spécialité, vous ne trouvez pas ?

Elle haussa les épaules, se forçant à sourire.

— J'avais peut-être envie d'élargir mes horizons.

— Il y avait certainement d'autres moyens.

En réalité, ses options étaient assez limitées, quand elle avait appelé Tracy, mais elle ne pouvait pas le lui dire.

— C'est possible, mais en quoi est-ce important ?

Lorsqu'il se tourna vers elle, les yeux de Matt se posèrent un bref instant sur ses lèvres.

— Simple curiosité.

— Et vous ? demanda-t-elle, troublée. Pourquoi êtes-vous venu ici ?

— J'en avais l'intention dès le début de mes études.

— Vous avez choisi une spécialité ?

— Non, mais avec le recul, je le regrette.

— J'imagine qu'ici, vous en avez appris davantage que la plupart des médecins en l'espace d'une vie.

Il serra légèrement les mâchoires.

— Plus que je ne le souhaitais, peut-être.

Quelque chose, dans sa voix, serra le cœur de Stevie. Faisait-il allusion à la mort de sa femme ?

— Quand parviendrons-nous à destination ? demanda-t-elle pour changer de sujet.

— Demain. Nous devons réfléchir à la façon dont nous allons vous présenter aux villageois, s'ils posent des questions.

— Que voulez-vous dire ?

— Disons que certaines tribus sont plus conformistes que d'autres.

— Elles pensent que les femmes ne devraient pas être médecins ?

— Certains chefs peuvent trouver inconvenant que nous voyagions ensemble. Vous n'avez pas un mari caché dans vos bagages ?

Une brusque douleur la transperça.

— Non, désolée. Vous n'avez jamais amené une femme avec vous ?

— Pas un médecin, non… Mais nous en parlerons plus tard. Vous devez être fatiguée.

— Ça va, je tiens le coup. Je peux faire quelque chose ?

— Pas pour l'instant. Tiago et Nilson se chargent des corvées quotidiennes et ils seraient très offensés, si vous vous en mêliez. Attendez que je réfléchisse…

Il posa un regard malicieux sur ses bras nus et sourit.

— Vous pourriez toujours vous étendre sur le pont et soigner votre bronzage.

Stevie se mit à rire.

— Bien essayé, Tarzan. Avec trois hommes rôdant dans les parages ? Sûrement pas ! D'ailleurs, le soleil et moi sommes des ennemis jurés. Et, même si je *pouvais* bronzer, je n'ai aucune envie de cuire par cette chaleur.

— Il y a un ventilateur, dans notre… chambre. Lisez, reposez-vous, ou bien défaites vos valises.

— Et vous ? Qu'allez-vous faire ?

— Etudier les cartes avec Nilson.

Il sortit la chaîne passée autour de son cou de dessous sa chemise. Il y avait deux clés accrochées au bout. Il en ôta une et la lui tendit.

— Elle ouvre la salle d'examen et la pharmacie, aussi vous devez la mettre en lieu sûr.

Ses doigts effleurèrent la paume de Stevie, qui frissonna en remarquant que le métal avait gardé la chaleur de sa peau. Lorsqu'il remit la chaîne en place, l'image de l'acier pressé contre sa large poitrine la fit reculer d'un pas.

— Vous avez un cordon, pour la suspendre ? demanda-t-il.

L'espace de quelques secondes, les yeux de Matt se posèrent sur sa poitrine, pour revenir à son visage. Avait-il eu la même vision qu'elle ? Elle aurait été soulagée de ne pas être la seule à réagir aussi stupidement.

Mais il était impassible. Ces froids yeux bleus ne reflétaient pas le moindre intérêt pour sa modeste personne.

— Je trouverai quelque chose dans mes bagages.

— Parfait. Je vous laisse, en ce cas.

Tournant les talons, il s'éloigna. Elle ne put s'empêcher de remarquer la souplesse de sa démarche ou la façon dont ses muscles jouaient sous sa chemise lorsqu'il agrippa le montant de la porte avant de disparaître dans le couloir.

Qu'est-ce qui n'allait pas, chez elle ?

Quelle sorte de femme regardait un homme de cette façon juste après avoir rompu ses fiançailles ?

Par bonheur, dès qu'ils auraient atteint le premier village, elle serait trop occupée par ses patients pour penser à autre chose… du moins, elle l'espérait.

4

Matt fut réveillé par un bruit de pas. Ouvrant un œil, il aperçut deux pieds bronzés chaussés de tongs.

Ce n'étaient pas les orteils aux ongles rosés qui l'avaient chassé de son hamac au beau milieu de la nuit. Il avait alors décidé qu'il valait mieux pour sa santé mentale dormir sur le pont.

— Pourquoi es-tu couché ici, Mateus ?

C'était la question du siècle ! Il préférait ne pas y répondre pour l'instant. Ecartant la moustiquaire qui l'enveloppait comme un linceul, il découvrit Tiago qui se frottait la tête d'une main, visiblement à moitié endormi.

— Il fait plus frais, marmonna-t-il.

Le jeune homme émit un grognement dubitatif.

— Sur l'Amazone, il ne fait frais nulle part.

Il avait raison, mais Matt haussa les épaules.

— Pourquoi es-tu levé de si bonne heure ?

— J'ai entendu un bruit, sur le pont. Je suis venu voir si tout allait bien.

— Mmm... Pas de problème. Tu peux retourner te coucher.

— Pourquoi tu ne t'es pas installé avec nous ?

— Parce que vous êtes déjà serrés.

— Pourquoi pas à l'infirmerie, alors ?

— Je suis très bien ici.

Tiago fronça les sourcils.

— Je sais que tu ne veux pas contaminer la salle de soins avec des germes, mais tu ne peux pas passer toutes tes nuits sur le pont pendant deux semaines. Je parie que tu as encore mal au dos.

C'était un sujet que Matt ne souhaitait pas aborder.

— Je survivrai. Va te coucher. Nous trouverons une solution dans la matinée.

Le jeune homme laissa échapper un soupir, mais acquiesça.

— Permets-moi au moins de tendre la moustiquaire au-dessus de ta tête, pour éviter qu'elle ne t'étrangle. Actuellement, les moustiques peuvent t'atteindre à travers les trous.

Matt se leva pour aider Tiago à suspendre le voile à une ligne de pêche et à en attacher l'autre extrémité à la rambarde de bois proche de son lit improvisé. Tiago avait raison : c'était bien mieux ainsi. Matt le regarda disparaître dans l'étroit couloir qui menait à son confortable hamac, après être passé devant la cabine où Stevie dormait. La jambe de la jeune femme pendait-elle toujours de façon indécente ?

« Oublie ! »

Se glissant sous la moustiquaire, il s'étendit sur sa couverture, tout en pestant contre l'inconséquence de Tracy. Aurait-il été incommodé à ce point, si elle était venue en personne et s'il avait dû partager sa chambre avec elle ?

Non, parce que c'était la sœur de Vickie et aussi une bonne amie. Il n'existait aucune attirance entre eux.

Il émit un ricanement. Qui avait dit que Stevie était attirée par lui ? Ce n'était peut-être pas réciproque ?

Il avait encore un autre souci : comment allait-il la présenter aux tribus, lorsqu'ils accosteraient, le lendemain matin ?

Evidemment, il pouvait toujours prétendre qu'il s'était remarié… Vickie était infirmière et personne ne s'était jamais étonné de sa présence à bord. Mais Stevie accepterait-elle de jouer le jeu ? Et lui ? S'il voulait se faire passer pour l'époux de la jeune femme, il faudrait qu'il en sache un peu plus à son propos.

Glissant ses mains sous sa nuque, il tâcha de se rendormir et d'oublier ce que son plan impliquait… Lui, Matt Palermo, veuf inconsolable, serait peut-être amené à briser la règle qu'il avait lui-même gravée dans le marbre, à propos des femmes.

Ne jamais s'en approcher de trop près… Jamais.

La tenant par un pied et une main, son père la faisait tourner autour de lui, encore et encore. Elle poussait des cris de joie mêlés de terreur… Ouvrant brusquement les yeux, Stevie comprit qu'elle ne se balançait pas seulement en rêve. Pour comble, son « lit » était en train de se retourner !

Elle parvint à s'agripper au hamac et à enrouler ses jambes en son centre, juste à l'instant où elle allait tomber. Elle se retrouva ainsi suspendue au-dessus du second hamac.

Oh ! non !

Au prix d'une acrobatie périlleuse, elle réussit à jeter un coup d'œil vers le bas et constata avec soulagement que Matt n'était plus là. Grâce au ciel, il ne serait pas le témoin de son humiliation.

Maintenant, si elle parvenait seulement...

— J'ignorais que vous aviez des ancêtres chauves-souris, bien que vous ayez fait allusion à votre aversion pour le soleil.

Stevie se figea. Ces mots murmurés à voix basse, qui s'écoulaient en elle à la façon d'un miel parfumé, ne pouvaient avoir été prononcés que par un seul homme.

Tournant prudemment la tête, elle vit Matt à travers la moustiquaire. Il semblait douché, frais et dispos, alors qu'elle... eh bien...

— J'ai eu un petit accident.

— C'est ce que je vois, répliqua-t-il avec un sourire en coin.

— Vous pourriez peut-être m'aider à descendre ?

— Vous me plaisez assez, vue d'en bas.

— Eh !

Hélas, elle était loin d'être à son avantage. Ses cheveux pendaient sous elle, tels un écheveau de fils emmêlés, dont la pointe frôlait le hamac de Matt.

— Cessez de plaisanter et venez par ici. Je commence à avoir le tournis.

En un éclair, il se glissa sous la moustiquaire et se retrouva près d'elle. Deux bras puissants se placèrent sous ses épaules et ses fesses.

— C'est bon ! Vous pouvez tout lâcher.

— Vous en êtes sûr ?

— Vous préférez vous débrouiller toute seule ?

Un coup d'œil au sol suffit. Non, elle ne le voulait pas ! Dénouant ses jambes, elle sentit les biceps de Matt se tendre sous son poids. Lorsqu'elle fut certaine qu'il ne l'expédierait pas par terre, elle cessa de s'agripper aux cordages... pour tomber directement dans les bras de Matt, dont le souffle caressa doucement sa nuque. Malgré elle,

Stevie ferma les yeux et emplit ses poumons d'une bonne odeur d'after-shave.

— Vous vous sentez mieux ?

Elle se figea.

— Qu... quoi ?

— Le vertige. Je ne vais pas vous lâcher, si vous risquez de vous évanouir.

— Oh ! non... Je crois que ça va.

Apparemment inconscient du trouble qu'il faisait naître en elle, Matt la regarda dans les yeux sans pour autant la poser par terre.

— Si j'avais été couché et que vous m'étiez tombé dessus, les choses auraient pu mal tourner.

Sans blague ! Surtout que son T-shirt lui était remonté jusqu'au cou, quand elle avait été prise dans ce piège. Baissant les yeux, elle constata avec horreur que son ventre était toujours dénudé.

« Continue de parler, il ne s'en apercevra pas. »

— Personne ne m'a signalé ce danger, quand on m'a engagée.

Au petit sourire de Matt, elle comprit que ses paroles pouvaient être interprétées de multiples façons. Par bonheur, il choisit cet instant pour la déposer sur le sol. Elle se hâta de tirer sur le vêtement de coton pour dissimuler sa peau nue.

— Je ne voulais pas dire que vous tomber dessus représentait un danger quelconque, mentit-elle.

Par bonheur, Tiago apparut sur le seuil de la cabine.

— Le petit déjeuner est prêt, si vous avez faim.

— *Obrigada*, répondit Matt en s'écartant d'elle.

— Où veux-tu que je mette ta couverture et ta moustiquaire ? demanda Tiago.

— Vous retirez la moustiquaire dans la journée ? s'étonna Stevie.

— Non, répondit Matt, soudain très rouge.

— Je parlais de celle qui se trouve sur le pont, intervint Tiago, là où il était couché.

— Vous... vous n'avez pas dormi ici, cette nuit ?

— Mateus a dit qu'il y faisait trop chaud.

Cette fois, la rougeur atteignit les oreilles de Matt.

— J'ai juste précisé qu'il faisait plus frais sur le pont. Si on allait déjeuner ?

Lorsqu'il quitta la pièce, Stevie se demanda pourquoi il lui avait laissé croire qu'il avait dormi dans la chambre toute la nuit, alors que ce n'était visiblement pas le cas. Il avait même fait allusion à une possible catastrophe, si elle lui était tombée dessus.

Plongée dans ses réflexions, elle fit une halte dans la salle de bains pour faire une rapide toilette. Lorsqu'elle gagna la cambuse, elle se sentait plus sereine.

Elle remplit l'assiette que Nilson lui tendait, puis elle rejoignit Matt, déjà attablé dans la salle à manger, et s'assit en face de lui.

— Vous savez, je peux dormir sur le pont, si cela vous gêne de partager la chambre avec moi.

— Je vous ai dit pourquoi j'avais quitté la cabine. D'ailleurs, il vaut mieux que Tiago et Nilson ne soient pas contraints de marcher sur la pointe des pieds pendant la nuit. Je ne souhaite pas non plus qu'ils trouvent une femme à moitié dévêtue sur le pont.

Il marquait un point. Mais elle ne trouvait pas juste qu'il soit chassé de son propre lit. Elle regarda autour d'elle.

— On pourrait suspendre votre hamac ici et le retirer le matin.

Tiago, qui comprenait visiblement l'anglais, intervint :

— C'est une bonne idée, Mateus. Je vais planter de solides crochets dans le mur et un autre au plafond, pour la moustiquaire. C'est toi qui insistes toujours pour que nous en ayons tous une... Je sais aujourd'hui pourquoi, conclut-il en se tripotant les doigts.

Une ombre passa sur le visage de Matt, qui hocha la tête.

— Merci, mon ami, lui dit-il en portugais. Quand atteindrons-nous le village ? ajouta-t-il à l'intention de Nilson.

— Un peu avant le dîner.

— Très bien. Je voudrais examiner les cartes avec toi et établir notre emploi du temps pour les deux prochaines semaines.

Puis il se tourna vers elle.

— Vous pouvez vous débrouiller toute seule, pendant ce temps ? Il faudra aussi que nous nous mettions d'accord sur... notre histoire, avant d'arriver.

Stevie se raidit. Leur histoire... Se forçant à sourire, elle se demanda ce qu'il avait derrière la tête.

— Ne vous inquiétez pas pour moi. On se retrouve dans... disons trois heures ?

— Parfait.

Avec un peu de chance, elle pourrait mettre à profit ce délai pour décharger son trop-plein d'énergie.

Stevie s'essuya le front du dos de la main, sans pour autant lâcher sa paille de fer. D'accord, le récurage d'un pont était plus pénible que l'entretien de son parquet, dans son appartement new-yorkais.

Agenouillée sur une serviette qui protégeait ses genoux, elle s'interrompit un instant pour ajuster le haut de son Bikini et admirer son travail. Une fois nettoyées, les lattes étaient d'une belle couleur acajou.

Tout comme les cheveux de son nouveau collègue. Matt était bien différent de Michael, qui avait les cheveux blonds et la peau claire. Leur seul point commun était les yeux bleus, mais ceux de Michael étaient plus foncés, brillants d'intelligence et de détermination. Il était trop tard, quand elle avait remarqué combien ils pouvaient aussi être cruels. D'un geste de la main, il avait détruit leur avenir commun et, lorsqu'elle avait osé le questionner à ce sujet, il était devenu enragé, écrasant du même coup tous ses rêves. Ensuite, il lui avait suffi de quelques coups de fil à des collègues pour ruiner sa réputation.

Elle frissonna. Ces derniers temps, elle préférait ne pas se remémorer le regard de Michael. D'un autre côté, celui de Matt semblait… Elle chercha le mot adéquat.

Tourmenté.

Elle frotta plus fort. Pourquoi comparer les deux hommes ?

Elle secoua la tête pour chasser à la fois les pensées importunes et les gouttelettes de transpiration qui brouillaient sa vision. Elle aurait eu besoin d'une seconde serviette, pour s'essuyer le visage. Et, à ce rythme, son énorme flacon de crème solaire ne durerait pas un jour. Elle jeta un coup d'œil derrière elle, pour évaluer l'ampleur de sa tâche.

Un mètre de fait. Il en restait au moins neuf.

Laissant échapper un soupir, elle enfonça sa casquette de baseball sur son crâne et se remit au travail. Elle comprenait que tout l'argent disponible soit réservé aux patients, mais il fallait avoir pitié de ce pauvre bateau qui semblait fatigué de vivre.

« Ce n'est pas un être vivant, Stevie, juste un outil de travail. »

Michael avait peut-être raison, lorsqu'il avait raillé le *Projeto Vida*. Sans doute avait-elle été folle de prendre une telle décision, mais elle ne pouvait pas rester à New York.

— Vous n'avez pas à faire ça.

Lâchant la paille de fer, Stevie jeta un coup d'œil par-dessus son épaule. Matt se tenait derrière elle, vêtu d'un short kaki et d'une chemise grise. Ses pieds bronzés étaient chaussés de tongs.

Elle s'assit en toute hâte.

— Je croyais que nous devions nous retrouver dans trois heures.

— Quelqu'un a jasé et je suis venu vérifier par moi-même de quoi il s'agissait. Voici donc à quoi ressemble un chirurgien vasculaire, lorsqu'il récure les sols.

Stevie se leva, consciente qu'elle devait offrir un triste spectacle.

— Cela requiert sans doute un certain talent, puisque personne ne maîtrise apparemment la technique, sur ce bateau.

— Ce n'est pas très gentil ! remarqua-t-il en riant. Tant pis pour vous, car je vous apportais une boisson fraîche.

Sur ces mots, il porta à sa bouche un grand verre d'eau où tintaient des glaçons.

— C'est mesquin, répliqua-t-elle en se passant la langue sur les lèvres.

— Et vous virez au rose, continua-t-il. Je croyais que vous détestiez le soleil.

— C'est le cas. Je me suis appliqué une tonne de crème solaire sur la peau.

Lui tendant le verre, il s'empara du flacon, posé sur l'une des chaises de bois rouge qui se trouvaient sur le pont, et en examina l'étiquette.

— Il vous faut un écran plus protecteur. Nous sommes proches de l'équateur.

Stevie avala une gorgée avec soulagement. Le liquide glacé coulait lentement dans son gosier desséché. Elle ne put résister à l'envie de presser le verre contre sa joue.

— C'est ce que j'utilise d'habitude, mais vous avez raison. Il ne m'était jamais venu à l'esprit qu'il ferait aussi chaud, ici.

— Ainsi que je vous l'ai déjà dit, on ne peut pas tout apprendre sur un pays dans les livres. Vous devriez aller vous doucher et vous changer, ensuite nous discuterons de ce nous devrons faire, une fois que nous aurons atteint le village. A l'arrière du bateau, Tiago cultive un aloès qu'il utilise contre les brûlures. Je lui demanderai de vous en apporter une feuille. Elles contiennent un gel apaisant.

— Merci.

Matt fit quelques pas sur la zone qu'elle avait nettoyée. Son expression s'adoucit.

— J'avais oublié combien le bois peut-être beau, sur le bateau. Cela faisait longtemps que personne...

Il serra les mâchoires.

— Cela dit, continua-t-il, ne vous imaginez pas que vous aurez le loisir de vous adonner aux joies du travail manuel, dans ce pays.

— Je veux faire ma part de corvées.

— Ne vous inquiétez pas à ce sujet. Une fois que nous aurons accosté, vous serez largement mise à contribution.

5

— D'accord. Cela semble raisonnable.

Raisonnable ? C'était tout ce qu'elle trouvait à dire de cette idée insensée ?

Matt était assis en face de Stevie, sur le pont. Plissant les yeux, il se pencha vers elle. Il avait passé en revue toutes les autres possibilités avant de se résigner à l'inévitable : il allait devoir faire passer sa collègue pour son épouse.

Mais seulement si on leur posait la question. Et seulement jusqu'à ce qu'un autre médecin vienne la remplacer.

— Vous êtes certaine que cela ne vous pose pas de problème ?

— Il y a une autre solution ?

— Je n'en ai pas trouvé.

— Et si je disais aux gens que je suis mariée à un autre homme ?

— Ils se demanderaient pourquoi vous êtes venue sans lui au Brésil.

— En d'autres termes, ils s'imagineraient que je le trompe.

— Exactement.

— Vous avez dit que nous leur fournirions le moins de détails possible et uniquement s'ils nous interrogent.

— Oui, mais...

— Ecoutez, vous m'avez fait clairement comprendre que vous ne vouliez pas d'une femme dans votre équipe et maintenant, je sais que vous êtes coincé. Vous n'avez qu'à leur dire ce que vous voudrez, je ne démentirai pas.

Matt eut soudain le sentiment de s'être comporté en parfait goujat. Tendant le bras, il posa la main sur l'épaule de la jeune femme.

— Vous n'y êtes pour rien. Vous avez cru que vous voyageriez avec Tracy et j'ai pensé que je serais assisté par un homme. Et vous savez quoi ? La plupart de ceux avec qui j'ai travaillé ont rompu leur contrat avant la fin de leur première quinzaine d'essai. Soyez celle qui parviendra au bout, d'accord ? ajouta-t-il avec un sourire.

Les larmes aux yeux, Stevie hocha la tête avec une gravité bouleversante.

Le premier village ne ressemblait en rien à ce qu'elle avait imaginé. Otant ses tongs, Stevie prit la main de Matt et sauta du canot pneumatique. Ses pieds s'enfoncèrent dans la vase. Après cette matinée passée à travailler sur le pont, l'eau qui s'enroula autour de ses orteils lui donna une délicieuse impression de fraîcheur.

Matt pressa légèrement sa paume avant de la lâcher.

— Vous êtes prête ?

— Nous le découvrirons bientôt.

— Attendez-moi sur le rivage, pendant que je rassemble quelques affaires, d'accord ?

Un instant plus tard, elle se rechaussait et déroulait les jambes de son pantalon, qu'elle avait relevées pour ne pas les mouiller.

Elle regarda ensuite autour d'elle, émerveillée.

Elle s'était attendue à voir des cases disposées n'importe comment. Faites de briques en terre, les cabanes étaient au contraire alignées de façon à former un cercle bien net. La boue sablonneuse qui entourait chaque logis était creusée de profonds sillons parallèles. Pour l'instant, elle ne voyait personne, mais l'ensemble aurait pu servir de décor pour un film.

C'était si tranquille, ici. Si différent du chaos qui avait régi sa vie durant le mois précédent.

La chaleur elle-même semblait moins pesante, grâce à l'ombre procurée par de grands arbres. Elle sourit, soudain contente d'être venue.

A cet instant, un cri perçant retentit. Un petit enfant accourait dans leur direction, aussi vite que le lui permettaient ses jambes minuscules. Quelques secondes plus tard, une quinzaine d'autres bambins se précipitaient vers eux, effaçant de leurs pieds les traits si soigneusement tracés sur le sol. Stevie se prépara à l'impact, mais ils l'ignorèrent et encerclèrent Matt, qui avait gagné la terre ferme.

Qu'est-ce que...

Matt posa sa trousse par terre avant de faire glisser le long de son épaule son gros sac à dos. Un petit sourire aux lèvres, il fouilla à l'intérieur pendant un instant avant de sortir une poignée... de vers de toutes les couleurs.

Des friandises.

Les choses jaillissaient de ses doigts comme si elles étaient vivantes. Les gamins poussèrent des hurlements de bonheur. Stevie contemplait le spectacle, fascinée. Elle avait du mal à croire qu'il s'agissait du même homme qui l'avait si mal accueillie la veille. Quelques adultes se montrèrent à leur tour, apparemment indifférents au tumulte.

— Eh ! Tenez-moi ça une minute !

Matt tendit à Stevie une poignée de vers. Fronçant le nez de dégoût, elle les prit dans ses deux mains. Attrapant un asticot jaune par la queue, il le fit danser pendant quelques secondes avant de rejeter sa tête en arrière et d'ouvrir la bouche. Sans un mot, il aspira la créature et la mâcha, puis il se frotta le ventre avec satisfaction. De toute évidence, les enfants avaient déjà assisté à ce spectacle, car ils riaient et se poussaient pour approcher plus près.

Matt leva alors un doigt.

— *Espera ai. A doutora vai comer a proxima minhoca, não é ?*

Non. Certainement pas. Elle n'allait pas manger un ver, qu'il soit ou non en sucre. Mais quand les enfants se mirent à frapper des pieds en rythme, elle sut qu'elle ne pourrait y échapper.

Mais elle le lui ferait payer ! D'une façon ou d'une autre.

Rendant le paquet de vers à Matt, elle sélectionna le plus petit... qui lui parut malgré tout énorme. Fermant les yeux, elle planta ses dents au beau milieu de son corps, mais la tâche était plus ardue qu'il n'y paraissait et elle ne parvint pas à le couper en deux. Elle dut l'aspirer comme un spaghetti. Comme Matt, elle émit un grognement... de déplaisir, cette fois. Du moins, la saveur acide lui rappela les bonbons qu'elle aimait tant dans son enfance.

Quand elle jeta un coup d'œil à Matt, elle s'aperçut qu'il observait sa bouche, non les réactions des enfants.

— Qui est le suivant ? demanda-t-il finalement aux gamins.

Toutes les mains se dressèrent, sauf celle d'une petite fille qui fixait le sol. Attirant l'attention de Matt grâce à un léger coup de coude, Stevie la lui montra du menton.

— Sa mère est morte de la malaria il y a un mois, murmura-t-il.

— Qui s'occupe d'elle, alors ?

— Sans doute tout le monde. Vu que la plupart des membres de la tribu sont parents, ils se partagent la responsabilité.

— Excusez-moi un instant.

Prenant un ver des mains de Matt... le seul rose qu'elle put trouver, Stevie se dirigea vers la fillette. En s'agenouillant devant elle, elle pria le ciel de pouvoir se faire comprendre malgré son accent.

— Regarde, j'ai choisi le plus joli pour toi. Tu le veux ?

Les grands yeux bruns croisèrent les siens.

— Et toi, tu aimes ça ?

— Oui, bien sûr, mais je ne voudrais pas manger de vrais *minhocas*.

Un petit sourire erra sur les lèvres de l'enfant.

— Tu l'as déjà fait ?

— Euh... non, mais je suis certaine que cela ne me plairait pas.

— A moi non plus. La dernière fois, Mateus a apporté des ours.

— Mes préférés ! s'exclama Stevie en riant. Mais ils ont exactement le même goût que ceux-ci. Tu veux goûter ?

La petite haussa les épaules, mais Stevie aurait juré qu'une lueur d'intérêt s'était allumée dans ses yeux.

— Je m'appelle Stevie, et toi ?

— Madalena.

— Quel joli prénom !

Stevie jeta un coup d'œil à Matt, qui distribuait toujours les friandises. Son rire grave dominait le brouhaha. De toute évidence, il appréciait vraiment ce qu'il était en train de faire. Cela se voyait à la façon dont il souriait aux enfants.

— Tu veux que j'aille en chercher un autre, pour le manger avec toi ? demanda-t-elle à la petite fille.

— Tu n'auras pas peur ?

Stevie sentit sa gorge se serrer. Cette enfant avait dû affronter des frayeurs qu'elle ne pouvait même pas imaginer.

— Non, lui dit-elle, je ne crains pas un bonbon ! Attends-moi, je reviens tout de suite.

Se frayant un chemin parmi les enfants, elle rejoignit Matt.

— Vous pouvez m'en donner un ?

Il tendit le bras, la laissant choisir.

— Merci, dit-il.

Elle prit un ver, tâchant d'ignorer le frisson qui la parcourut quand ses doigts frôlèrent ceux de Matt.

— Merci de quoi ?

— D'être compatissante.

Sur ce, il se tourna vers les enfants. Stevie le fixa un instant, puis elle retrouva Madalena. Tendant à la fillette la friandise rose, elle garda la verte pour elle.

— Tu es prête ?

Les yeux dans les yeux, elles mirent les vers dans leurs bouches avant d'éclater de rire.

— C'est bon, murmura la petite en jetant un long regard à Matt.

— Vas-y ! Je suis sûre qu'il t'en donnera un autre.

Madalena fila comme une flèche. La remarquant immédiatement, Matt l'attira à son côté et déposa dans sa paume un autre bonbon. Il jeta un coup d'œil à Stevie et, l'espace de quelques secondes, son visage exprima une satisfaction fugace.

Quand les enfants se furent éparpillés, après avoir dévoré toutes les confiseries, Stevie aida Matt à porter sur le rivage une caisse remplie d'articles destinés à préserver la santé des adultes.

Prenant un petit sachet, elle l'examina avec curiosité.

— Qu'y a-t-il, là-dedans ?

— C'est un kit de premiers soins, mais il contient aussi des comprimés pour purifier l'eau et des préservatifs.

— Des préservatifs ? Ils les utilisent ?

Matt haussa les épaules.

— Qui sait ? Nous essayons de leur apprendre le pourquoi et le comment, mais ensuite, la décision leur appartient. En dehors des maladies sexuellement transmissibles, nous avons eu plusieurs débuts d'épidémie de la fièvre Labrea, dans les villages voisins. Le préservatif est l'un des moyens de prévention.

— La fièvre Labrea ? Je n'en ai jamais entendu parler.

— A la base, le malade souffre à la fois d'hépatites B et D. C'est le plus souvent fatal. Nous essayons de vacciner les nouveau-nés, malheureusement nous sommes absents au moment des naissances, la plupart du temps. En mettant des préservatifs à l'intérieur du kit, nous évitons toute gêne et présentons la contraception comme une façon normale de préserver sa santé.

Matt sourit aux adultes qui faisaient maintenant la queue devant eux. Tout en leur distribuant les sachets, il prit le temps de demander à chacun des nouvelles de sa famille. Stevie était très admirative. Comment parvenait-il à se souvenir de tous ces noms et de ces visages ?

Une jeune femme s'avança, l'air hésitant. Après lui avoir posé quelques questions, Matt s'agenouilla pour examiner deux plaies, sur son pied. Sortant de sa trousse une paire de gants chirurgicaux, il leva les yeux vers Stevie.

— Vous pouvez terminer la distribution, pendant que je m'occupe d'elle ?

— Bien sûr. Qu'est-ce qu'elle a ?

— Des larves de diptères.

— Oh ! fit Stevie en fronçant le nez.

— Vous n'allez pas avoir peur de deux gros vers ?

— Je préfère de loin ceux qui sont en sucre.

Quand tout le monde eut été servi, Stevie rassembla les kits restants, puis elle s'approcha de Matt et de la femme, assise sur une sorte de tabouret. Ils bavardaient comme de vieux amis.

— Il reste une dizaine de sachets, annonça-t-elle.

— Parfait. La demande s'accroît à chacun de nos passages. Nous risquons d'en manquer, mais, si c'est le cas, nous abrégerons le voyage et nous retournerons en chercher à Coari.

— D'accord, dit Stevie en s'asseyant près d'eux. *Tudo bem* ? demanda-t-elle à la femme. Comment va votre pied ?

— Bientôt, ça ira bien.

Se penchant au-dessus du pied de la patiente, Stevie remarqua trois zébrures dans la partie supérieure. Chacune d'entre elles était recouverte d'une substance visqueuse.

— Qu'est-ce que vous avez mis sur les orifices ?

— De la vaseline, de façon à priver les larves d'air. Avec un peu de chance, elles vont pointer la tête dehors et nous pourrons les extraire avec une pince à épiler. Si ça ne marche pas, il faut espérer qu'elles seront mortes étouffées demain matin.

— Pourquoi ne pas anesthésier la zone et donner un coup de bistouri ? Ce serait plus rapide et plus efficace.

— Voilà bien une réaction de chirurgien ! dit Matt en riant. La rapidité n'est pas intéressante, dans ce cas précis. Nous la laisserions avec trois incisions et des points de suture, ce qui implique des risques d'infection.

Il avait marqué un point.

— Alors, nous attendons, conclut-elle, convaincue.

— Exact. Je suis sûr que nous aurons d'autres patients, dans l'intervalle.

Il ne se trompait pas. A la tombée de la nuit, ils avaient examiné une vingtaine de personnes souffrant d'affections mineures. Pendant ce temps, leur première patiente avait attendu que la vaseline opère sa magie.

Stevie était épuisée.

Comment Matt avait-il pu assumer une telle charge de travail tout seul ? Tracy avait raison : il avait besoin d'être assisté... et elle avait bien l'intention de constituer une aide, pas une gêne.

Lorsqu'ils furent plongés dans l'obscurité, Matt alluma une grosse lampe alimentée par une batterie puissante. Grâce aux feux allumés par les habitants pour le repas du soir, Stevie aurait presque pu se croire en plein jour... ce qui n'empêchait pas ses paupières de s'alourdir.

— Vous voulez retourner au bateau ? lui proposa Matt. Je vais essayer d'extraire nos petits amis.

— Je vais vous aider. Dites-moi seulement ce que je dois faire.

— Très bien.

Sortant une pince de son emballage, il posa le pied de la patiente sur ses genoux et lui tapota l'épaule.

— Tu es prête ?

Réprimant un bâillement, la femme hocha la tête. Matt se tourna alors vers Stevie.

— Vous allez presser les zones enflammées pendant que je tenterai d'attraper les larves et de les sortir de là.

Stevie inspira profondément.

— C'est quand vous voulez !

L'extraction se déroula sans problème, bien que l'estomac de

Stevie se retournât à plusieurs reprises. De son côté, la patiente semblait suivre le processus avec intérêt.

— Eh bien, conclut Matt avec un sourire. C'était facile.

Facile ?

Matt appliqua une compresse imprégnée d'alcool sur les plaies et donna à la femme quelques consignes d'hygiène. Avant de partir, cette dernière prit les mains de Stevie dans les siennes et déposa un léger baiser sur sa joue.

— Madalena est la fille de ma sœur et elle est encore très triste. J'ai vu ce que tu as fait pour elle et son sourire a rempli mon cœur de lumière.

La gorge nouée par l'émotion, Stevie hocha la tête sans répondre et se tourna vers Matt, qui la fixait en silence.

— La journée a été longue, dit-elle.

— Vous vous êtes très bien comportée.

— Je regrette quand même d'avoir manifesté mon dégoût, pendant...

— Je ne parlais pas des diptères... Vous les avez laissés vous toucher.

— Vous aussi, répliqua-t-elle avec étonnement.

Il lui prit la main. Au contact de sa paume calleuse, elle frissonna.

— Je veux simplement dire que vous leur avez ouvert votre cœur.

Durant les deux jours qui suivirent, et malgré le compliment qu'il lui avait adressé, Matt évita soigneusement Stevie. La jeune femme semblait s'adapter admirablement bien, mais il devait se rappeler qu'elle était encore dans sa période d'essai. Au début, tout était nouveau et fascinant, mais cela ne durait jamais. Chaque fois, la fascination faisait place à l'irritation, puis à l'exaspération.

Ce travail de bête de somme avait épuisé les autres médecins. A leur arrivée pourtant, ils étaient tous remplis de bonne volonté. Un peu plus tard, ils étaient partis, en proie à une frustration mêlée de ressentiment.

Tôt ou tard, Stevie prendrait ses jambes à son cou.

Et la prochaine fois, il ferait en sorte que Tracy lui envoie un homme ! La vue de la jeune femme à genoux sur le pont, vêtue d'un haut de Bikini et d'un short, l'avait renforcé dans sa détermination...

Chaque nuit, il passait des heures éveillé dans son hamac. Et quand il dormait, ses rêves...

— Je n'arrive pas à croire que vous l'avez fait ! dit la voix de Stevie derrière son dos.

Matt baissa les yeux vers le pont propre et verni.

— Tiago et Nilson ont voulu vous faire la surprise.

— Ils ont réussi ! C'est magnifique ! Il va falloir que je les remercie... Oh ! J'ai fait un peu de citronnade. Je vous en ai apporté un verre.

Tout en parlant, elle avait déposé un plateau sur la petite table placée entre deux chaises longues. Vêtue d'un T-shirt vert et d'un pantalon coupé à mi-mollets, elle semblait fraîche et dispose, avec ses cheveux blonds réunis en queue-de-cheval.

Elle était à croquer.

Il était fou, c'était certain. Ou bien il avait attrapé la fièvre de la rivière. Elle s'assit sur l'autre siège et lui tendit un verre.

— Buvez pendant que c'est encore froid.

Il le prit, attentif à ne pas effleurer sa main, puis il en but le tiers en une seule gorgée.

— Cela faisait des siècles que je n'avais pas bu de citronnade, soupira-t-il.

Sans doute était-il avec Vickie, ce jour-là... Un vent de panique souffla sur lui lorsqu'il prit conscience qu'il ne se rappelait pas de quoi ils avaient parlé, la dernière fois que la vie était normale. Et il préférait ne pas se souvenir des heures qu'ils avaient passées, à tenter de gagner à temps l'hôpital le plus proche.

Des doigts frais se refermèrent autour de son poignet.

— Vous vous sentez bien ?

— Tout à fait. Je goûte seulement un instant de calme.

Elle se leva aussitôt.

— Je vais vous laisser.

Il comprit qu'il l'avait blessée.

— Ne partez pas ! Il nous reste deux heures, avant d'arriver au village suivant.

Elle scruta un instant son visage avant de se détendre.

— Vous êtes certain que je ne vous dérange pas ?

— Bien entendu. C'est agréable, d'avoir quelqu'un avec qui jouir de cette vue.

Stevie se rassit lentement.

— C'est très beau, ici.

— C'est vrai, mais l'Amazone peut aussi se montrer cruelle, parfois.

— Je l'imagine... Laissez-moi vous prouver que je suis à la hauteur de la tâche, dit-elle en se tournant vers lui. Si je ne le suis pas, je serai la première à le reconnaître.

— Vous en êtes sûre ?

— Certaine.

Les yeux verts retinrent ceux de Matt pendant quelques secondes.

— Matt, je dois vous avouer quelque chose...

L'odeur des citrons emplissait les narines de Matt, mêlé à un autre parfum, infiniment féminin.

Il s'éclaircit la gorge.

— De quoi s'agit-il ?

— Je suis au courant à propos...

A cet instant, Tiago parut brusquement sur le seuil de la porte la plus proche.

— Nous avons une liaison radio avec miss Tracy... Il y a une épidémie de dengue dans l'un des villages.

6

Matt s'empara du micro.

— Dans quel village ?

Le visage tendu, les membres de l'équipage le fixaient en silence. Tiago avait même fait un signe de croix au moment où Matt avait posé la question.

— Tupari, fit la voix de Tracy.

Matt jura sourdement.

— Il me faudra un jour et demi, pour y arriver.

— Je le sais bien.

Matt ferma un instant les yeux. Il avait toujours su qu'il devrait un jour affronter de nouveau la dengue, mais il y avait une marge, entre reconnaître ses peurs et les affronter.

— Tu veux que je vienne ? demanda Tracy.

— C'est inutile. En admettant même que tu aies un vol direct depuis São Paulo, nous n'aurions pas le temps de venir te prendre à Coari. Tu as poursuivi le recrutement, comme je te l'ai demandé ?

— Je t'entends mal... Répète... Le temps de quoi faire ?

Matt laissa échapper un soupir.

— Rien d'important.

— Matt... Inonde-toi d'anti-moustiques avant d'approcher cet endroit. Tu... n'aideras personne, si tu attrapes de nouveau la dengue.

Malgré les interférences, sur la ligne, il comprit exactement où Tracy voulait en venir. Une fois qu'on avait contracté la maladie, on était immunisé, mais il y avait encore trois sortes de virus dangereux. Des virus qui résistaient de mieux en mieux aux antibiotiques. S'il était atteint, il risquait une hémorragie mortelle.

Tracy n'avait pas fait allusion à ce qui était arrivé à Vickie. C'était inutile. A l'époque, sa femme et lui étaient jeunes, naïfs et convaincus d'être immortels. Ils avaient eu tort...

— Je serai prudent. Terminé.

Une fois la communication interrompue, il garda un instant le micro dans la main avant de le remettre en place. Il lui fallait un peu de temps pour chasser de son esprit les horreurs du passé. Lorsqu'ils avaient atteint l'hôpital cette nuit-là, après une journée de route, il s'était entendu dire qu'il était trop tard. A leur arrivée, sa femme souffrait de multiples hémorragies internes et leur bébé...

La voix de Stevie l'arracha à ses pensées.

— Que se passe-t-il ?

— Il y a un début d'épidémie de dengue, dans un village.

— J'ai entendu cette partie de la conversation.

— Nous allons avoir besoin de toutes les moustiquaires que vous avez apportées.

— Il y en a cent cinquante. Ce sera suffisant ?

— Il le faudra bien.

Il jeta un coup d'œil à Tiago et Nilson, qui étaient suspendus à ses lèvres bien qu'il se soit exprimé en anglais. Se tournant de nouveau vers Stevie, il songea qu'il ne pouvait plus la ramener à Coari. D'ailleurs, elle se défendrait bec et ongles, s'il tentait de le faire.

— Vous vouliez une occasion de faire vos preuves ? lui dit-il. Vous allez l'avoir.

Elle releva le menton.

— Je suis prête.

— Très bien, mais je ne tolérerai aucune prise de risques inutile.

— C'est compris. Euh... J'ai un peu étudié cette maladie, à la fac, mais cela ne date pas d'aujourd'hui. Vous pouvez me renseigner ?

Super !

— J'ai un traité de médecine tropicale, vous allez devoir le consulter très vite.

— C'est l'ouvrage de Manson ?

— En effet. Vous l'avez lu ?

— En partie, mais je ne suis pas parvenue au chapitre qui porte sur la dengue.

— Pendant le trajet, vous allez l'étudier. Vous pourrez aussi consulter les dossiers de mes anciens patients.

— Est-ce qu'il y a eu des morts, dans ce village ?

— Jusqu'à maintenant, un enfant, mais il y en a d'autres qui sont atteints.

— C'est affreux !

— Vous vous rappelez ce que je vous ai dit à l'aéroport, à propos des champs de bataille ?

— Oui.

— Vous allez vous retrouver en première ligne.

Stevie ouvrit la porte de la salle de soins avec la clé que lui avait remise Matt. Pourquoi se sentait-elle aussi nerveuse ? Etait-ce à cause de cette menace d'épidémie ? Non, cela avait plutôt un rapport avec la réaction de Matt… et aussi le fait qu'il avait demandé à Tracy si elle poursuivait le recrutement.

Apparemment, il voulait toujours se débarrasser d'elle. A cette idée, elle sentit sa gorge se serrer. Plus tôt il aurait un autre médecin à ses côtés, plus il serait satisfait.

Pourquoi ne voulait-il pas d'elle ? A cause de cette histoire de mariage ? Ils avaient pourtant résolu la question. Elle aurait juré qu'il s'était radouci à son égard, dans le dernier village. Sans doute était-ce un effet de son imagination.

Elle parcourut rapidement les titres des livres qui se trouvaient dans la bibliothèque et trouva celui qu'elle cherchait. Assise sur une chaise en Formica, elle examina l'image qui ornait sa couverture… celle d'un moustique nommé *Aedes aegypti*. Perché sur une feuille d'un vert éclatant, l'insecte avait une apparence délicate, avec ses pattes rayées de blanc.

Du moins, jusqu'à ce que vous remarquiez que son abdomen était rempli du sang de ses victimes.

Stevie frissonna. Les apparences étaient trompeuses. Ce qui semblait inoffensif pouvait se révéler mortel, si vous l'approchiez de trop près.

Tout comme Michael…

Elle consulta le sommaire pour trouver le chapitre sur la dengue. Quelqu'un l'avait encerclé. Il était clair que Matt avait affronté cette maladie plus d'une fois, ce qui expliquait sa réaction à l'appel de Tracy. Les moustiquaires qu'elle avait apportées les aideraient certainement, mais c'était une goutte d'eau dans l'océan, si l'on considérait le nombre de gens qui vivaient le long du fleuve et de ses affluents.

Elle se mit à feuilleter le volume, mais il s'ouvrit tout seul à la bonne page.

Etrange...

Plus bizarre encore, des notes écrites à la main noircissaient les marges. Elle tenta de les déchiffrer, ne parvenant pas à imaginer que Matt était leur auteur. Ces petites lettres avaient été formées... par une main féminine.

Stevie se mordit la lèvre inférieure.

C'était une femme, qui avait gribouillé un peu partout. Elle racontait une histoire qui lui serra le cœur. Au fur et à mesure, les observations concises se muaient en journal émouvant et incohérent, ponctué de dates. Le prénom de Matt apparaissait périodiquement, ainsi qu'un autre que Stevie ne put reconnaître. Plus les jours passaient, plus l'écriture devenait tremblante. Une empreinte brune aux contours flous qui ornait le haut d'une page faisait étrangement penser à...

Soudain, toutes les pièces du puzzle se mirent en place.

Les yeux pleins de larmes, Stevie fixa le mur sans le voir.

Ces notes avaient été écrites par la femme de Matt, et elles racontaient sa lutte contre la mort.

Sa mort.

L'épouse de Matt était morte de la maladie qu'ils allaient justement combattre.

7

— Vous avez trouvé les informations que vous cherchiez ?

Appuyé à la rambarde, Matt la regardait d'un air étrange.

— J'ai terminé le chapitre.

Devait-elle lui révéler ce qu'elle avait découvert du même coup ? Il avait sans doute oublié ce qui était écrit dans les marges des pages, sinon il ne lui aurait pas suggéré de lire ce livre.

— Très bien.

Machinalement, il porta sa main à sa nuque et la massa, un geste qu'il faisait souvent depuis quatre jours.

— Tournez-vous, ordonna-t-elle.

— Quoi ?

— Vos cervicales vous font souffrir. Quelqu'un vous a dit d'où cela venait ?

Il haussa les épaules.

— Je suis tombé d'une échelle, il y a longtemps. Mes muscles sont un peu noués, mais ce n'est rien.

— Si ce n'est rien, vous ne verrez aucun inconvénient à ce que je jette un œil ?

La première fois qu'elle avait remarqué sa souffrance, elle n'avait pas osé lui proposer son aide, tant il semblait inaccessible. Depuis, elle craignait que le moindre contact avec lui n'attise le trouble qu'elle ressentait en sa présence.

Pourtant, elle lui demandait en ce moment même de *poser* les mains sur lui !

Sans lui laisser le temps de retirer son offre, il pivota sur lui-même et se retrouva face au fleuve.

C'était sans doute sa façon d'exprimer son accord.

Les tempes bourdonnantes, elle avança de deux pas, se demandant par où elle allait commencer. De toute façon, la différence de taille, entre eux, rendait impossible tout massage s'il restait debout. Avisant l'une des chaises de bois rouge, elle la souleva avec difficulté et la plaça au milieu du pont.

Il se tourna vers elle, en secouant la tête.

— Stevie, je ne pense pas que...

— Alors, ne le faites pas.

— Quoi ?

— Abstenez-vous de penser. Vous êtes trop grand, c'est pourquoi j'ai besoin que vous soyez assis.

A sa grande surprise, il obtempéra. Se plantant devant lui, elle haussa les sourcils.

— Quoi, encore ? demanda-t-il.

— Votre chemise.

— Vous me traitez comme un enfant.

— Je suis médecin, répliqua-t-elle en riant. Allons... soyez beau joueur.

— Je suis content de constater que vous trouvez cela drôle.

Malgré tout, il fit passer le vêtement par-dessus sa tête. Stevie retint son souffle à la vue de sa peau ferme et bronzée.

D'accord, ce massage n'était peut-être pas une très bonne idée...

Pour masquer son émotion, elle s'empara de la chemise et la posa sur la chaise la plus proche, à quelques mètres. Malheureusement, le dos était aussi beau que le torse.

« Oh ! mon Dieu ! »

Levant les yeux au ciel, elle fit jouer ses doigts pour assouplir ses articulations et se préparer à l'inévitable. Maintenant elle n'avait plus le choix, elle devait s'exécuter.

Le premier contact avec la peau de Matt fut encore pire qu'elle l'avait imaginé. Une brusque décharge électrique partit du bout de ses doigts et s'engagea sur l'autoroute de ses neurones. Dans quelle direction ? Certainement pas celle de son cerveau !

« N'y pense pas. Tu peux le faire. »

Posant ses paumes à plat, elle referma ses doigts sur la nuque de Matt et entreprit de la masser vigoureusement. Elle se permit une brusque bouffée de plaisir, qu'elle refoula ensuite avant de se mettre en quête d'une stratégie.

Professionnelle, bien entendu.

Très bien… Dès qu'elle aurait dénoué les muscles, elle pourrait explorer la structure même du cou.

Malheureusement, ils refusaient de se détendre. Sous ses doigts, la chair semblait même se crisper davantage.

Elle s'arrêta un instant.

— Cessez de résister !

— Je n'en fais rien, grommela Matt.

— Vraiment ? dit-elle en enfonçant ses pouces dans ses épaules. Vous croyez que je ne le sens pas ?

Il tressaillit, mais ne se plaignit pas. Exaspérée, Stevie secoua la tête.

— Nous ne partirons pas tant que je n'aurai pas compris à quoi j'ai affaire. A moins que vous ne préfériez vous installer sur l'une des tables d'examen ?

La colonne vertébrale de Matt prit la rigidité de la pierre… et les jambes de Stevie se muèrent en coton.

Oups !

— Ce que je veux dire, c'est qu'il m'est impossible de pratiquer certaines manipulations vertébrales, tant que vous êtes assis. C'est ce qu'on appelle des ajustements chiropratiques.

A cet instant, Stevie sentit sous sa paume le point précis où la nuque était reliée à l'épaule. Ses doigts pianotèrent un instant avant de s'enfoncer profondément dans le muscle.

— Ouille !

Elle se mit à rire.

— Vous pouvez vous redresser et jouir du voyage.

— En jouir ?

Il laissa échapper un grognement, entre souffrance et plaisir. Stevie aurait juré que le second commençait à l'emporter. Elle massa les zones douloureuses pendant quelques minutes.

— Ça va mieux ? demanda-t-elle.

— Non.

Il mentait de façon éhontée…

— Accordez-moi encore un quart d'heure et vous chanterez une autre chanson.

De nouveau, il nia toute amélioration, mais il pencha la tête pour lui permettre un meilleur accès.

— Je croyais que les chirurgiens vasculaires avaient la main plus légère.

— C'est une insulte ?

— Non…, soupira-t-il.

— Vous voulez que j'arrête ?

— Euh… Pas encore.

— Vous voyez ? On en arrive toujours au même point, finalement. On commence par gémir… ensuite on soupire.

— Très drôle !

— Vous avez besoin de moi, que vous l'admettiez ou non. Bientôt, vous me supplierez de rester.

Matt n'avait nullement l'intention de la supplier, même s'il se sentait maintenant parfaitement détendu… excepté une certaine partie de son anatomie, ce qui commençait à être embarrassant.

— Je crois que ça suffit pour aujourd'hui, marmonna-t-il.

— Vous croyez ?

— J'en suis sûr.

Il toussota avant d'aborder un autre sujet.

— Parlez-moi de ce chapitre sur la dengue.

— Que voulez-vous dire ?

— Vous avez appris quelque chose de nouveau ?

— Matt… Je…

Pourquoi hésitait-elle ?

Bon sang !

Il se rappelait exactement ce qu'elle avait trouvé dans le livre de Manson.

— Vous avez lu les notes.

Elle cessa de le masser pour se planter face à lui, les yeux humides de larmes.

— Oui.

Cela valait peut-être mieux, pensa-t-il. Son cœur se serrait à l'idée qu'il allait l'entraîner dans cet enfer, et il savait que son angoisse ne ferait que croître à mesure qu'ils approcheraient de Tupari.

— Alors, vous savez ce que vous allez affronter.

Elle prit les mains de Matt dans les siennes.

— Oui. Je suis désolée…

Il ferma les yeux pour ne pas voir son expression compatissante et se concentra sur la façon dont elle serrait fermement ses doigts.

— Ne soyez pas désolée… juste prête.

Matt serra les mâchoires. Une foule les attendait sur le rivage. Les visages étaient sombres, preuve que les villageois avaient conscience de la menace qui pesait sur eux.

— Oh ! mon Dieu ! s'exclama Stevie.

Elle enfilait ses sandales pendant que Nilson faisait glisser le canot contre le flanc du bateau. Elle portait un short qui ne la protégeait pas suffisamment. Il suffisait d'une seule piqûre…

— Allez vous mettre de la lotion anti-moustiques, ordonna-t-il.

— C'est déjà fait.

— Recommencez. Ces moustiques se nourrissent pendant la journée. Et avec le nombre de villageois infectés… cela peut tourner à la catastrophe. Personne ne quitte le bateau sans protection.

— D'accord. J'ai apporté des bougies à la citronnelle.

— Très bien. Mettez-en deux sur le pont, placez-les dans une casserole d'eau et allumez-les. Nous allons avoir recours à tous les moyens qui sont à notre disposition.

Hochant la tête, elle se détourna, mais Matt saisit son poignet. Il ne savait pas pourquoi il était soudain si important de passer avec elle une minute supplémentaire avant de gagner le rivage. Sous ses doigts, la peau de la jeune femme était déjà moite, mais elle était chaude et vivante.

Pour l'instant.

Comment avait-il pu l'entraîner dans ce piège ?

Elle posa sur lui des yeux inquiets.

— Que se passe-t-il ?

— Rappelez-vous de ne prendre aucun risque inutile.

— Je m'y efforcerai.

Sur terre, on venait de mettre un canoë à l'eau. Voyant que le chef du village s'y trouvait, Matt sut que les choses allaient mal. Très mal.

Il libéra Stevie.

— Allez-y, dit-il en la poussant dans le couloir qui menait aux cabines. Et ne revenez sur le pont que lorsque vous vous serez badigeonnée de lotion de la tête aux pieds.

8

— Elle est infectée.

Stevie le savait déjà, mais le fait que Matt confirme son diagnostic lui serra encore davantage le cœur. Après quatre jours passés à combattre l'épidémie, elle était épuisée, tant sur le plan physique qu'émotionnel.

— Que faisons-nous, pour le bébé ? demanda-t-elle.

Le regard de Matt se durcit.

— Elle est notre patiente, concentrez-vous sur elle.

Stevie, qui humectait le front de la femme avec une compresse imbibée d'eau fraîche, s'immobilisa.

— Comment pouvez-vous dire cela ?

Depuis leur arrivée, elle ne comprenait pas l'attitude de Matt. Il ne plaisantait plus, il ne distribuait plus des friandises, il ne rassurait même pas les malades. Il soignait les villageois avec une efficacité glaciale qui donnait à Stevie l'envie de rentrer sous terre. Certes, elle comprenait que les médecins maintiennent une certaine distance avec les gens qu'ils traitaient, mais cette absence de compassion était inadmissible.

— Si vous la soignez, vous soignez le fœtus, grommela-t-il.

La remarque arracha Stevie à ses réflexions, sans pour autant apaiser son irritation. Un homme qui se tenait sur le seuil de sa cabane attira soudain son attention. C'était celui qui était monté dans le canoë, après que le bateau avait jeté l'ancre. Malgré son impassibilité apparente, il semblait inquiet.

— Qui est-ce ? demanda-t-elle à Matt en le désignant du menton.

— C'est le père de cette femme.

— Et où est son mari ?

— Je n'en sais rien. Probablement avec le chaman.

Secouée par une poussée fébrile, la patiente laissa échapper un gémissement. Stevie comprenait pourquoi on avait surnommé la dengue « fièvre à briser les os ». Elle avait vu les malades trembler si violemment que leurs dents s'entrechoquaient. Depuis leur arrivée, il y avait eu un décès, ce qui portait le nombre des morts à deux. Mais quelques villageois étaient dans un état critique, comme la femme qu'ils étaient en train de soigner.

Après l'avoir auscultée avec son stéthoscope, Matt palpait désormais son abdomen, prouvant ainsi qu'il se souciait autant que Stevie de la vie du bébé.

— Au moins, nous n'avons pas eu de cas d'hémorragies, dit-elle.

— Le village a de la chance, puisque c'est la première fois qu'il affronte un début d'épidémie. Malheureusement, ce ne sera pas la même chose quand la maladie les frappera une seconde fois… Le bébé va bien, à propos. Je vais prévenir le père de cette jeune femme.

Sur ces mots, Matt se leva pour aller voir le chef. Ce dernier était plus grand que la plupart des hommes du village, mais Matt le dominait de toute sa haute taille. Elle le vit sortir quelque chose de son sac, mais l'homme le refusa d'un geste de la main.

Matt éleva suffisamment la voix pour qu'elle puisse l'entendre.

— Votre peuple suivra votre exemple. Si vous ne vous protégez pas vous-même, personne ne le fera et d'autres mourront.

L'anti-moustiques… Matt tentait de le convaincre de prendre un flacon et de l'utiliser. L'homme jeta un coup d'œil à sa fille avant de secouer la tête, visiblement au supplice. Elle devina ce qu'il pensait. Il lui semblait qu'il trahirait sa fille, s'il se protégeait contre la maladie alors qu'elle et son enfant étaient en danger de mort.

Cessant de rafraîchir le front de sa patiente, elle sortit de dessous la moustiquaire et marcha vers les deux hommes. Matt fronça les sourcils, mais elle choisit d'ignorer l'avertissement pour s'adresser au chef.

— Il faut que vous restiez en bonne santé pour le bien de votre fille, lui dit-elle. Vous ne voudriez pas qu'en se réveillant, elle découvre que vous êtes malade. Elle se blâmerait, au lieu de consacrer toute son énergie à sa guérison.

Le chef ne lui accorda même pas un coup d'œil.

— Qui est cette femme que tu as amenée avec toi ? demanda-t-il à Matt. Ta nouvelle épouse ?

Matt se passa la main sur la nuque et tourna légèrement la tête, comme pour soulager la douleur.

— Elle est médecin, répliqua-t-il.

— Ta femme aussi était médecin.

— Elle était infirmière.

Stevie ignorait ce détail. Jusque-là, elle avait mis l'attitude étrange de Matt envers elle sur le compte de la cohabitation, mais elle se demanda brusquement s'il avait un problème avec les femmes médecins.

— Elle n'est pas brésilienne, continuait le chef.

— Elle est américaine, comme moi.

— Elle ne parle pas le portugais comme toi.

Pour la première fois, l'homme la regarda. Stevie lut dans ses yeux sombres l'intelligence et la méfiance. Son cœur se mit à battre la chamade. Allait-il l'empêcher de soigner sa fille ?

— Elle n'est pas au Brésil depuis aussi longtemps que moi, mais c'est un très bon médecin.

— Tu devrais payer le prix de l'épousée et faire en sorte qu'elle reste avec toi, alors.

— Le prix de l'épousée ? s'étonna Stevie.

Matt lui prit la main et la pressa légèrement.

— Dans ma culture, cela n'existe pas, et je suis très heureux en ménage sans m'en être acquitté.

Le pouls de Stevie s'accéléra encore. Il l'avait avertie qu'il devrait peut-être la présenter comme sa femme, mais le dernier village avait accepté sa présence sans poser de questions et elle avait espéré qu'ils pourraient se passer de cette formalité. La bouffée de plaisir qui l'envahit la prit par surprise.

« Heureux en ménage », avait-il dit.

— Elle doit avoir beaucoup de valeur à tes yeux, en ce cas. Ma fille en a beaucoup aux miens, aussi. Le village te donnera tout ce que tu veux, si tu la guéris.

— Nous ferons de notre mieux, sans rien accepter en échange.

— Je dois retourner auprès de notre patiente, dit alors Stevie en anglais.

Quelques minutes plus tard, Matt la rejoignait sous la moustiquaire.

— Grâce à vous, il accepte d'utiliser la lotion… C'est le chef du village, Stevie. Vous avez pris un gros risque, en parlant sans y être autorisée.

Ces paroles rappelèrent à Stevie la raison de sa venue au Brésil.

« Le Dr Wilson ne suit pas le protocole. »

En effet, elle n'en avait pas eu le temps. Son minuscule patient luttait pour la vie, ses parents étaient désespérés. Malheureusement, dans le monde occidental, on devait respecter des règlements, penser aux assurances et aux poursuites possibles. Mais le bébé allait mourir, alors elle avait procédé à un pontage coronarien. Le fait qu'elle lui avait sauvé la vie aurait dû peser dans la balance, mais son ex-fiancé s'était arrangé pour qu'on retienne avant tout qu'elle était rebelle à l'autorité.

— Je suis désolée, dit-elle enfin. J'ignorais que c'était le chef.

— J'aurais dû être plus clair. Nous ne pouvons continuer à venir ici que dans la mesure où il nous le permet. J'ai besoin que vous fassiez profil bas jusqu'à ce que l'épidémie soit enrayée. On dit que le chaman veut que nous partions.

— Même si cela implique que des gens mourront ?

— Si les villageois cessent de lui faire confiance, son emprise sur eux sera affaiblie. Je viens ici depuis six ans et il n'y a pas eu de problème jusqu'à…

— Jusqu'à ce que j'arrive, l'interrompit-elle.

— Ce n'est pas ce que je voulais dire. Je ne sais pas ce qui va se passer, si la fille du chef meurt.

— Nous ne le permettrons pas !

Le visage de Matt s'assombrit.

— Cela ne dépend pas toujours de nous.

— Non, dit très vite Stevie, vous avez raison. Nous pouvons seulement faire de notre mieux.

— Et quand ce n'est pas suffisant ?

— Alors, il faut prier.

Les mots étaient sortis malgré elle, mais il ne railla pas sa naïveté.

— Commencez à prier, en ce cas, murmura-t-il.

Tendant la main, il repoussa une longue mèche blonde derrière son oreille. Ses doigts s'attardèrent un instant sur sa joue. Il ne l'avait pas touchée depuis leur arrivée au village et son contact enivra Stevie, qui ne put s'empêcher de presser son visage contre la paume de Matt.

Lorsqu'il posa les yeux sur ses lèvres, elle cessa de respirer. Seigneur ! Allait-il l'embrasser ?

Près d'eux, la patiente bougea et gémit dans son sommeil, brisant le charme qui s'était emparé d'eux. Matt se leva d'un bond.

— Il faut que j'examine les autres malades.

Avant qu'elle ait pu dire ou faire quoi que ce soit, il était parti. Prenant une profonde inspiration, Stevie aida la fille du chef à trouver une position plus confortable. Elle voulait se convaincre que le geste de Matt ne l'avait pas émue. Son trouble était dû au stress... à l'épuisement. Une bonne nuit de sommeil et il n'y paraîtrait plus.

Du moins tentait-elle de s'en convaincre...

Pourquoi lui avait-il caressé la joue ?

Dès l'instant où elle l'avait massé, Matt avait su qu'il valait mieux ne pas la toucher. Le corps voluptueux et parfumé de Stevie produisait des effets dévastateurs sur lui, quand elle se tenait à ses côtés. Depuis la mort de Vickie, jamais il n'avait éprouvé un tel désir.

Mais c'était *tout* ce que c'était : du désir.

Il s'assit sur une bûche, face au fleuve. A sa gauche, il y avait une pile de moustiquaires entassées sur le sol. Il les inspecta une par une pour détecter le moindre trou, s'efforçant de se concentrer sur sa tâche. Autour de lui, la jungle bourdonnait d'activité et deux pêcheurs jetaient leurs filets dans l'eau.

Les gens devaient manger, même pendant une épidémie. Ces hommes avaient certainement des parents malades, mais ils continuaient de travailler.

C'était aussi ce que Matt devait faire, mais il avait ressenti le besoin de s'éloigner un moment. Où qu'il aille, il trouvait Stevie en train de rafraîchir les fronts des patients avec des compresses tout en leur murmurant des paroles d'encouragement de sa voix mélodieuse.

Chacune des actions de la jeune femme semblait enflammer les sens de Matt, qui ne parvenait plus à les maîtriser.

Elle était venue au Brésil pour aider les gens... tout comme lui. C'était peut-être pour cette raison qu'elle l'attirait tant. Dès le début de ses études, il avait su ce qu'il voulait faire. Il avait épousé Vickie après son internat et il lui avait proposé de faire un essai avec lui. Ils n'étaient jamais repartis.

A cause de cette décision, sa femme était morte. S'il avait exercé son métier dans un hôpital tranquille, aux Etats-Unis, elle serait probablement en vie… et leur enfant grandirait.

Serrant les poings, il essaya de ne pas penser au bébé qui était mort dans le ventre de son épouse. Il s'absorba dans la contemplation de la rive opposée pour chasser les souvenirs, mais ils continuaient d'affluer. Elle était enceinte de quatre mois, lorsqu'elle avait attrapé la dengue. Pourtant, elle s'était davantage inquiétée pour l'enfant que pour elle-même.

La vue du ventre arrondi de la fille du chef l'avait ramené en arrière, et quand Stevie s'était fait du souci pour le fœtus…

Il ne la toucherait plus jamais.

— Matt !

Se retournant, il vit Stevie qui courait vers lui à travers la clairière.

— Il y a un problème ?

— Je vous cherche depuis une demi-heure, fit-elle d'une voix essoufflée. C'est Nilson qui m'envoie.

Evitant de la regarder, il s'efforça de démêler la moustiquaire qu'il tenait toujours entre ses doigts crispés. Elle s'agenouilla devant lui et posa ses mains sur les siennes.

— Le chaman veut vous rencontrer. Tout de suite.

9

« Si la fille du chef vit, il y aura une célébration en votre honneur. Si elle meurt… »

La voix du chaman s'était attardée sur les derniers mots, et Matt avait pu lire entre les lignes. *Projeto Vida* avait officiellement le statut d'une ONG au Brésil, mais, si Stevie et lui disparaissaient brusquement, personne ne les rechercherait, sauf peut-être Tracy. Matt n'avait pas vu depuis des lustres le seul frère qui lui restait. Il faudrait des années avant qu'il ne s'inquiète de sa disparition.

On leur avait donné jusqu'au coucher du soleil pour prendre leur décision. Soit ils restaient et s'efforçaient de guérir Belini, soit ils s'en allaient pour ne jamais revenir. En réalité, si le chef dirigeait symboliquement le village, c'était le sorcier qui détenait vraiment le pouvoir.

Et il n'était pas question de mettre en cause son autorité.

Les minutes s'écoulaient. Le silence n'était troublé que par le bourdonnement du groupe électrogène qui alimentait le bateau en électricité. Sur le rivage, Stevie lançait des cailloux dans l'eau, furieuse que Matt ait seulement envisagé de partir. S'il ne s'était agi que de sa vie, il n'aurait pas hésité, mais celle de Stevie était aussi en jeu. C'était lui qui l'avait amenée ici… Avait-il le droit de la mettre en danger ?

La jeune femme se dirigea vers lui. Fasciné, Matt regarda ses hanches se balancer doucement contre le ciel rougissant.

— Je ne pars pas, assura-t-elle. Faites ce que vous voulez, mais je ne laisserai pas cette femme mourir.

— La décision ne vous appartient pas.

— Peut-être pas, mais je la prends quand même. Vous ne pouvez pas me forcer à partir.

Matt sentit la colère le gagner.

— Je le peux et je le ferai.

Elle soutint son regard.

— Alors, je trouverai le moyen de revenir. J'engagerai quelqu'un qui me guidera jusqu'ici.

Et qui la tuerait sans doute en route... ou pire. Elle n'avait aucune idée du genre d'hommes qui travaillaient sur le fleuve. Quelques-uns étaient honnêtes, bien sûr. Mais certains se présentaient comme des guides et abandonnaient leurs clients après les avoir dépouillés.

— Vous vous comportez stupidement.

— En ce cas, aidez-moi à sauver Belini. Je sais parfaitement que, sans moi, vous n'hésiteriez pas à rester.

Oui, mais elle était là...

Bon sang, qu'était-il censé faire ? Il avait déjà la mort d'une femme sur la conscience. Voulait-il vraiment en avoir deux ? S'il la forçait à partir, il devinait qu'elle agirait exactement comme elle l'avait dit.

— Si nous la soignons, dit-il d'une voix ferme, vous me laisserez gérer la situation et vous me ferez confiance. Je sais ce qui se passe dans l'esprit du chaman.

Les yeux écarquillés, elle s'approcha jusqu'à n'être plus qu'à quelques centimètres de lui.

— Cela veut dire que nous restons ?

— A deux conditions. La première est que vous suivrez strictement mes instructions et la deuxième est que si les choses tournent mal et que je décide de partir, vous obéirez sans poser de questions.

— Oh ! Matt, merci ! Vous ne le regretterez pas.

C'était déjà le cas, parce qu'elle était maintenant si près de lui que son délicat parfum de rose l'enivrait.

Elle était adorable et elle lui faisait perdre la tête.

Si elle lui avait demandé de marcher sur des charbons ardents, il aurait accepté sans hésitation.

Elle posa une main sur son bras.

— Si seulement je pouvais...

Elle ne termina pas sa phrase, car le sorcier venait de les rejoindre, suivi de deux hommes du village. Aussitôt, Matt s'écarta de la jeune femme, en proie à une tension moins agréable que la précédente.

— Vous avez décidé de rester ?

— En effet.

— Vous allez habiter au village… dans deux familles différentes. Pas sur le bateau.

Stevie tourna vers Matt des yeux effrayés. Il se plaça devant elle.

— Je ne suis pas d'accord pour que nous soyons séparés. Nous sommes mariés et nous préférons rester ensemble. Par ailleurs, j'ai besoin d'elle à mes côtés, pour soigner les malades.

S'ils ne vivaient pas sous le même toit, ils ne pourraient pas s'enfuir, le cas échéant. Le chaman devait y avoir pensé, lui aussi.

Ce dernier croisa les bras sur sa poitrine.

— Vous vous occuperez d'eux séparément. Pas de contact tant que la fille du chef ne sera pas guérie.

— Alors, je refuse de…

Stevie agrippa le bras de Matt.

— Tout va bien se passer, dit-elle en anglais.

A sa voix tremblante, il devina qu'elle tentait de s'en convaincre elle-même. Bon sang ! Dans quel guêpier l'avait-il entraînée ? Il passait dans les villages depuis plusieurs années, mais Stevie était une fille de la ville. Elle n'avait aucune expérience de la mentalité tribale.

— Je pense que nous devrions rester ensemble, lui dit-il.

— Oui, mais il nous a bien dit…

— Je n'ai pas très envie d'accepter ses conditions.

Elle eut un petit sourire.

— En tout cas, il a dû interpréter votre résistance comme une marque d'affection à mon égard. Bien joué !

Ce n'était certainement pas un jeu. La perspective de ne pas la voir pendant plusieurs jours l'affectait plus qu'il ne l'aurait voulu.

— Si vous avez des ennuis, regagnez le bateau.

— Ne vous inquiétez pas pour moi. Occupons-nous des patients et tâchons de nous en sortir.

Il ne put s'empêcher de toucher ses cheveux soyeux.

— Vous avez travaillé dur, aujourd'hui. Reposez-vous. Ce soir, je traiterai seul les malades.

— Vous en êtes sûr ?

Le chaman s'agita, preuve qu'il commençait à s'impatienter.

— Tout à fait, assura-t-il. J'en profiterai pour tenter de ramener le chef à la raison.

Les trois hommes firent deux pas dans leur direction.

— A mon avis, ils veulent que je les suive, dit Stevie. A demain... ou à bientôt. En tout cas, je l'espère.

Bientôt.

Dès qu'ils sauraient si Belini allait vivre... ou mourir.

10

— Mmm... C'est délicieux ! Comment s'appelle ce plat ?

Assise en tailleur sur le sol, Stevie mordit de nouveau dans la sorte de pain que son hôtesse lui avait servi au petit déjeuner.

— *Beju*, répondit cette dernière.

Stevie tendit le cou pour tenter d'apercevoir son nouveau « mari ».

Son mari.

Rien de tel que de passer d'un fiancé que l'on croyait à tort connaître à un mari dont on ne sait rien...

— *Beijo* ? Comme un baiser ?

La femme pouffa, puis, d'un geste souple, elle retourna la tortilla.

— Non, pas un baiser. *Bejuuuuuu*, répéta-t-elle en insistant sur la dernière syllabe.

Prenant la poêle, elle fit glisser la galette dans une assiette avant de la tartiner de beurre et de la plier en deux. Elle l'offrit à Stevie.

— Non, protesta-t-elle, c'est à ton tour de manger.

Ignorant sa requête, son hôtesse mit l'aliment dans l'assiette de bois devant elle. Incapable de résister, Stevie mordit dedans en gémissant de plaisir.

— Je suis sûr que c'est moins calorique que des pancakes.

— Pancakes ? répéta la femme.

Stevie se mit à rire.

— Je t'en ferai, un de ces jours.

Son rire s'étrangla dans sa gorge, car elle venait d'identifier une haute silhouette, au loin. Matt. Venant de la rivière, il se dirigeait vers la cabane de Belini, la fille du chef.

Elle voulut lui faire signe, mais se rappela à temps les consignes du chaman. Il ne s'agissait pas d'aggraver leur situation précaire, surtout quand la fille du chef atteignait le stade critique de la maladie. Elle tâcha de se concentrer sur ce que son hôtesse lui disait.

Le chef avait réparti les patients entre Matt et elle, ce qui ne leur fournissait aucune occasion de se rencontrer. Tout en mâchant distraitement, elle repensa à son départ de New York.

Au moins, le bébé qu'elle avait opéré là-bas était sain et sauf aujourd'hui, dans les bras de sa mère. L'ordre des médecins pouvait bien la radier, rien ne pouvait ternir la joie qu'elle avait ressentie lorsqu'il avait poussé son premier cri, après l'anesthésie. Ou l'excitation qu'elle avait éprouvée en voyant les petites lèvres bleues devenir roses, quand le cœur réparé avait propulsé le sang, insufflant la vie dans le petit corps de l'enfant.

Aujourd'hui, elle voulait renouveler cette expérience en assistant à la guérison de Belini. Mais il y avait peu de chances pour que cela arrive, puisqu'on lui avait attribué les villageois les moins atteints. Matt était chargé des cas les plus difficiles, ce qui incluait la fille du chef. Il devait être épuisé.

— Je peux t'aider à laver les plats, avant de commencer ma tournée ? demanda-t-elle à son hôtesse.

Celle-ci la chassa aussitôt de l'espace où elle cuisinait. Avant de se mettre au travail, Stevie décida donc d'aller se tremper les pieds dans la rivière. Une fois arrivée, elle ferma les yeux pour mieux savourer l'impression de fraîcheur.

— Vous ne craignez pas les anacondas ?

La voix étouffée ne venait de nulle part. Au moment où elle allait pousser un cri, une main ferme se posa sur sa bouche.

— Chut ! Nous ne sommes pas censés être ensemble.

Matt ! Dès qu'il l'aurait libérée, elle le tuerait pour lui avoir infligé une telle frayeur. Sans cesser de la bâillonner, il l'entraîna jusqu'aux arbres qui longeaient le rivage. Dès qu'ils furent à l'abri, il ôta sa main de sa bouche.

Stevie se tourna vers lui, morte de peur à l'idée que quelque chose n'allait pas.

— L'état de Belini a empiré ?

— Pour l'instant, elle va bien. Parlez moins fort.

— Qu'est-ce que vous faites ici ? La dernière fois que je vous ai vu, vous alliez dans la direction opposée.

— Vous essayez de m'éviter ?

— Je m'efforce de respecter les consignes.

— Je vois…

Fronçant les sourcils, il prit l'anneau d'or qui était suspendue à son cou, au bout d'une chaîne en argent, avec la clé qu'il lui avait remise.

— C'est une alliance, si je ne me trompe ? demanda-t-il.

— Oui, mais elle n'est pas à moi. Elle a appartenu à ma mère, qui est morte il y a deux ans. Cela peut sembler idiot, mais cela m'aide, de la sentir contre moi.

Elle frissonna au contact des doigts de Matt, qui n'avait pas lâché le bijou.

— Cela ne me regarde pas, dit-il, excusez-moi. L'espace d'un instant, je me suis demandé si quelqu'un vous attendait, à New York.

— Il n'y a personne… plus maintenant.

Elle prit conscience avec surprise que ses sentiments pour Michael étaient morts. Quand était-ce arrivé ?

Le visage de Matt s'assombrit.

— Mais il y a eu quelqu'un ?

— Oui, mais c'est fini.

C'était plus facile à dire qu'elle ne l'aurait cru.

— Votre père est encore en vie ? s'enquit-il.

L'homme qu'elle avait idolâtré dans son enfance avait finalement réduit sa mère au désespoir. C'était sans doute pour cela que la trahison de Michael l'avait marquée si profondément.

— Mon père… trompait ma mère. Je ne le vois plus.

— Je suis désolé. Les autres membres de votre famille savent-ils que vous êtes avec moi ?

Avec moi… Ces deux mots créaient comme une sorte d'intimité, entre eux. Bien sûr, Matt lui demandait seulement si ses proches étaient au courant qu'elle se trouvait au Brésil.

— Je l'ai dit à mes amis.

Lâchant la chaîne, il frôla sa peau nue.

— Vous devriez porter des manches longues et couvrir votre cou.

Stevie laissa échapper un long soupir. Ils étaient seuls, cachés par les arbres. Ils auraient pu faire n'importe quoi sans que personne le sache.

— J'ai… j'ai mis de la lotion.

Il eut un petit sourire.

— Dommage que cela ne suffise pas à éloigner les gros insectes.

Elle ne put s'empêcher de lui sourire à son tour. Les yeux de Matt se posèrent sur ses lèvres. Brusquement, il fit un pas en arrière et fourra ses mains dans ses poches.

— J'ai examiné Belini, ce matin. Elle va mieux. Nous pouvons avertir le chef qu'elle va guérir, ensuite nous partirons.

— Vous croyez ? Mais elle est enceinte... Et puis, nous ignorons si d'autres villageois n'ont pas été contaminés par ceux qui sont malades. La période d'incubation n'est pas terminée.

— Et vous pourriez être infectée aussi, si nous restons trop longtemps. Sur le bateau, je peux vous offrir une certaine protec...

Il ne termina pas sa phrase, mais Stevie avait perçu le désespoir qui faisait trembler sa voix.

— Vous n'êtes pas Dieu, Matt. Vous ne pouvez pas protéger le monde entier.

Les yeux de Matt étaient soudain emplis d'une grande tristesse.

— Tant mieux, parce que le monde serait en grand danger, si j'étais chargé de cette mission.

— C'est faux. Vous faites un travail fantastique, ici.

Se forçant à sourire, elle posa une main sur sa joue.

— A ce propos, il faut que j'aille voir mes patients.

Les doigts chauds de Matt recouvrirent les siens.

— Je les ai déjà examinés.

— Tous ? Mais je croyais que nous avions chacun les nôtres. C'était la consigne du sorcier, vous vous rappelez ?

Un lent sourire étira les lèvres de Matt.

— On m'a aussi ordonné de rester loin de vous, et je n'ai pas obéi. Je ne respecte pas *toujours* les règles.

— Vraiment ?

De nouveau, il fixa sa bouche.

— Pas toutes.

Comme il lui caressait les cheveux, elle sentit que ses jambes allaient la trahir.

— N'êtes-vous pas en train d'en enfreindre une ? souffla-t-elle.

— Tout à fait...

Il se pencha jusqu'à n'être plus qu'à deux doigts de son visage.

— Vous devinez laquelle ? murmura-t-il.

11

Des règles ? Qui les respectait ?

A la seconde même où sa bouche toucha celle de Stevie, il fut perdu. Ce baiser avait hanté ses fantasmes dès l'instant où il avait aperçu la jeune femme assise sur sa valise, l'air abandonnée. Bien sûr, il avait nié l'évidence et s'était comporté en parfait macho avec elle, mais il ne pouvait plus faire semblant.

Lorsqu'elle s'agrippa à ses épaules, il laissa échapper un gémissement. Jusqu'à maintenant, il avait été d'accord pour vivre dans ce pays et abandonner tout espoir de fonder une famille, puisque c'était le sacrifice qu'il devait consentir pour aider les autres.

Mais si Stevie poursuivait le même but que lui...

Il embrassa la jeune femme avec une passion renforcée, tandis que des pensées plus troublantes et contradictoires s'imposaient à lui. Il ne pouvait pas se permettre de tomber amoureux, de se sentir responsable de quelqu'un d'autre que lui-même... Si l'amour lui brouillait l'esprit, il n'exercerait plus son métier et des gens mourraient.

Des gens mouraient déjà...

Le cœur lui manqua. Ce qu'il faisait était mal à de nombreux égards.

Le contact de la langue de Stevie contre la sienne le ramena brusquement à la réalité. Posant ses mains sur les épaules de la jeune femme, il la repoussa doucement.

Stevie battit des paupières.

— Qu'est-ce... qui ne va pas ?

— Je suis désolé.

— Désolé ?

— Je n'aurais pas dû faire ça.

Visiblement blessée, elle recula d'un pas.

— Je vois.

En réalité, elle ne voyait rien du tout. Elle ne pouvait comprendre ce qui se passait dans sa tête.

— Je ne suis peut-être pas le rebelle que j'imaginais, avança-t-il avec un demi-sourire.

— Ou bien vous ne vous êtes jamais trouvé dans une situation où les règles se révélaient finalement sans importance.

Sur ce point, elle se trompait, mais cela ne signifiait pas pour autant qu'il pouvait obéir à ses pulsions et satisfaire son désir. Parce que c'est tout ce que ce serait... quelques heures paradisiaques dans les bras de Stevie.

A cet instant, quelqu'un l'appela... Tiago. Jamais Matt ne l'avait entendu élever la voix.

— Il doit y avoir un problème. Il faut que j'y aille.

— Je viens avec vous, consignes ou non.

Le cœur battant, il hocha la tête. Lorsqu'ils atteignirent les habitations, plusieurs villageois s'étaient rassemblés autour de la cabane de Belini. Tiago les attendait, scrutant visiblement les alentours dans l'espoir de les voir. Matt courut vers lui.

— Que se passe-t-il ?

— Je ne sais pas exactement, mais le sorcier est à l'intérieur.

La veille, il avait pourtant accepté de laisser Belini à leurs soins.

— Pourquoi ?

— Je crois que l'état de la jeune femme a empiré. Son mari vous cherchait, il y a quelques minutes. Comme il ne vous a pas trouvés, il est allé voir le chef et le chaman.

Matt en éprouva immédiatement une grande culpabilité. Pendant qu'il embrassait Stevie dans la forêt, les choses s'étaient gâtées.

— Matt m'a dit qu'elle se portait bien il y a une demi-heure, intervint Stevie, comme pour le défendre.

Un cri perçant retentit. Sans attendre qu'on lui en donne la permission, Matt se rua dans la cabane, Stevie sur les talons. Ce qu'il vit lui donna la chair de poule. Belini était recroquevillée sur sa couche, en position fœtale. Sous elle, le matelas était maculé de sang. Les poings serrés, son mari se trouvait à son côté.

Souffrait-elle d'une forme hémorragique de la dengue, en dépit des précédentes observations qu'il avait faites ?

— Laissez-moi l'examiner.

Le chef s'écarta, mais le sorcier resta où il était. Tout en chantant dans sa langue maternelle, il éparpillait des herbes sur le sol, autour du lit. Matt le laissa faire, mais il s'accroupit auprès de sa patiente. Tandis qu'il soulevait ses paupières pour examiner ses yeux, il lui prodigua des paroles rassurantes. Son visage était pâle, mais il ne notait aucun saignement de nez ou d'oreilles.

— Matt, je pense qu'elle est en train d'accoucher, fit la voix de Stevie, derrière lui.

Ce n'était pas bon, car la naissance n'était pas attendue avant plusieurs semaines. La tension nerveuse provoquée par la fièvre devait avoir suscité des contractions prématurées. Matt serra les mâchoires. Dans son état de faiblesse, l'effort que la jeune femme devrait fournir pour mettre au monde son enfant pouvait se révéler désastreux.

Après l'avoir mise sur le dos, il sut que Stevie avait raison dès qu'il eut posé les mains sur le ventre de Belini.

— Je vais avoir besoin de ma trousse, dit-il à Stevie, qui s'était agenouillée près de lui. Je l'ai laissée près du feu de camp.

Hochant la tête, elle se précipita hors de la cabane pendant qu'il se relevait et s'approchait du chef.

— Je souhaiterais que tout le monde sorte… en dehors du chaman.

Matt n'avait pas le temps de discuter pour savoir qui était responsable de Belini. D'ailleurs, si les rituels de cet homme pouvaient émouvoir quelqu'un, dans le monde des esprits, il ne trouvait rien à y redire.

— De quoi souffre ma fille ? demanda le chef.

Il parlait d'une voix forte, mais Matt devina que cette fermeté était avant tout destinée à son peuple. Derrière ce masque impassible se cachait un père… un père profondément affecté par les gémissements de sa fille.

— Je n'en suis pas certain, mais je crois qu'elle est en train d'accoucher.

— En ce cas, je vais demander à nos sages-femmes de l'assister. La place d'un homme n'est pas ici.

— Stevie s'occupera d'elle, mais elle aura besoin de mon aide. Je te rappelle que ma femme est morte de la dengue. S'il est en mon pouvoir de la sauver, ta fille ne suivra pas le même chemin.

Visiblement très ému, le chef acquiesça.

— Je te crois. Permets-tu à cet homme de soigner ton épouse ? ajouta-t-il en posant une main sur l'épaule de son gendre.

Le regard angoissé du jeune homme croisa celui de Matt.

— Oui, c'est ce que je souhaite. Faites ce que le médecin dit, ordonna-t-il à tous ceux qui se trouvaient là.

Quand les proches et les amis furent sortis, à l'exception du sorcier, Stevie revint avec la trousse. Matt savait qu'il faudrait jouer serré. Ainsi qu'il s'y attendait, le chaman allait suivre le moindre de leurs gestes.

Pour bien montrer qu'il n'avait rien à cacher, il s'adressa à la jeune femme en portugais.

— Vous allez être aux commandes. Le chef ne me permet de rester que parce que j'ai l'expérience de la dengue. Je lui ai dit que vous auriez besoin de mon aide.

Stevie comprit que ce n'était pas le moment de discuter. Pendant qu'il préparait les instruments, elle s'approcha de la patiente et posa sa main sur sa joue.

— Bonjour, ma chérie. Je sais que tu as peur et que tu ne te sens pas bien, mais je pense que ton bébé a envie de faire ta connaissance.

Secouée par une contraction, Belini gémit.

— Fatiguée... J'ai si mal.

Stevie attendit la fin du spasme pour l'encourager.

— Quand tu sentiras que la douleur revient, je veux que tu inspires profondément et que tu expires doucement.

Deux heures plus tard, le bébé n'était toujours pas là. De nouveau, Stevie exerça une ferme pression sur le ventre de la parturiente pendant la contraction. Elle espérait que le bébé allait s'engager dans le vagin. A chaque poussée, il s'en approchait davantage, mais il revenait ensuite à sa position initiale. Belini était épuisée. Bientôt, il n'y aurait pas d'autre choix que de l'emmener sur le bateau pour pratiquer une césarienne. Mais Matt craignait que sa patiente soit trop fatiguée pour supporter une anesthésie... en admettant que le chef le permette.

— Encore une fois ! Aidez-la à pousser ! dit Matt.

Le visage crispé, il tentait de faire pivoter manuellement la tête de l'enfant.

— Allez, murmura-t-elle. Reste là où oncle Matt t'a placé.

— On y est presque ! cria-t-il. Stop ! Stop ! La tête est sortie. Le plus difficile est passé. Il ne nous reste plus qu'à dégager les épaules.

Le cœur de Stevie se mit à battre la chamade.

— Ton bébé est sur le point de naître, souffla-t-elle à l'oreille de Belini.

Dix minutes plus tard, un cri coléreux retentissait, fort et assuré… comme si l'enfant, et non sa mère, avait remporté le combat.

Les yeux bruns de Belini s'entrouvrirent.

— Il pleure.

— Oui, et c'est un garçon ! dit Matt en nettoyant le nez et les voies respiratoires du nourrisson. Il est petit, mais rose et en bonne santé.

— Grâce à Dieu ! s'exclama Stevie. Pas de traces de dengue.

Matt enveloppait déjà le nouveau-né dans une couverture.

— Aucune, mais…

Il se tut un instant et Stevie aurait juré que sa voix avait tremblé.

— … encore une fois, le fœtus est rarement affecté.

Il avait l'air épuisé, comme si toute cette émotion l'avait vidé de son énergie.

Sans un mot, le sorcier replia le linge qui contenait ses amulettes et ses herbes aromatiques. Il les mit dans un sac qui pendait à son cou et sortit de la cabane.

Matt déposa alors le bébé dans les bras de sa mère.

— Il est si minuscule que j'ai peur de le casser, dit-elle.

— Il ne craint rien, assura Stevie. Il est aussi fort que sa maman.

Matt se releva et resta immobile, l'air si solitaire que le cœur de Stevie se serra. Il avait travaillé tellement dur qu'il aurait dû manifester son soulagement, ou sourire comme il l'avait fait quand la tête du bébé avait pointé.

— Vous allez bien ? demanda-t-elle en posant la main sur son bras.

Malgré la chaleur qui régnait dans la cabane, sa peau était glacée. Il ferma les yeux un instant avant de se tourner vers elle.

— Je vais bien. Je suis seulement fatigué.

Elle l'était aussi, ainsi que Belini.

Mais lui, c'était différent…

— Matt…

— N'insistez pas, Stevie, dit-il en se tournant vers elle. Belini va bien, le bébé va bien, *tout* va bien.

Elle battit des paupières. C'était faux, mais il était inutile de s'obstiner.

— Je suis contente que nous ayons réussi.

— Oui, moi aussi.

Sans lui laisser le temps de prononcer un mot, il sortit de la cabane au moment où le chef y entrait avec le mari de Belini. Ils commencèrent à parler en même temps.

— Ils vont bien ? demanda le père de Belini en regardant la mère et l'enfant.

Pour la première fois, son visage s'était adouci.

— Belini a besoin de repos, elle souffre encore de la dengue, mais le bébé est en bonne santé, dit Stevie.

— C'est un garçon ? demanda l'époux de Belini.

— Oui.

Loin de manifester une quelconque fierté, le jeune homme s'agenouilla auprès de sa femme, puis il lui caressa la joue.

— Une petite fille t'aurait ressemblé.

Belini sourit et le couple s'absorba dans une contemplation mutuelle. Stevie sentit les larmes lui picoter les yeux.

— Je vous laisse, dit-elle. Assurez-vous que Belini se repose.

— Je vais lui envoyer des femmes qui l'aideront à s'occuper du bébé, dit le chef.

— Bonne idée.

En sortant de la cabane, Stevie aperçut Matt et le sorcier, qui se tenaient à quelques mètres l'un de l'autre. Ils ne se regardaient pas, mais il était clair qu'ils se disputaient. Dès qu'elle fit quelques pas dans leur direction, Matt lui fit signe de ne pas approcher.

Elle hésita un instant, ne sachant si elle devait ignorer l'avertissement ou regagner le bateau. Elle opta pour la deuxième solution. Une douche serait la bienvenue.

Par bonheur, Tiago était sur le rivage.

— Comment va-t-elle ? lui demanda-t-il aussitôt.

— Bien, ainsi que son bébé.

— Tant mieux !

— Tu peux m'emmener jusqu'au bateau ?

— Bien sûr. Mateus n'est pas avec toi ?

— Non. Il est... fatigué.

N'avait-il pas employé ce mot ? De toute façon, il reviendrait à bord s'il en avait envie. Dans le cas contraire, il n'avait qu'à dormir sous le toit de ses hôtes sans se soucier de lui souhaiter bonne nuit.

Après être montée dans le canot, elle se laissa tomber sur le banc le plus proche. Tiago se mit à ramer, pendant qu'elle fixait maussadement les eaux boueuses du Rio Preto. Apparemment, l'humeur de Matt était contagieuse. Elle émit un petit ricanement.

— Comme il l'a dit, Belini va bien, le bébé va bien, *tout* va bien.

12

— Ils veulent organiser pour nous une cérémonie de mariage ? Mais ils pensent que nous sommes déjà mariés !

Comme Matt s'y attendait, Stevie avait l'air sidérée.

— C'est leur façon de nous remercier, expliqua-t-il, gêné. Je pensais qu'ils se contenteraient d'une fête, mais le sorcier et le chef ont insisté pour lui donner cette orientation très particulière.

— Qu'est-ce que nous allons faire ?

— Nous pourrions nous enfuir. Ils ne s'en apercevraient qu'au bout de deux heures.

— Ils ne nous poursuivraient pas ?

— J'en doute.

— Mais est-ce que nous serions autorisés à revenir ?

— Je ne serais sûrement pas accueilli à bras ouverts.

— Vous voulez dire « nous ».

— Pardon ?

— *Nous* ne serions pas accueillis à bras ouverts.

Exact, mais, si c'était en son pouvoir, Stevie ne reviendrait jamais ici avec lui.

— Vous avez raison… « Nous ».

— Belini va mieux, mais est-ce qu'elle peut se passer de soins ?

Matt se passa une main dans les cheveux. La dernière chose qu'il souhaitait, c'était qu'on lui rappelle la jeune maman et son bébé.

— Ecoutez, je ne fais que vous transmettre les projets du sorcier. Dites-moi ce que, vous, vous voulez faire.

— Vous préféreriez partir, n'est-ce pas ?

— Je ne suis pas ravi de devoir endurer une cérémonie de mariage, en effet. Faire semblant d'être marié est une chose, mais là, c'est totalement différent.

Stevie inspira profondément.

— Vous ne répondez pas à ma question.

— Eh bien, oui, je veux partir. Tout de suite.

— C'est à cause de la maladie ? A cause de votre femme ?

La douleur broya le cœur de Matt avec une telle force qu'il craignit de défaillir. Il brûlait de prendre Stevie dans ses bras et d'enfouir son visage dans ses cheveux jusqu'à ce que l'horreur du passé s'estompe. Les poings serrés, il attendit que ce supplice cesse.

Durant un long moment, ils se fixèrent mutuellement.

— Oui, c'est à cause de ma femme, finit-il par dire d'une voix enrouée.

Stevie lui prit la main avec douceur.

— La nuit a dû être dure, sachant...

— Elle était enceinte.

— Vous parlez de Belini ?

— Non, de ma femme.

— Elle était enceinte quand elle a attrapé la dengue ?

Il acquiesça d'un signe de tête.

— Oh ! Matt, je l'ignorais ! Je suis désolée. La nuit dernière, vous avez été confronté à la même situation.

Il haussa les épaules.

— Nous devons tous affronter des événements qui nous mettent... mal à l'aise.

— Mal à l'aise ? Vous ne trouvez pas l'expression un peu faible ?

Oui, mais il n'était pas prêt à l'admettre.

— C'était il y a longtemps.

— Mais vous souffrez encore, aujourd'hui.

Reculant d'un pas, il la força à le lâcher.

— C'est le passé.

— Si vous le dites... Je pense que nous devons accepter cette cérémonie, si cela nous permet de veiller sur Belini encore un peu. Cela peut aussi vous aider à...

— Ne vous inquiétez pas pour moi, je vais bien !

— Je suis sérieuse, Matt. Restons quelques jours. Pour ma part, j'ai besoin de m'assurer que Belini va guérir. De toute façon, ce mariage n'est pas légal et il n'a aucune signification, hormis pour les habitants du village... et certainement pas pour nous.

Elle ne pouvait pas s'exprimer plus clairement.

— Vous envisagez vraiment de vous plier à leurs exigences ? demanda-t-il, étonné.

— Absolument ! Laissons-les nous marier.

La mariée n'était pas en blanc.

Contrairement aux autres femmes de l'assemblée, dont le torse était nu, Stevie portait une sorte de chemise. Une concession dont elle se réjouissait.

Matt était assis sur un petit tabouret à quelques mètres d'elle, au milieu d'un groupe d'hommes. Ses cheveux sombres, encore humides après la douche, étaient rejetés en arrière, et sa chemise noire moulait ses biceps.

Dieu qu'il était beau !

Une petite volute de fumée attira l'attention de Stevie. Baissant les yeux, elle vit que Matt tenait un tube de bois terminé par un bol... une espèce de pipe. Il la passa à son voisin, qui en aspira deux bouffées avant de la remettre à son tour à l'homme qui se trouvait près de lui.

Stevie se dirigea vers lui, ne sachant trop ce que l'on attendait d'elle. Les femmes avaient dessiné ses yeux au khôl, si bien qu'elle avait l'impression de sortir tout droit d'une fresque égyptienne.

Sous le regard attentif de Matt, elle frissonna. Il lui prit les mains, la forçant à se pencher vers lui. Elle s'arrêta quand son oreille fut à quelques centimètres de sa bouche, priant le ciel pour que son vêtement ne dévoile pas sa poitrine.

— Le tabac contient un hallucinogène, lui souffla-t-il, n'avalez pas la fumée.

Il ne lui avait pas dit : « Vous êtes ravissante » ou « Est-ce que vous allez bien ? » Il s'était contenté de lui transmettre le genre d'avis froid et médical auquel elle aurait pu s'attendre de sa part. Elle émit un petit rire qui s'éteignit sitôt qu'elle remarqua les pupilles dilatées de Matt. Avait-il suivi son propre conseil ?

Il parut lire dans ses pensées.

— N'ayez crainte, murmura-t-il. Mais vu la façon dont vous êtes habillée, j'aurais peut-être dû me laisser aller.

D'accord, il ne lui avait pas dit qu'elle était belle, mais du moins avait-il remarqué que sa « chemise » dévoilait de grands pans de sa peau nue. Elle lui sourit, plus contente qu'elle ne voulait l'admettre.

— Ça aurait pu être pire.

— J'en doute.

A cet instant, le sorcier s'éclaircit la voix et agita la main pour signifier que la cérémonie allait commencer. En dehors des malades, tout le village était réuni. Nilson et Tiago étaient présents, souriant de toutes leurs dents.

Stevie sourit. Ils savaient certainement que ce n'était qu'une mascarade. Dans le cas contraire, elle mettrait rapidement les choses au point.

Elle ne comprit pas grand-chose à ce qui suivit. Il y eut un festin, des discours et des danses. Assise près de Matt, elle réussit à masquer sa nervosité, mais elle devait admettre que, dans l'ensemble, les choses se révélaient plus faciles qu'elle ne s'y attendait.

Quand la nuit tomba enfin, elle éprouva un grand soulagement, jusqu'à ce qu'elle aperçoive une jeune fille qui s'approchait d'eux, portant dans ses mains une feuille de bananier. Nichés à l'intérieur, se trouvaient un bout de toile, un bouchon et une longue aiguille terminée par un fil sombre au bout duquel se trouvait une perle noire.

Stevie inspira profondément. Si elle ne se trompait pas… Elle toucha l'une de ses oreilles. Elles étaient déjà percées… Au pire, ils allaient lui mettre la perle grâce à l'un des trous déjà effectués.

— Détendez-vous, dit Matt en lui prenant la main. Ce n'est pas pour vous.

A qui était destinée cette aiguille, en ce cas ?

Elle s'aperçut alors que tous les hommes de la tribu âgés de plus de treize ans avaient au moins une oreille percée.

La jeune fille s'arrêta devant Matt, un sourire timide aux lèvres. Quand le chaman s'avança, Stevie crut qu'elle allait s'étouffer.

— Matt… Qu'est-ce qu'ils font ?

— Seuls les adultes mâles de la tribu peuvent affronter cette épreuve.

— C'est ridicule ! Il est évident que vous êtes un homme !

Le rouge aux joues, elle continua :

— Je veux dire, vous avez une toison sur la poitrine et… tout ce qu'il faut.

— Je vous remercie, fit Matt avec un petit sourire. Mais je ne peux pas me marier si je ne suis pas désigné en tant qu'homme. Je vous rappelle que vous avez insisté pour rester.

— J'ignorais qu'ils allaient s'en prendre à vous !

— Cela cicatrisera.

— Comment pouvez-vous être aussi calme ? Et si l'aiguille est souillée ?

— Je l'ai stérilisée ce matin, sur le bateau.

Stevie se mordit la lèvre. Tout cela parce qu'elle avait stupidement insisté pour qu'ils restent...

Elle se leva d'un bond.

— Percez mon oreille, pas la sienne ! dit-elle en portugais.

Toute l'assemblée éclata de rire.

— Ils pensent que vous voulez porter le pantalon, lui expliqua Matt.

De rouge, le visage de Stevie tourna au cramoisi.

— Je voulais juste aider.

— Faites-moi confiance, c'est raté... mais j'adore la façon dont vous rougissez, dit Matt en caressant sa joue brûlante.

Une étrange lueur dans le regard, il se tourna vers le sorcier.

— Le rôle de l'homme est à moi, et à moi seul. Je prendrai soin de mon épouse.

Ce n'étaient que des mots, songea Stevie, il ne le pensait pas vraiment.

« Ne te fais pas d'illusions... Cet homme n'est pas disponible ! Et toi non plus, d'ailleurs ! »

Le sorcier tendit à Matt le linge imbibé d'alcool. Ce dernier tamponna la zone marquée préalablement d'un point noir, puis il pencha la tête de côté. Le chaman glissa le bouchon derrière le lobe de son oreille, puis il leva l'aiguille. Stevie ne put s'empêcher de glisser son bras sous celui de Matt, dont les doigts se refermèrent sur les siens juste à l'instant où on perçait sa chair. Contrairement à Stevie, il ne tressaillit même pas.

Quand la perle fut en place, la jeune fille désinfecta de nouveau la petite plaie.

— Je suis désolée. J'ignorais ce qui allait se passer, murmura Stevie.

Le sorcier prit une branche de palmier et toucha trois fois la tête de Matt. Il en fit ensuite autant à Stevie.

Quand ce fut fait, des acclamations retentirent. Les femmes se mirent à danser, tandis que la pipe recommençait à passer de main en main.

C'était fait... Aux yeux de la tribu, ils étaient officiellement mariés.

Pour le meilleur et pour le pire.

Alors, les hommes entraînèrent Matt en poussant des cris de joie. Tiago et Wilson riaient aux éclats et semblaient avoir abusé des effets de cette stupide pipe. Quant à Matt... ses yeux avaient paru à Stevie différents, mais elle avait mis cela sur le compte de la tension qui devait s'être emparée de lui pendant la cérémonie.

Une femme s'approcha d'elle, des fleurs pourpres à la main.

— Elles servent à améliorer ta nuit de noces, expliqua-t-elle en lui tendant le bouquet.

— Quoi ?

— Oui, cela neutralise les effets de l'*ayahuasca*.

— L'ay-a-skwa ? répéta Stevie en fronçant les sourcils.

Il y eut des gloussements et des rires.

— C'est ce que ton mari a fumé. Ensuite, un homme ne peut plus... satisfaire sa femme.

Sauf que Matt lui avait assuré ne pas avoir aspiré la fumée. Et si ces fleurs contenaient une sorte d'aphrodisiaque naturel, qu'allait-il se passer ? Stevie imagina la toxine se frayant un chemin sous sa peau et atteignant son système sanguin. Le picotement qu'elle ressentit au bout des doigts se répandit de façon délicieuse dans tout son bras.

« Arrête ! Ce n'est que l'effet de ton imagination ! »

Oui, mais si elle se trompait ? Matt avait bien dit que la pipe contenait une substance hallucinogène. Les fleurs pouvaient se révéler tout aussi dangereuses.

— Est-ce qu'elles me rendront malade ?

La femme eut un sourire énigmatique.

— Non. Elles te rendront heureuse, plus que tu ne l'aurais jamais cru possible.

Le fourmillement gagna sa poitrine, durcissant ses seins avant de gagner son ventre et de descendre plus bas. Elle lâcha le bouquet, qui tomba sur le sol.

La femme le ramassa et le lui tendit.

Stevie cherchait désespérément le moyen de ne pas le toucher encore. Quelle humiliation, si Matt la trouvait en proie à un désir impétueux et incapable de refréner ses pulsions, quand il la rejoindrait sous la tente !

— Je…

— Elle est timide, expliqua la femme à ses compagnes. Ne t'inquiète pas, *doutora*, je les placerai sur le lit pour toi.

— Merci.

Laissant échapper un soupir de soulagement, Stevie s'esquiva sous prétexte qu'elle devait aller voir Belini et son bébé. Elle les trouva tous les deux endormis. La mère de la jeune femme somnolait près d'eux, étendue sur un matelas. Le nourrisson était couché sur la poitrine de Belini, qui l'entourait de son bras.

Stevie posa la main sur le front de la jeune maman. Il était frais et sec. Elle frôla ensuite le dos de l'enfant, qui respirait paisiblement et se mit à téter.

Comme si elle sentait les mouvements infimes de son fils, Belini ouvrit les yeux et vit Stevie.

— Il va bien ?

— Parfaitement bien. Et toi, comment te sens-tu ?

— Un peu faible, mais mieux.

— C'est normal. Tu vas avoir besoin de beaucoup de repos.

— Je l'aiderai, fit la voix de la grand-mère.

— J'en suis ravie. Je vais vous laisser, maintenant.

Belini hocha la tête.

— Merci pour tout.

En sortant de la cabane, Stevie heurta une large poitrine masculine… Matt. Ses mains puissantes la retinrent et l'attirèrent contre son corps musclé. Ses vêtements et sa peau exhalaient une odeur de fumée exotique.

L'*ayahuasca*… le grand rival du Viagra. Sauf que Matt ne semblait pas avoir vraiment besoin de la fameuse petite pilule bleue, pas plus que de fleurs magiques.

— Je vous cherchais, murmura-t-il, de sa voix grave et sexy.

— Vraiment ?

— Mmm… Puis-je vous poser une question ?

— Euh… C'est personnel ?

— Oui. Très.

— Qu'est-ce que c'est ?

— Les pétales de fleurs, dans notre cabane… qui les a éparpillés sur le lit ? Vous… ou quelqu'un d'autre ?

13

Matt s'en voulait d'avoir posé cette question à propos des fleurs. Peut-être avait-il aspiré plus d'*ayahuasca* qu'il ne le croyait. Mais, lorsqu'il était entré dans la hutte qu'on leur avait attribuée, il avait été abasourdi par ce qu'il avait vu.

Des paniers remplis de fruits ou de pain étaient disposés sur des tables de tailles variées. Etait-ce un don aux dieux, ou un cadeau pour les jeunes mariés ?

Il avait ensuite remarqué les centaines de bougies qui entouraient un large hamac, dont les franges tressées effleuraient le sol.

Et ces pétales… il y en avait partout.

Il s'était surpris en proie à un désir qui n'était pas dû à une drogue puissante mais à la femme qu'il tenait à présent dans ses bras.

— Je… euh… non, répliqua-t-elle en s'agitant nerveusement. Je pense qu'une des femmes s'en est chargée.

Ramené brusquement à la réalité, il battit des paupières. Il avait espéré…

Rien. Il n'avait rien espéré du tout.

Il recula d'un pas. Les joues de Stevie avaient pris une belle couleur pourpre et elle refusait de croiser son regard.

— Je crois d'ailleurs que nous ne devrions pas les toucher, ajouta-t-elle.

— Quoi donc ? Les femmes ?

— Non, les fleurs. Je crois qu'elles ont été trafiquées.

— Vous dites qu'elles ont été…

— Trafiquées. Vous savez, avec une substance quelconque. Comme la pipe.

— Qu'est-ce qui vous fait penser une chose pareille ?

Le visage de Stevie rougit plus encore.

— Je n'ai pas de connaissance particulière à ce sujet, mais les femmes ont dit que l'effet des fleurs pouvait neutraliser celui de la pipe.

— L'*ayahuasca* ?

— Oui.

— Donc, si j'étais sous l'emprise de cette drogue, ce que je ne suis pas...

Malgré tout, il commençait à avoir de sérieux doutes à ce sujet.

— ... alors, les fleurs m'aideraient à quoi, exactement ?

Il comprit brusquement. S'il avait inhalé trop de fumée, il n'aurait pas pu se livrer aux joies du devoir conjugal. La situation était tellement absurde qu'il ne put s'empêcher de rire.

— Qu'y a-t-il de si drôle ? demanda Stevie.

Désireux d'alléger l'atmosphère, Matt s'éclaircit la voix.

— Vous êtes certaine de ne pas avoir touché ces fleurs ? Je devrais peut-être vous prendre le pouls.

Les yeux écarquillés, elle recula d'un pas.

— C'est ridicule !

Voilà pourquoi elle semblait aussi embarrassée. Elle *avait* été en contact avec ces pétales pourpres, qui l'avaient affectée d'une façon ou d'une autre.

— Tout va bien, Stevie, ne vous inquiétez pas.

— Bien sûr que non, mais nous ferions mieux de ne pas entrer dans cette cabane.

Il réprima un sourire.

— Nous pourrions les balayer.

Il se rembrunit à la pensée qu'ils pourraient se trouver tous les deux sous le même toit... seuls... avec les fleurs « trafiquées ».

De toute façon, s'il passait la nuit avec Stevie, ce serait comme s'il marchait sur des charbons ardents.

Douloureux... et pas seulement pour ses pieds.

Plusieurs heures plus tard, Matt était toujours éveillé. Dans l'obscurité, il entendait la respiration régulière de Stevie, mêlée aux bruits de la jungle qui lui parvenaient à travers les murs de terre.

Aucune lumière ne filtrait sous le toit de chaume. Par bonheur, il ne pouvait pas voir la jeune femme en train de dormir. Hélas, cela ne faisait qu'enflammer son imagination et il craignait que, dans son sommeil, ses rêves ne l'entraînent là où il ne voulait pas aller.

Si l'enfer existait, cela ne pouvait pas être pire que ce qu'il vivait en ce moment. Il n'avait pas besoin de toucher Stevie pour éprouver la douceur de sa peau, sous ses paumes. Il sentait le doux parfum de ses cheveux, lorsqu'elle tournait la tête vers lui pour lui sourire. Un désir croissant l'envahissait.

Désir pathétique d'un homme solitaire, qui avait certainement mieux à faire.

Comme de veiller sur ses patients, par exemple.

C'était d'ailleurs son intention. Ensuite, il passerait le reste de la nuit sur le bateau. Dans son propre lit.

Une fois debout, il ne put s'empêcher de s'approcher du grand hamac, juste pour s'assurer que Stevie allait bien.

C'était le cas. Il distinguait son visage détendu, dans la pénombre, adouci par la moustiquaire qui enveloppait sa couche. Remarquant un trou minuscule dans la gaze, il le referma avant de sortir. Il ne lui restait plus qu'à espérer que personne ne remarquerait sa disparition. Comme il passait la main dans ses cheveux, son poignet frôla la perle fixée à son oreille... La preuve qu'il était un homme.

C'était absurde.

Pourtant, quand Stevie s'était levée d'un bond, exigeant de prendre sa place, il avait été profondément ému, comme il ne l'avait pas été depuis... Vickie.

Matt ferma les yeux. Il approchait une limite qu'il s'était juré de ne jamais dépasser, quatre ans auparavant. La voix douce de Vickie résonna à son oreille, lui murmurant qu'il devait aller de l'avant.

Non ! Il avait fait des choix qui le concernaient, mais plus jamais il ne mettrait la vie d'autrui en péril. Et, à moins qu'il ne cesse d'aider ces gens, il devrait rester seul... comme il l'était depuis la mort de Vickie.

De retour sur le bateau, il se rendit dans la salle de soins et prit le livre de Manson, qu'il ouvrit au chapitre portant sur la dengue. Les yeux humides, il frôla la fine écriture de sa femme et se força à lire.

Mais, à la dernière ligne, il entendait toujours la voix de Vickie.

Elle lui rappelait qu'il avait une nouvelle épouse, désormais, et qu'il ferait mieux de ne pas laisser passer sa chance.

Une main douce caressa sa joue.

— Debout, belle endormie, fit la voix de Matt. Il est temps de se lever.

Stevie fronça le nez. Il était bien trop tôt pour que le matin soit déjà là. D'ailleurs, elle avait été réveillée la moitié de la nuit, attendant le retour de Matt.

Mais il n'était pas revenu.

Jusqu'à maintenant.

Dès qu'elle souleva les paupières, elle croisa un regard bleu. Il riait.

Seigneur ! Elle devait avoir l'air d'une épave, alors qu'il était... superbe. Irrésistible.

Ses cheveux noirs et humides étaient repoussés en arrière. Il exhalait un parfum de savon, mêlé à l'odeur des feux qui brûlaient dehors.

Se redressant brusquement, elle passa une main tremblante dans ses cheveux avant de les réunir en chignon. Elle voulait qu'il parte, pour qu'elle puisse au moins rafraîchir son visage et se brosser les dents. Malheureusement, il n'avait pas l'air pressé de s'en aller.

— Bien dormi ?

— Très bien, merci, mentit-elle. Et vous ?

— Pas formidable.

Elle aurait pu en dire autant. Pendant qu'elle guettait le retour de Matt, de folles pensées lui étaient venues... et s'il avait dormi avec une autre ? Tout comme son ex-fiancé, il pouvait très bien avoir une femme dans chaque port, pour satisfaire ses besoins élémentaires.

Pourtant, elle aurait juré que Matt était différent de Michael...

Elle se creusait la cervelle pour trouver quelque chose d'intelligent à dire, lorsqu'il reprit la parole.

— Belini va mieux. Je l'ai examinée ce matin. L'état des autres patients s'est sensiblement amélioré. Nous pourrions partir dans un jour ou deux.

— Vraiment ? Vous pensez que le pire est passé ?

— Je l'espère.

— Moi aussi... A ce propos, comment va votre oreille ? ajouta-t-elle en frôlant la perle du bout de l'index.

— Très bien. J'ai encore mis de l'alcool ce matin et...

La voix de Matt s'étrangla. S'emparant de son poignet, il le retourna.

— Qu'est-ce que vous…

— Tenez-vous tranquille !

Les yeux fixés sur son avant-bras, il passa le pouce sur sa peau. Aussitôt, Stevie sentit son cœur faire un bond dans sa poitrine. Elle ignorait ce qui se passait, mais elle n'avait pas envie qu'il s'arrête. S'était-il roulé dans les pétales de fleurs sans qu'elle le sache ? Elle écarta légèrement les lèvres, comme pour recevoir un baiser.

— Bon sang ! marmonna-t-il.

Surprise par son ton furieux, elle sursauta. Matt était toujours agenouillé auprès d'elle, mais il semblait pétrifié.

— Matt ? Que se passe-t-il ?

Elle baissa alors les yeux vers son poignet. Qu'avait-il vu ? Lorsqu'il se remit à caresser la même zone, elle prit conscience qu'elle la démangeait un peu, comme si elle avait été piquée…

En elle, la peur tissa sa toile glacée. Elle se trouvait dans un village rempli de patients affectés par la dengue.

Et la rougeur qui marquait son poignet semblait plus agressive de seconde en seconde.

14

Les mâchoires serrées, Matt faisait face à Stevie, sur le pont du bateau.

— Nous ne savons même pas s'il s'agit de l'*Aedes aegypti* ! protesta la jeune femme.

Il demeura inflexible.

— Peu importe. On s'en va.

Depuis une heure, elle s'efforçait en vain de le convaincre.

— Soyez raisonnable, Matt. A l'hôpital, ils ne pourront rien faire tant que je ne présenterai aucun symptôme. En admettant que ce moustique soit porteur de la dengue, la période d'incubation peut durer jusqu'à quatorze jours. A ce moment-là, nous aurons fini de traiter nos patients.

— Les premiers signes peuvent aussi apparaître dans les huit jours qui suivent la piqûre.

— Ce qui nous laisse encore du temps. Je prendrai des précautions pour ne contaminer personne.

Il la fixa avec colère.

— Je ne m'inquiète pas pour les autres ! Pourquoi n'avez-vous pas mis de lotion anti-moustiques ?

— Je l'ai fait dans la journée ! Mais, pendant la nuit, je n'aime pas avoir la peau poisseuse ou respirer cette odeur.

— Et vous avez laissé un gros trou dans la moustiquaire. Avant de sortir pour examiner les patients, je l'ai moi-même bouché.

— L'ouverture était minuscule. Je ne l'avais même pas vue, jusqu'à ce que vous...

— Vous étiez éveillée ?

Prise en flagrant délit, elle s'humecta les lèvres.

— Oui.

— Pourquoi ne m'avez-vous rien dit ?

— Qu'est-ce que j'aurais pu vous dire ? répliqua-t-elle en haussant les épaules.

— Nous aurions dû partir. Cette cérémonie de mariage était une erreur.

— Belini aurait pu mourir, pendant l'accouchement.

Matt jura sourdement.

— Vous savez ce qui peut arriver, si vous êtes infectée ?

Elle posa une main apaisante sur son épaule.

— Oui. Je vous promets de ne pas prendre les choses à la légère. Je sais quels terribles souvenirs vous devez affronter actuellement, mais j'ai besoin de rester ici. Laissez-moi terminer ce que nous avons commencé.

Il baissa les yeux sur le bras de Stevie, qu'il avait abondamment enduit d'une pommade antibiotique, avant de l'envelopper dans un bandage imperméabilisé.

— Je n'aime pas ça.

— Dès que nos patients seront tirés d'affaire, nous partirons.

— C'est juste que… Je vous dois des excuses.

Elle ouvrit de grands yeux.

— A quel propos ?

— Quand je vous ai vue, à l'aéroport, j'ai cru que vous cherchiez l'aventure ou à faire vos preuves en dehors de votre spécialité. J'ai compris ensuite que vous vous intéressiez davantage aux gens qu'à vous-même.

La gorge serrée, Stevie songea que s'il avait connu les véritables raisons de sa venue, Matt aurait su qu'elle n'était qu'une tricheuse.

— Je ne suis pas aussi noble que vous le pensez.

— Aucun d'entre nous ne l'est totalement. Mais quand j'ai vu cette piqûre…

— Je sais.

Sans réfléchir, elle franchit la distance qui les séparait. Se haussant sur la pointe des pieds, elle l'embrassa sur la bouche. Il tressaillit, mais, un instant plus tard, elle était dans ses bras et il lui rendait son baiser avec passion. Pressée contre sa large poitrine, elle sentit les pointes de ses seins se durcir.

Le paradis… C'était le paradis.

Mmm…

Elle espérait ne pas avoir laissé échapper ce gémissement, mais, après tout, peu lui importait ! Dès qu'elle entrouvrit les lèvres, Matt ne perdit pas de temps. Sa langue s'enroula autour de la sienne tandis que sa main se posait sur sa nuque, ne lui laissant aucune chance de s'échapper.

Comme si elle le voulait !

Cet homme la rendait véritablement folle, et ce n'était pas la première fois qu'elle en prenait conscience. S'agrippant à sa chemise, elle tâcha de ne pas perdre l'équilibre. Au moindre faux mouvement, elle sombrerait.

C'était incroyable... Le désir qu'il suscitait en elle croissait de seconde en seconde. Même avec Michael... quand elle faisait l'amour avec lui... jamais elle n'avait rien éprouvé de tel.

Matt s'écarta brusquement. Non ! Il n'allait pas s'interrompre maintenant ! Pas quand elle le suppliait intérieurement de l'allonger sur le pont pour finir ce qu'il avait commencé.

Ce qu'*elle* avait commencé.

— Je n'ai pas ce qu'il faut à bord, murmura-t-il.

— Ce qu'il faut ?

— Des préservatifs. Nous les avons tous distribués dans les kits de premiers soins. Vous prenez la pilule ?

— Non.

— Seigneur ! Je suis désolé.

De quoi ? De ne pas avoir de préservatifs ? D'être obligé de s'arrêter ?

— Ce n'est pas grave, se força-t-elle à répondre.

— Vous avez raison.

— Nous sommes sous tension. Il y a eu l'épidémie... la cérémonie de mariage et... Nous avons perdu la raison, conclut-elle en frottant son bras bandé.

— Mais maintenant, nous l'avons recouvrée.

Lui, peut-être. Mais, en ce qui la concernait, rien n'était moins sûr.

— Bien entendu.

Il demeura un instant silencieux, avant de se tourner vers le Rio Preto. Lorsqu'il reprit la parole, sa voix ferme ne laissait rien paraître de sa confusion intérieure.

— Vous avez quatre jours. Ensuite, nous partons.

Quatre jours plus tard, Stevie ne présentait aucun des symptômes de la dengue, au grand soulagement de Matt. Du moins, pour le moment. Evidemment, elle lui avait parlé de poursuivre leur route, comme si elle avait la certitude de ne pas être malade.

Il avait cru qu'elle souhaiterait au moins se faire examiner à Coari. Il en aurait profité pour faire un saut à la *farmacia*.

Pour être paré à toute éventualité...

Mais Stevie se sentait apparemment capable de résister à la tentation... capable de *lui* résister.

A cette pensée, il laissa échapper quelques jurons.

— Tu vas bien, Mateus ? fit la voix de Tiago dans son dos.

— Très bien.

— Alors, pourquoi est-ce que tu dors dans la salle à manger ? Tu t'es disputé avec miss Stevie ?

Les doigts de Matt se crispèrent sur la rambarde.

— Non.

Qui avait eu la brillante idée d'organiser cette cérémonie de mariage ? Il aurait pu dire à son équipage qu'il ne s'agissait que d'une mascarade, mais il craignait que l'information ne remonte jusqu'au village de Belini et offense le chef. Il avait donc préféré se taire.

— Alors, pourquoi...

— Je n'ai pas besoin de distractions, surtout en ce moment.

— Je vois, dit l'autre homme avec un sourire. C'est une très belle femme, non ?

Matt se raidit, en proie à une sorte de jalousie incompréhensible.

— Oui, tout comme ta femme.

— Bien sûr. Je n'avais pas l'intention de t'offenser.

Jamais les membres de son équipage n'avaient manifesté le moindre intérêt pour Stevie. Matt eut honte de sa réaction.

— Tu ne m'as pas offensé. Je suis juste inquiet pour elle... Elle a été piquée par un moustique, au village.

Tiago écarquilla les yeux.

— Tu crains qu'elle soit contaminée ?

— Non...

— Sûrement, Dieu ne te prendrait pas deux...

Comprenant qu'il en avait trop dit, Tiago se tut brusquement, mais Matt savait ce qu'il avait voulu dire : Dieu ne permettrait pas que deux épouses lui soient enlevées.

« Elle n'est pas vraiment ta femme, Matt. C'est une collègue, rien de plus. »

Bizarrement, sa main se porta instinctivement à la perle qui ornait son oreille.

— Elle n'a pas attrapé cette maladie, aie confiance, dit Tiago.

« Aie confiance. »

A une époque, ces mots auraient éveillé quelque chose en lui, mais plus maintenant. Il ne confierait pas son sort ou celui de Stevie à une quelconque divinité silencieuse.

Pas cette fois. Parce qu'à la seconde même où il avait embrassé la jeune femme, quelque chose en lui avait craqué.

Jusqu'à ce qu'il soit capable de réprimer cette émotion ou du moins de la contrôler, il avait besoin de s'assurer qu'elle ne courait aucun danger.

15

— Je vous ai dit que je ne partirais pas. Je me suis engagée par contrat à rester deux ans, vous vous en souvenez ?

Reportant son attention sur le petit garçon dont elle s'occupait, Stevie continua en portugais :

— Tu vois ? Ça ne fait pas mal du tout.

Bien qu'elle n'ait pas accordé un coup d'œil à Matt, elle savait qu'il braquait sur elle un regard furieux.

— C'est la meilleure solution, insista-t-il. A Tupari, les gens continueront de croire que nous sommes mariés, même si vous retournez aux Etats-Unis. Jusque-là, les autres villageois n'ont posé aucune question sur notre relation. Une fois que vous serez partie, les membres de l'équipage ne s'interrogeront plus sur notre prétendu mariage.

Stevie leva les yeux au ciel. Cela ne ressemblait pas à Matt, de se soucier de ce qu'on pouvait penser. Il dormait toujours dans la salle à manger et ils ne s'étaient plus touchés depuis ce fiasco, une semaine auparavant.

— Nous n'avons qu'à leur dire la vérité.

Elle ne comprenait pas pourquoi Matt remettait cette question sur le tapis. La piqûre de moustique ne se voyait presque plus et elle ne présentait aucun des symptômes de la maladie. Onze jours avaient passé. Trois ou quatre de plus, et on pourrait affirmer sans crainte qu'elle était hors de danger.

— Je ne veux pas que Tiago ou Nilson laissent échapper une indiscrétion. Le chef de Tupari et le sorcier ne seraient pas très contents, s'ils apprenaient qu'on leur a menti.

— Je sais quelle épreuve cela a dû être pour vous, dit Stevie avec une amertume qu'elle regretta aussitôt.

Elle se redressa, comme pour lui montrer qu'elle n'avait pas peur de lui. Ils avaient installé une consultation de fortune au centre du village, là où ceux qui avaient besoin de soins pouvaient venir les trouver. Tiago et Nilson étaient occupés à frotter le pont, sur le bateau, aussi pouvaient-ils parler librement. Cependant, Matt et Stevie avaient suffisamment élevé la voix pour attirer l'attention de femmes en train de battre les racines de manioc qui seraient ensuite transformées en une sorte de farine. La préparation réclamait de l'attention, car elles contenaient une toxine suffisamment puissante pour tuer les consommateurs.

— Si nous poursuivions cette conversation plus tard ? suggéra Stevie. Je préférerais ne pas causer la mort de la tribu tout entière, empoisonnée par l'acide cyanhydrique.

Matt jeta un coup d'œil au groupe.

— Descendons au bord de la rivière.

Stevie n'eut pas le temps de répondre, car une femme se précipitait vers elle, tenant un bébé dans ses bras. Son visage inquiet et les faibles cris du bébé l'alertèrent immédiatement.

Elle caressa la joue du nourrisson, tant pour le calmer que pour vérifier qu'il n'avait pas de température.

— Tu es sa mère ?

— Oui. Ma petite fille pleure et refuse de téter. Aujourd'hui, elle a commencé à vomir.

S'approchant à son tour, Matt posa la main sur le front du bébé.

— Pas de fièvre. Quand est-elle née ?

— Il y a deux jours.

Stevie tendit les bras. La mère hésita un instant avant de lui confier son enfant.

— N'aie pas peur, je veux juste l'examiner, mais je te promets de te la rendre.

S'asseyant sur un rondin, elle posa la petite fille sur ses genoux et entreprit de la démailloter. Elle remarqua aussitôt que le linge placé entre ses jambes était humide, mais qu'il n'y avait pas trace de matières fécales. Elle pressa ensuite son index sur le bras minuscule, pour observer la couleur de la peau. Elle était normale et rose. Pas de signe de jaunisse ou de circulation sanguine difficile. Ses yeux se posèrent ensuite sur l'abdomen du nourrisson.

Il était gonflé.

A la palpation, elle diagnostiqua une possible occlusion intestinale.

— Est-ce qu'il y a eu défécation ? demanda-t-elle en portugais.

— Je ne comprends pas, répondit la mère.

Matt posa autrement la question.

— Non, dit la femme, il n'y a rien eu.

Stevie se tourna vers Matt.

— Il faut l'emmener à bord, je pense qu'elle est constipée.

— Comment comptez-vous faire ?

— Si le méconium n'est pas encore passé, il y a peut-être un bouchon. Un simple lavement devrait suffire. Dans le cas contraire, nous devrons envisager d'autres solutions.

— D'accord. Faisons-le.

Stevie ouvrit de grands yeux. C'était tout ? Pas de discussion ? Pas de grands discours ? Il la laissait suivre son instinct... La réaction de Michael aurait été bien différente.

Après avoir remmailloté le bébé, elle l'installa contre son épaule, se leva et expliqua la situation à la mère.

— Tu veux bien que nous l'emmenions sur le bateau ? Tu peux nous accompagner.

— Vous n'allez pas lui faire de mal ?

— Je te le promets. J'espère qu'elle ira bientôt mieux.

Trente minutes plus tard, la solution saline avait fait son effet.

— Merci, mon Dieu ! murmura Stevie.

Matt, qui l'avait assistée pendant toute la procédure, posa une main sur son épaule.

— Beau travail. Vous aviez raison.

Stevie frissonna. Elle aurait voulu prolonger ce moment, mais elle devait s'occuper de sa petite patiente. Après l'avoir rapidement nettoyée, elle se pencha pour déposer un baiser sur sa joue.

— Fais-moi plaisir, deviens grande et forte, d'accord ?

Comme si elle avait compris ce qu'elle lui disait, l'enfant poussa un cri perçant que Stevie interpréta immédiatement.

Elle avait faim !

Elle la tendit à sa mère, qui la porta à son sein. Le bébé trouva aussitôt ce qu'elle cherchait et, bientôt, des bruits de succion retentirent dans la pièce.

Les yeux de la femme rencontrèrent ceux de Stevie.

— Elle mange. Si tu n'avais pas été là...

Matt quitta tranquillement la salle de soins. Stevie aurait voulu le suivre, mais elle devait auparavant s'assurer que sa petite patiente se portait bien. Elle l'examina donc de nouveau. Le ventre du bébé n'était plus distendu.

— Je vais demander à Tiago de te ramener au rivage, mais je voudrais la voir demain. Arrange-toi pour me trouver.

— Je le ferai.

Dès que le canoë se fut éloigné du bateau, Stevie chercha Matt. Elle le trouva dans la salle à manger, assis devant la table, les épaules voûtées. Son hamac était déjà installé pour la nuit, mais il était encore habillé.

Lorsqu'elle entra, il leva les yeux vers elle et les questions qu'elle s'apprêtait à lui poser moururent sur ses lèvres. Seigneur ! Il semblait atrocement souffrir !

Elle se précipita vers lui.

— Qu'est-ce qu'il y a ? C'est votre nuque ?

— Je vais bien, dit-il en se levant.

Elle remarqua alors le livre de Manson, posé sur la table.

— Oh ! Matt, ne vous infligez pas cela !

— C'est mon affaire !

— C'est pour cela que vous voulez m'éloigner ? Si j'ai bien compris, en vous rappelant ce qui est arrivé à votre femme, il vous est plus facile de me renvoyer.

Elle se pencha vers lui pour plonger dans les prunelles bleues.

— Est-ce que vous ne comprenez pas, Matt ? Je peux être un atout, dans votre travail. Dans les villages, certaines femmes seront embarrassées de confier leurs problèmes de santé à un homme, alors qu'elles m'en parleront volontiers. J'admets que la cohabitation est un peu difficile, sur le bateau, mais ça peut marcher. Le fait d'avoir un homme et une femme, dans une équipe, constitue un gros avantage.

— Vous marquez un point, mais...

— Mais rien. J'ai raison et vous le savez. Je suis impatiente de voir comment vous pourriez me convaincre du contraire.

— Je ne mets pas en cause vos compétences. Vous m'avez prouvé à quel point vous êtes efficace, mais quelque chose s'est produit... Je refuse cette responsabilité.

— Vous faites allusion à cette piqûre de moustique ?

Tandis qu'il hochait la tête, elle posa la main sur son bras.

— Ce qui est arrivé à votre femme n'est pas votre faute, Matt. Aussi affreux que cela puisse être, elle avait choisi d'être ici, avec vous. C'était ce qu'elle voulait.

Sous sa paume, elle sentit ses muscles se tendre.

— Je crois que vous devriez laisser ma femme en dehors de cette histoire.

— Il faut bien que quelqu'un vous dise la vérité en face. Vous voulez vous débarrasser de moi à cause de ce qui est arrivé à votre femme.

— Cela ne vous regarde pas.

En dépit de ses paroles, il ne tenta pas de s'écarter d'elle. Mais le désespoir qu'elle lut dans ses yeux déchira le cœur de Stevie. Cet homme avait perdu sa femme et son enfant, emportés par une maladie qui sévissait tout au long de l'Amazone. Quel droit avait-elle de minimiser cette épreuve ?

Aucun.

Mais elle voulait faire tout son possible pour le soulager. Peut-être, alors, ne verrait-il plus en elle une catastrophe potentielle, mais une possible…

Seigneur ! Qu'était-elle en train d'imaginer ?

Matt ne s'était jamais remis de cette perte. Pourquoi prendrait-il le risque de souffrir encore ? Elle était bien folle, de croire que cela pouvait changer.

— Stevie ?

Elle voulut masquer les larmes qui mouillaient ses yeux, mais il était trop tard. Deux larmes roulèrent sur ses joues.

— Bon sang !

Se levant d'un bond, il la prit dans ses bras. Le visage pressé contre sa poitrine, elle entendit son cœur battre à grands coups, ce qui eut pour effet de la faire pleurer plus fort.

Les doigts de Matt s'enfoncèrent dans ses cheveux.

— Je ne sais pas pourquoi j'ai dit cela. Vous avez raison… Ce n'est pas à cause de cette piqûre de moustique, que je souhaite votre départ.

— Pourquoi, alors ?

— Je ne pense pas que vous souhaitiez vraiment le savoir.

— Vous vous trompez. Cela me permettrait peut-être de vous faire changer d'avis.

— Sans doute, et c'est bien ce qui me fait peur.

— Je ne comprends pas. Que craignez-vous ?

— Je ne peux pas vous le dire.

Du bout des doigts, Stevie dessina le contour d'une de ses pommettes.

— Ne faites pas ça ! fit-il d'une voix enrouée.

— D'où vous vient cette cicatrice, sur votre menton ? Je ne l'avais jamais remarquée.

— Planche à voile.

Stevie mit un moment à enregistrer l'information.

— Vous avez surfé sur l'océan ?

— Non. Un camarade de chambre, à la fac, a laissé sa planche devant la porte. J'ai buté dessus dans l'obscurité et c'est mon menton qui a pris. Six points de suture.

— Ouille !

— Stevie ?

— Oui ?

— Je crois que vous devriez vous écarter, avant que nous fassions quelque chose que nous regretterons tous les deux.

Le cœur de Stevie s'arrêta.

— Vous en êtes sûr ?

— Que je le regretterai ?

— Non, que *nous* le regretterons.

— Etes-vous en train de me dire que ce ne serait pas le cas, du moins en ce qui vous concerne ?

— Oui.

Il se pencha vers elle jusqu'à frôler ses lèvres des siennes.

— Pas ici, murmura-t-il.

La prenant par la main, il l'entraîna dans la chambre et referma la porte derrière eux.

« S'il te plaît, supplia-t-elle silencieusement, ne recule pas, cette fois. »

Il répondit à sa prière en l'embrassant sur la bouche, mais sans la toucher par ailleurs. Elle tenta immédiatement de se presser contre lui, mais il posa son front contre le sien.

— Nous n'avons pas de préservatifs, tu te souviens ?

Pour l'instant, elle ne s'en souciait pas. Ce baiser avait été trop bref... elle voulait davantage !

— Est-ce que tu me fais confiance ? lui souffla-t-il à l'oreille.

— Oui.

— Je ne te ferai courir aucun risque, c'est promis.

— Trêve de discours ! ordonna-t-elle.

Il émit un rire très doux.

— Quelle autorité !

Posant les mains sur ses hanches, il l'attira contre lui jusqu'à ce qu'elle perçoive l'intensité de son désir. Nouant ses bras autour du cou de Matt, elle se haussa sur la pointe des pieds pour atteindre ses lèvres, mais il s'arrangea pour rester hors de sa portée.

— Pas tant que tu n'auras pas dit quelque chose.

— Quoi ?

— Je veux savoir si tu aimes que je t'embrasse.

— Tu le sais bien.

— Je ne sais rien du tout, alors dis-le.

— Matt, s'il te plaît...

— Taratata, prononce la formule magique.

— J'aime ça.

— Tu aimes quoi ?

Elle se tortilla, ce qui arracha à Matt un gémissement.

— J'adore te faire réagir ainsi, dit-elle avec un sourire.

— Eh ! Tu n'as aucune idée de ce qui va arriver, si tu continues.

— Oh !

Il immobilisa ses hanches.

— Cela fait si longtemps...

Se penchant vers elle, il prit sa lèvre inférieure entre ses dents, la caressant de sa langue avant de s'écarter. Elle faillit hurler de frustration.

— Ne fais pas ça !

— Désolé. Je ne sais par où commencer... Ta nuque délicate me rend fou. Tu ne sais pas combien de fois j'ai eu envie d'y passer ma langue, comme ceci...

Joignant le geste à la parole, il arracha à Stevie une plainte étouffée.

— Ou combien de fois j'ai voulu te mordre à cet endroit précis.

Il referma doucement ses dents sur son cou, près de l'épaule, puis il recommença un centimètre plus loin. Ces commentaires enflammaient l'imagination de Stevie. Sentant ses tétons se durcir, elle se demanda quand il allait les inclure dans ses délicieuses caresses.

Comme s'il lisait dans ses pensées, il glissa les mains sous sa chemise et engloba ses seins de ses paumes. L'espace de quelques instants, il cessa de respirer.

— Bon sang, ce devrait être interdit !

— Quoi ?

— L'absence de soutien-gorge... mais j'aime ça.

Soulevant les pans du vêtement, il le fit glisser par-dessus la tête de Stevie avant de le jeter par terre. En gémissant, elle glissa ses doigts dans les cheveux de Matt et l'attira contre elle. Comme il se remettait à la mordiller, elle crut qu'elle allait défaillir s'il la faisait attendre une minute de plus.

— Matt !

La poussant contre la porte, il s'empara de sa bouche et glissa ses mains sous ses cuisses. Ecartant les jambes, elle se sentit soulevée, plaquée contre son sexe dressé...

C'est alors que son esprit embrumé enregistra qu'il avait toujours son pantalon. Il lui parut pourtant inutile de discuter ce point mineur... Ils avaient tout leur temps.

Pourtant, il y avait trop de vêtements, entre eux. Seigneur, comme il se pressait contre elle ! Comme il la tourmentait délicieusement ! Comme il sollicitait tous ses sens de sa bouche, de ses mains et de...

Stevie rejeta la tête en arrière et poussa un cri, traversée par un plaisir d'une intensité jamais éprouvée jusqu'alors. Couvrant sa bouche de la sienne, Matt la fit taire, mais sans cesser de bouger contre elle jusqu'à son dernier spasme. Elle resta alors pantelante, entre ses bras, comme vidée de son énergie.

Il l'embrassa doucement, tout en lui murmurant combien elle était belle et combien il avait aimé l'amener à l'orgasme. Peu à peu, elle revint à la réalité. Elle prit conscience de ses seins nus, contre la chemise de Matt. Il était toujours habillé, preuve qu'il avait respecté sa promesse de ne lui faire courir aucun risque.

Elle s'aperçut aussi qu'il était toujours en érection...

Pourtant, il avait certainement déjà...

Leurs yeux se rencontrèrent et elle comprit qu'il avait privilégié son plaisir au détriment du sien.

— Matt, pose-moi une minute.

Faisant la grimace, il s'exécuta.

Il n'était pas question qu'elle accepte un tel sacrifice.

Ses mains s'agrippèrent à la ceinture de Matt.

— Ne fais pas ça ! Nous ne pouvons pas...

Elle eut un petit sourire.

— *Nous* ne pouvons pas, mais, *moi*, je peux.

Matt frissonna lorsqu'elle défit le premier bouton.

— Eh ! Si tu fais cela, je ne réponds plus de rien !

S'agenouillant devant lui, elle fit glisser le jean sur le sol.

— Cela tombe bien, docteur, puisque c'est justement mon but.

16

Matt fixait le fleuve sombre et silencieux.

Quelque chose, en lui, menaçait de sombrer dans les eaux du Rio Preto.

Stevie dormait encore, mais, s'il la rejoignait, il risquait fort de perdre ce qu'il lui restait de raison.

Maintenant encore, il sentait la chaleur de sa bouche, autour de son sexe...

Cette seule évocation suffisait à rallumer le feu, en lui. Et, bien que Stevie et lui ne se soient pas totalement abandonnés l'un à l'autre, il se connaissait suffisamment pour savoir comment tout cela finirait.

Il était temps de prendre une décision... Soit il se procurait des préservatifs et il ne se demandait plus ce que ce serait que de se perdre en elle, soit il renvoyait Stevie chez elle.

Mais personne n'avait prétendu qu'il empruntait toujours la voie la plus sage. Et ce ne serait pas la première fois qu'une femme aurait ébranlé sa détermination.

Il suffisait de voir ce qui était arrivé à Vickie. S'ils étaient retournés en ville quand il en avait eu l'intention, sa femme et son enfant seraient encore de ce monde.

Mais ils étaient partis. En revanche, Stevie était là, vivante et pleine d'énergie. Et elle était venue au Brésil pour de bonnes raisons, contrairement aux médecins qui l'avaient précédée.

A cet instant, la jeune femme le rejoignit sur le pont.

— Tout va bien ? demanda-t-elle.

Il ne put réprimer un sourire. C'était plutôt à lui, de lui poser cette question. Il l'avait quasiment écrasée contre la porte, la veille. Lorsqu'elle s'était déshabillée, il avait remarqué un ou deux bleus, sur ses hanches, là où ses doigts s'étaient enfoncés dans sa chair.

— Pas de problème, assura-t-il. A propos d'hier...

— Si tu veux t'excuser, c'est inutile. Nous sommes tous les deux des adultes consentants.

— D'accord. Pas d'excuses.

Soudain, elle leva des yeux étonnés vers le ciel.

— Attends ! Est-ce que nous n'allons pas dans la mauvaise direction ? J'avais cru... que tu me garderais, du moins pendant quelque temps.

— Nous manquons de kits de premiers soins. J'ai décidé de retourner à Coari, pour nous réapprovisionner.

Ce n'était pas tout à fait un mensonge...

— Et la petite fille ? J'avais promis à sa mère de passer la voir dans la matinée.

— En revenant sur le bateau, Tiago m'a dit qu'elle avait de nouveau expulsé des selles. Il n'y a plus de problème.

— Tant mieux... Pourrions-nous faire une escale à Tupari ? J'aimerais revoir Belini.

— Je suis certain que tout va bien. Je peux contacter Tracy par radio, si tu veux. Elle nous donnera des nouvelles de la tribu.

— Nous pouvons quand même leur consacrer deux heures. Nous n'avons pas encore dépassé le village, je suppose ?

Non, mais il ne voulait pas qu'elle mette le pied à Tupari, s'il restait encore le moindre signe d'infection. Elle avait échappé à la maladie, mais qu'en serait-il la prochaine fois ?

« Renvoie-la chez elle, si c'est ce que tu penses. »

Il ne pouvait pas continuer à être paralysé par la peur. Si cela impliquait de ne jamais travailler avec une femme, il devrait faire comprendre à Tracy qu'il quitterait *Projeto Vida*, au cas où elle s'aviserait de lui faire encore un coup pareil.

— A quoi penses-tu ?

— Au temps qu'il va nous falloir pour arriver à Coari.

Les doigts de Stevie encerclèrent son poignet.

— Je t'en prie ! Je ne me le pardonnerai jamais, si quelque chose arrivait sans que nous ayons rien fait pour l'empêcher.

— D'accord, soupira-t-il, mais nous n'y resterons pas plus d'une heure ou deux.

Se haussant sur la pointe des pieds, elle déposa un baiser sur sa joue.

— Tu ne le regretteras pas.

Il le regrettait déjà…

La voix de Nilson retentit dans son dos.

— Tiago vient de communiquer avec nous, par radio. Il demande quand tu viendras le chercher, Mateus.

— Il n'est pas sur le bateau ? demanda Stevie, l'air surpris.

— Il est retourné au village, ce matin. C'est sa tribu. Sa femme et ses enfants y vivent.

— Tu aurais dû me réveiller.

En rentrant dans la cabine, il aurait craint de terminer ce qu'il avait commencé… Par ailleurs, il savait que Tiago serait le seul à oser le critiquer, s'il décidait de laisser Stevie à Coari, aussi lui avait-il accordé quelques jours de vacances.

— Il était très tôt, j'ai pensé que tu avais besoin de dormir.

Puis il se tourna vers Nilson.

— Dis-lui que je ne sais pas exactement quand, mais qu'il touchera intégralement sa paie.

— Que se passe-t-il ? demanda Stevie dès que Nilson fut parti. Tu n'as pas dormi dans la cabine et j'apprends que Tiago a quitté le bateau sans me dire au revoir. Et, maintenant, nous retournons sur nos pas… C'est cela, n'est-ce pas ? Tu fuis à cause de ce qui s'est passé entre nous.

— Je t'ai dit que nous devions nous réapprovisionner… ce qui inclut les préservatifs. As-tu la moindre idée de ce qui se serait passé, si… Quand tu es dans les parages, je suis capable de tout.

— C'est drôle, parce que je crois que tu m'as demandé de te faire confiance.

— Un homme dit n'importe quoi, lorsqu'il s'agit de sexe.

— Certains, peut-être, mais pas toi.

— Je ne suis pas aussi noble que tu le crois. J'ai obtenu ce que je voulais, cette nuit, mais cela n'aurait pas dû arriver.

— Peut-être, mais c'est fait et cela m'a plu. Tu m'as d'ailleurs pratiquement obligée à te le dire.

Ce souvenir lui arracha un petit sourire.

— Mais nous avons besoin de préservatifs… pour la prochaine fois.

Stevie se mit à rire.

— C'est pour cette raison, que nous fonçons vers Coari comme si nous avions le diable aux trousses ?

— Ainsi que tu le sais déjà, nous manquons de kits de soins.

— Très bien... Des kits comportant des préservatifs... J'ai craint que tu ne veuilles te débarrasser de moi.

Matt ignora la culpabilité qui s'emparait de lui.

— Ah bon ?

— Je suis contente de m'être trompée.

Lorsqu'ils arrivèrent en vue de Tupari, le cœur de Stevie se gonfla. Des enfants jouaient sur le rivage, pendant que leurs mères lavaient le linge. A bord de trois canoës, des hommes pêchaient.

Elle se tourna vers Matt, qui se tenait près d'elle.

— Ils ont l'air en bonne santé.

— Oui, mais rappelle-toi que nous ne restons qu'une heure ou deux.

— J'avais juste besoin de le vérifier.

Il lui adressa un chaud sourire.

— Je le sais.

Ils passèrent devant un pêcheur, occupé à remonter son filet. A mesure que l'eau s'échappait par les trous minuscules, on voyait des petits poissons sauter en tous sens.

Plissant les yeux, Stevie s'étonna :

— C'est bizarre... Il me semble que les orifices sont plus grands.

— Bon sang !

Jetant un coup d'œil de côté, elle constata que Matt serrait les mâchoires, tandis que le villageois remontait sa pêche sur son embarcation. Un peu plus loin, ils assistèrent à la même scène.

— Ils utilisent les moustiquaires ! s'exclama-t-elle.

— Je m'en suis aperçu.

— Mais ils ne peuvent pas faire ça ! Ils doivent s'en servir pour éviter une autre épidémie !

Stevie prit conscience qu'elle dramatisait. Après tout, cette activité était plutôt un bon signe. Elle prouvait que tout allait bien au village, du moins pour le moment.

Nilson, qui les avait rejoints sur le pont, abaissa le canot jusqu'à l'eau. Matt sauta dedans, puis il aida Stevie à descendre. Une fois assis, il se mit à ramer, ce qui eut pour effet de gonfler ses biceps... Il était plus beau que jamais.

Pendant que Matt annonçait leur retour au chef, elle courut vers la cabane de Belini, qui était vide. Elle se renseigna auprès d'un groupe de femmes, qui l'accueillirent avec des exclamations de joie.

— *Perti do rio*, lui dit l'une d'entre elles.

C'était étrange. Stevie venait justement du fleuve. Avait-elle manqué Belini ? Regardant autour d'elle, elle vit Matt en train de parler avec le chef. Elle décida qu'il valait mieux lui présenter aussi ses respects.

— Comment vas-tu ? lui demanda l'homme.

— Très bien. Et toi ?

— Mon peuple est de nouveau en bonne santé.

— Je m'en réjouis.

— Ton mari te rend-il heureuse ?

Stevie rougit brusquement.

— Oui.

— Elle ne voulait pas que nous passions devant Tupari sans nous arrêter, pour savoir comment allait la tribu, intervint Matt.

— Je suis allée voir Belini, mais elle n'était pas chez elle.

— Elle lave des légumes dans le fleuve.

Matt prit le bras de Stevie.

— Je vais t'aider à la trouver. Désolé, ajouta-t-il à l'intention du chef, nous ne pourrons pas assister à la cérémonie, ce soir.

— Ce sera pour une autre fois, dit le chef.

— Bien sûr.

Tandis qu'ils se dirigeaient vers le rivage, Stevie s'informa auprès de Matt.

— Qu'est-ce que nous manquons, exactement ?

— Un autre mariage. J'ai pensé que tu ne voudrais pas revivre le précédent, lui dit-il en effleurant son oreille. Je ne sais pas pourquoi, mais je ne m'en suis pas encore remis.

Stevie se mit à rire.

— Avoue que tu as peur de fumer de cette pipe.

— Tu veux dire que j'ai été le seul à avoir eu quelques soucis ? Je me rappelle une certaine fleur qui...

— Tais-toi ! Dépêchons-nous plutôt de dénicher Belini, si nous ne voulons pas passer la nuit ici.

Justement, la jeune femme en question se trouvait près de l'eau, son bébé maintenu contre sa poitrine. Dès qu'elle les aperçut, elle lâcha ses légumes pour courir vers eux. Elle serra Stevie si fort dans ses bras que celle-ci craignit qu'elles n'étouffent le nourrisson.

— Je savais que tu reviendrais.

Jetant un regard triomphant à Matt, Stevie s'écarta de Belini.

— Comment va ton enfant ? demanda-t-elle en se penchant pour le regarder. Il est magnifique !

— Je l'ai appelé Stevie.

— Quoi ?

— Toi et M. Matt, vous lui avez sauvé la vie. Mon fils fait partie de vous à jamais.

Matt pressa le bras de Stevie.

— C'est un grand honneur, murmura-t-il à son oreille. A ma connaissance, aucun d'entre eux n'a jamais donné un prénom étranger à un bébé.

Stevie ne put s'empêcher d'embrasser Belini sur la joue. Cette dernière posa la main sur la petite tête de son enfant.

— Je prie le ciel pour qu'il suive le même chemin que toi, qu'il soit fort et qu'il aide les autres. Je voudrais aussi qu'il soit heureux en ménage... tout comme toi.

— S'il a seulement la moitié des qualités de sa mère, ce sera quelqu'un de bien.

— Vous assistez à la cérémonie, ce soir ?

— Non, malheureusement. Nous devons gagner Coari.

Maintenant qu'elle était rassurée sur le sort de la tribu, Stevie était pressée d'atteindre la ville où ils allaient se « réapprovisionner », selon les termes de Matt.

Retournant sur ses pas, Belini ramassa ses légumes et les trempa dans le fleuve. Lorsqu'elle les souleva, l'eau s'échappa par les mailles très fines.

Des trous minuscules... un filet blanc...

— Qu'est-ce que tu fais ? s'exclama Stevie. Tu te sers de la moustiquaire que nous t'avons donnée ?

— Elle est parfaite, pour laver la nourriture, tu ne trouves pas ?

— Mais elle est censée…

Posant la main sur son bras, Matt secoua la tête en silence.

Tandis qu'ils faisaient leurs adieux à Belini, Stevie sentait la colère croître en elle. Partout, elle voyait des morceaux de gaze détournés de leur utilisation première : ils servaient à la confection de fromage ou de yaourts, à nettoyer les casseroles et même à orner les cheveux !

Dès qu'ils furent à bord du *Projeto Vida*, elle défoula toute sa frustration sur Matt.

— Comment peux-tu les laisser utiliser ainsi les moustiquaires sans dire un mot ? Tu ne m'as pas laissée leur expliquer pourquoi il fallait les maintenir au-dessus des lits !

Personne, dans le village, ne semblait éprouver la moindre culpabilité, pas même Belini. Il semblait à Stevie qu'elle revivait ce qui s'était passé à New York. Elle avait tenté de convaincre son ex-fiancé de changer la politique de l'hôpital, afin d'améliorer les soins aux plus démunis. On n'avait pas cessé de lui mettre des bâtons dans les roues. Et quand elle avait osé enfreindre le règlement pour sauver une vie, on l'avait renvoyée… ce qui avait eu pour effet de ruiner sa carrière.

Du moins, elle pouvait aujourd'hui dire ce qu'elle avait sur le cœur. Serrant les poings, elle les abattit sur la poitrine de Matt.

— Ces moustiquaires auraient pu empêcher une nouvelle épidémie !

Lui saisissant les poignets, il l'immobilisa.

— Calme-toi.

— Pourquoi ? Dans six mois, on nous appellera peut-être pour nous apprendre que la fièvre jaune sévit dans le village… que Belini et son bébé sont morts !

— Tu crois être la première à avoir distribué du matériel médical, dans ces tribus ?

— Bien sûr que non.

Relâchant son étreinte, il caressa de ses pouces sa peau rougie par la colère.

— Dès qu'un danger est passé, une autre menace surgit… Une famine, ou bien un filet déchiré, des besoins qui ne peuvent être satisfaits. Leurs vies sont régies par les lois de la nécessité, ici et maintenant, non par ce que l'avenir peut ou non leur réserver.

— A quoi bon chercher à les aider, si rien ne change ? Je suis venue pour faire évoluer les choses, pas pour voir mes efforts dispersés dans le vent.

— Nous faisons ce que nous pouvons pour les éduquer. Cela n'implique pas de modifier leur culture ou d'en faire nos clones. Nous devons les laisser prendre leurs propres décisions.

Stevie se laissa aller contre Matt, soudain épuisée par toutes les émotions de la journée.

— Et s'ils ne prennent pas les bonnes ?

— Nous pouvons au moins leur soumettre les meilleures options.

— Tu te contentes de cela ? Boucher les trous sans jamais traiter le mal à la racine ?

— C'est ce que je fais en leur donnant les outils nécessaires pour effectuer ces modifications. C'est à eux, ensuite, de les utiliser. On ne peut les forcer à rien.

Stevie le fixa sans mot dire. La plupart des médecins qu'elle avait connus se targuaient de n'avoir que des solutions. Quel genre d'individu était capable de déceler un problème, de le résoudre et de se taire quand sa méthode était ignorée ?

Un homme hors du commun.

Quelqu'un qu'elle... pouvait aimer... qu'elle aimait déjà.

Non ! A peine un mois et demi auparavant, elle était fiancée à un autre. Elle ne pouvait pas retomber amoureuse aussi rapidement, à moins... que son amour pour Michael n'ait été qu'une illusion.

Elle s'écartait de Matt, horrifiée par le cours de ses réflexions, quand Nilson les rejoignit.

— Mateus, miss Tracy nous appelle sur la radio. Elle dit qu'elle a besoin de te parler tout de suite.

Le cœur de Stevie fit un bond dans sa poitrine. Toutes sortes d'hypothèses terribles se pressaient dans son esprit. Une autre épidémie ? Quelque chose de pire encore ? Tracy avait-elle trouvé quelqu'un pour la remplacer ?

Cela n'avait pas de sens ! Depuis un jour ou deux, Matt ne semblait plus aussi pressé de se débarrasser d'elle.

— J'y vais, lui dit-il.

— Tu veux que je t'accompagne ?

— Non. Tracy et moi devons discuter.

En privé. Il ne l'avait pas dit, mais c'était très clair.

17

— Tu es toujours en rogne contre moi ?

Cette fois, la liaison était suffisamment claire pour que Matt perçoive l'inquiétude de Tracy.

— Il y a quinze jours, j'aurais pu t'étrangler.

— Mais plus maintenant ?

— Non, je ne t'en veux plus. J'ai d'ailleurs décidé de garder Stevie dans l'équipe. Tu peux cesser de lui chercher un remplaçant.

Il y eut un silence.

— Cela risque de poser un problème, dit enfin Tracy. Je pars pour Coari demain. Quand arrives-tu ?

Matt fronça les sourcils.

— Nous devrions accoster demain. Pourquoi ?

— Eh bien... Tu étais tellement en colère que j'ai passé plusieurs coups de fil.

— Et alors ?

— Un médecin de Londres s'est montré intéressé et j'ai aussi contacté Craig. Il est prêt à retenter le coup.

Craig ? Ce type avait quasiment demandé à être évacué par hélicoptère. A quoi pensait Tracy ?

— Oui. Il pense qu'il a renoncé un peu vite.

Tracy n'avait pas vu son visage, quand il avait dit : « J'en ai ma claque ! »

— Que lui as-tu promis ? Je suis certain que, s'il est prêt à renouveler l'expérience, ce n'est pas parce que je lui ai manqué.

— Je suis démasquée ! rétorqua Tracy en riant. Je me suis engagée à lui payer un mois de congé par an.

— Tu plaisantes ?

Tracy était la version féminine de l'oncle Picsou, quand il s'agissait de *Projeto Vida*. Matt n'arrivait pas à croire qu'elle ait fait une telle promesse.

— Comme le type de Londres tardait à se décider, j'ai cédé à la panique. Je te connais, Matt. Tu aurais été capable de virer Stevie et de te tuer à la tâche. Nous savons tous les deux que tu as besoin d'être assisté par un second médecin.

— J'ai déjà quelqu'un... que je n'ai pas congédié. On ne change rien.

— J'ai du mal à le croire. Tu étais plutôt décidé à te débarrasser d'elle, la dernière fois que nous en avons parlé.

Matt porta machinalement la main à son oreille.

— Elle travaille mieux que je ne m'y attendais, c'est tout.

Il y eut un silence.

— Tracy ? Tu es toujours là ?

— Je me suis engagée envers Craig. D'ailleurs, il y a un autre prob...

— Eh bien, désengage-toi.

— Je ne suis pas certaine que ce serait judicieux. Ecoute, j'arrive demain matin. On en discutera.

— Pourquoi ne pas tout m'expliquer maintenant ? Ou par mail, si tu préfères. J'aurai accès à internet dès que nous serons arrivés. Tu n'as aucune raison de venir.

Et surtout pas avant qu'il ait mis de l'ordre dans ses pensées.

— C'est quelque chose que je dois faire en personne.

— Très bien, soupira Matt. Nous ne serons sans doute pas là à temps pour que j'aille te chercher à l'aéroport.

— Pas de problème. Je vais louer une voiture et on se retrouve au bateau. Même quai que d'habitude, j'imagine ?

— Oui.

De retour sur le pont, Matt se demanda s'il devait enlever la perle qui ornait son oreille. Après la mort de Vickie, il avait jeté son alliance à l'eau. Il avait passé ensuite des heures à la chercher en vain avant de réaliser qu'elle avait disparu pour toujours.

Comme Vickie.

S'il enlevait cette perle, ce serait comme s'il perdait Stevie, et il n'y était pas prêt.

Pas encore.

Peut-être jamais.

Malgré elle, Stevie était morte d'inquiétude. Matt lui avait dit qu'ils arriveraient bientôt à Coari et que Tracy les accueillerait.

D'abord, il avait prétendu qu'ils se dépêchaient parce qu'ils devaient se réapprovisionner en matériel médical... ce qui incluait les préservatifs et donc qu'ils allaient faire l'amour. Ensuite, il avait discuté avec Tracy et cette conversation l'avait visiblement contrarié.

Il ne souriait plus... il ne la touchait plus.

La veille, après le petit déjeuner, il avait ôté son hamac de leur cabine commune. Que devait-elle en conclure ? Selon lui, ces préparatifs étaient de rigueur, avant d'accoster. Pourtant, il ne lui avait pas demandé d'en faire autant, pas plus qu'à Nilson.

Du moins n'avait-il pas exigé qu'elle fasse ses valises...

Après un méandre du fleuve, Coari apparut enfin.

Le véhicule utilitaire de Matt était toujours garé au même endroit, recouvert maintenant d'une épaisse couche de poussière. Il sembla à Stevie que cela faisait un siècle qu'elle avait regardé avec horreur le bateau-hôpital, assise dans cette voiture.

Elle sourit, car le pont verni était éblouissant. Même sans cette petite amélioration, elle n'aurait plus vu le *Projeto Vida* du même œil.

Lorsqu'ils approchèrent, elle vit une femme qui leur adressait des signes depuis le quai. Même à cette distance, Stevie aurait pu jurer qu'elle était belle. Elle avait de longs cheveux noirs qui encadraient son visage délicat. Stevie était très mince, mais cette fille était l'incarnation de la femme fatale, avec ses courbes voluptueuses.

C'était une véritable bombe.

Aucun homme sain d'esprit ne pouvait manquer de la remarquer... Stevie frissonna. Matt préférait peut-être les créatures sensuelles.

Elle réprima sa jalousie naissante. C'était ridicule ! Comme Matt répondait aux signes de l'inconnue, elle tâcha de rassembler tout son enthousiasme. Hélas, elle en avait très peu en réserve !

— Tu es prête ? lui demanda Matt.

— Je n'en suis pas certaine. Et toi ?

Elle jeta instinctivement un coup d'œil à son oreille, constatant avec soulagement que la perle était toujours là. Il devrait certainement expliquer son origine. Il lui aurait sans doute été plus facile de la retirer, s'il avait voulu dissimuler ce qui s'était passé entre eux.

— On le saura bientôt, marmonna-t-il.

Dès qu'ils eurent accosté, Tracy se précipita dans leur direction. Sautant sur les planches de bois, Matt embrassa affectueusement la jeune femme. Pendant ce temps, Stevie franchissait à son tour l'espace qui séparait le bateau du quai.

Lâchant Tracy, Matt la prit par le coude.

— Je crois que vous ne vous êtes pas encore rencontrées, dit-il. Tracy Hinton... Stevie Wilson.

Tracy se pencha pour embrasser Stevie sur les deux joues.

— J'ai beaucoup entendu parler de vous.

— Ah bon ? s'exclamèrent d'une même voix Matt et Stevie.

— Oui, répondit Tracy en riant, mais vous saurez bientôt pourquoi. Parlez-moi de l'expédition. L'épidémie de dengue était-elle aussi dangereuse qu'on le craignait ?

— Pire, dit Matt.

Il entreprit de résumer la situation pour Tracy, se tournant de temps en temps vers Stevie pour qu'elle complète son exposé. Celle-ci remarqua qu'il ne faisait pas allusion à la cérémonie de mariage.

Comme si l'autre femme avait deviné ses pensées, elle haussa les sourcils.

— Tu n'oublies pas un détail important ?

La nuque de Matt se teinta de rouge.

— Je ne vois pas de quoi tu parles.

— Ton oreille, idiot ! Comment est-ce arrivé ? demanda Tracy en effleurant la perle du bout des doigts.

— C'est juste... commença-t-il.

— ... Un effet de leur reconnaissance, trancha Stevie. Ne sois pas si modeste, ajouta-t-elle à l'intention de Matt. Il a sauvé la fille du chef, expliqua-t-elle à Tracy. Pour lui témoigner sa gratitude, la tribu l'a marqué comme un des leurs au cours d'une cérémonie spéciale.

— Incroyable ! s'exclama Tracy. Depuis six ans que Matt travaille le long du fleuve, il était temps qu'il en tire un certain bénéfice.

Matt croisa le regard de Stevie.

— Tu as raison, dit-il, il était temps.

Le cœur de Stevie manqua un battement. Faisait-il allusion aux villageois, ou à elle... et lui ?

— J'ai réservé deux chambres au pousada, déclara Tracy. Et j'ai une surprise pour vous, Stevie.

— Pour moi ?

— Si cela a un rapport avec la discussion que nous avons eue par radio, intervint Matt, j'ai besoin de t'en parler en privé.

— Pas de problème, répliqua Tracy en se dirigeant vers la Land Rover. Attendons d'être au pousada, tu veux bien ?

Assise à l'arrière, Stevie écouta Matt et Tracy parler du *Projeto Vida*. Elle ignorait totalement ce que Tracy lui réservait, mais, à moins qu'il ne s'agisse d'un bon bain parfumé avec des sels, elle s'en moquait bien. Une douche lui suffirait, songea-t-elle en fermant les yeux. Epuisée, elle sombra dans un demi-sommeil.

— Stevie, ma chérie, réveille-toi.

Battant des paupières, Stevie aperçut Matt assis près d'elle. Il lui sourit avant de lui caresser la joue. Où était Tracy ? A l'avant, il n'y avait personne.

Une minute... Est-ce qu'il ne venait pas de l'appeler sa « chérie » ?

— On est arrivés ?

Matt jeta un coup d'œil à la bâtisse blanche, devant laquelle était garée la voiture.

— Oui. Tracy est allée chercher les clés. Dès que nous serons installés, je voudrais que nous fassions quelques pas ensemble, rien que toi et moi. J'ai besoin de te dire quelque chose.

Qu'est-ce que c'était ? Il allait lui dire que son cœur était déjà pris ? Stevie se mordit la lèvre inférieure.

— C'est à propos de Tracy ?

Il fronça les sourcils.

— Tracy ? Non, c'est à propos de nous deux.

— Je veux dire... Tracy et toi, vous n'êtes pas... ?

— Nous ne sommes pas... Grand Dieu, non ! Tracy est la petite sœur de Vickie.

— Je l'ignorais.

— Tu ne pouvais pas le savoir. Je ne pensais pas que tu resterais assez longtemps pour que j'aie à te mettre au courant. Nous avons bien des choses à nous dire, soupira-t-il, mais cela peut attendre. Je veux dire... si tu es toujours décidée à rester ici. C'est le moment ou jamais de te décider.

L'espoir gonfla le cœur de Stevie. A l'entendre, il voulait qu'elle reste.

— Je n'ai pas changé d'avis, assura-t-elle.

En rentrant dans l'hôtel, ils trouvèrent Tracy en train de téléphoner. En souriant, elle passa deux clés à Matt, qui entraîna ensuite Stevie vers la sortie.

— Où allons-nous ? demanda-t-elle.

— Où veux-tu aller ?

— J'ai remarqué que Tracy nous avait retenu deux chambres... Tu me trouverais effrontée, si je te disais que j'ai envie d'aller dans la tienne ?

Les yeux bleus de Matt s'assombrirent.

— Non, parce que je pense la même chose, dit-il avec un sourire. Mais il vaut mieux que nous fassions auparavant quelques emplettes.

Ils sortirent de la pharmacie avec un petit sac. Matt sourit à Stevie, dont les joues étaient toutes roses.

— Tu es certaine de le vouloir toujours ?

— Absolument. Je te rappelle que c'était mon idée.

Lui prenant la main, il l'entraîna vers l'hôtel.

— Comment allons-nous expliquer à Tracy que...

Stevie s'interrompit, les yeux écarquillés par la surprise. Lorsqu'elle lui lâcha la main, Matt crut d'abord que c'était parce que Tracy se tenait dans le hall de l'hôtel. Il remarqua alors que sa belle-sœur était en grande conversation avec un homme de haute taille, vêtu d'un costume de ville. Au moment où ils franchissaient le seuil de l'établissement, Tracy et son compagnon se tournèrent vers eux.

Etrangement, quand l'homme se précipita dans leur direction, un grand sourire aux lèvres, Stevie recula de deux pas tout en émettant des sons étranglés.

Avant que Matt ait eu le temps de lui demander ce qui n'allait pas, l'homme les avait rejoints. Il dépassa Matt pour s'arrêter devant Stevie. Voyant qu'il lui plantait un baiser sur la bouche, Matt sentit la colère gronder en lui. Les poings serrés, il s'avança, mais Tracy surgit à son côté et lui prit le bras.

— Je t'avais dit que j'avais une surprise pour elle, chuchota-t-elle. C'est le directeur de l'hôpital où Stevie travaillait. Il est arrivé de New York hier.

18

Depuis quand les directeurs d'hôpitaux embrassaient leur personnel sur la bouche ?

Matt se libéra de la main de Tracy, mais resta immobile, ne sachant ce qui allait se passer. Tracy avait-elle appelé le précédent patron de Stevie, pour qu'il vienne la chercher ?

L'homme s'écarta pour examiner Stevie.

— Seigneur… Regarde-toi !

Au lieu de rire, comme elle l'aurait fait si Matt lui avait fait la même réflexion, Stevie rajusta les pans de sa chemise. Le cœur serré par l'appréhension, Matt l'observait.

— Qu'est-ce que tu fais là, Michael ? Je t'ai dit que tout était fini, entre nous.

Fini ? De quoi parlait-elle ?

— Je suis venu pour te ramener à la raison, répondit Michael. Je ne pensais pas que notre léger différend te ferait prendre une décision aussi excessive. Quand nous serons rentrés, ajouta-t-il avec un sourire, je saurai me faire pardonner.

— Tu n'auras rien à faire de ce genre, puisque je ne compte pas retourner aux Etats-Unis.

— Bien sûr que si ! Réfléchis un peu… cet endroit est aussi moche dans la réalité qu'il l'était dans le journal, répliqua Michael avec un petit rire. Nous étions au lit et nous avons ri en regardant les photos, tu te souviens ?

Les mots « lit » et « avons ri » saisirent Matt à la gorge.

— Non, je…, commença Stevie.

Alors c'était vrai ? Elle *avait* ri… elle avait pensé que *Projeto Vida* était ridicule ? Et cet homme était au lit avec elle… le directeur de son hôpital. En Matt, la jalousie et la douleur menaient une danse impitoyable, chacune prenant successivement le pas sur l'autre.

Comme s'il avait compris qu'il venait de commettre un faux pas, l'autre homme voulut s'excuser.

— Je ne voulais pas vous offenser. Je suis certain que votre cause est noble.

Tout en parlant, il sortit un mouchoir d'un blanc immaculé d'une poche intérieure et épousseta un soupçon de poussière, sur son pantalon coûteux.

— Je ne veux pas de toi ici, Michael, dit Stevie, devenue pâle. Comment m'as-tu trouvée ?

— Ton concierge m'a donné ton adresse. Je n'arrive pas à croire que tu aies ruiné ta carrière sur un simple coup de tête.

Elle éclata d'un rire amer.

— Un coup de tête ? C'est toi qui t'es arrangé pour que je n'obtienne de poste nulle part.

— J'admets avoir réagi de façon excessive. Il y a une semaine, j'ai revu les membres du conseil d'administration. Tout comme moi, ils ont pris conscience que tu avais agi dans l'intérêt de ton patient. Ils veulent que tu reviennes, et moi aussi. Tu as trop de valeur pour gâcher ton talent ici. Sache que je n'ai pas annulé nos réservations, pour notre voyage de noces.

Matt tressaillit. Ce type était son fiancé ?

Lorsqu'elle lui avait confié qu'elle avait eu quelqu'un dans sa vie, elle avait ajouté que c'était terminé. Le mot « fiancé » n'avait jamais été prononcé. Ses doigts se crispèrent sur le sachet qui contenait les préservatifs. Se tournant vers Tracy, il lut de la compassion dans ses yeux.

Elle avait deviné.

— Pourquoi n'as-tu jamais fait allusion à tes fiançailles ? demanda-t-il à Stevie.

— C'était compliqué. Mais tu as raison, j'aurais dû le faire.

Sentant que quelque chose lui échappait, Michael se rapprocha de la jeune femme.

— Stevie et moi avons eu un petit désaccord, mais tous les couples en font l'expérience.

— Tu traites Maria de « petit désaccord », Michael ? cria-t-elle.

Ce dernier pinça les lèvres.

— J'ai commis une erreur, mais nous pourrons en discuter plus tard, en privé.

— Il n'y a rien à discuter.

Visiblement mal à l'aise, Tracy adressa un signe de tête à Matt, pour lui faire comprendre qu'ils devaient s'éloigner. Au lieu de cela, il fit un pas en avant, notant que Michael s'interposait entre Stevie et lui.

— C'est pour cette raison, que tu es venue au Brésil ? Parce que tu avais des problèmes avec ton hôpital et ton fiancé ?

Stevie et Michael répondirent en même temps.

— Non.

— Oui.

— Explique-toi, Stevie, gronda Matt.

— J'ai eu des ennuis, c'est vrai, mais cela faisait longtemps que j'envisageais de faire cette démarche.

L'ex-fiancé de Stevie émit un ricanement.

— Ah bon ? Nous avons pourtant été fiancés pendant deux ans, et tu n'as jamais fait allusion à ce projet. Je vais vous dire pourquoi elle est venue, ajouta-t-il à l'intention de Matt. Elle a été suspendue pour avoir refusé de respecter le protocole hospitalier.

— S'il te plaît, Michael, ne fais pas ça !

Matt déglutit péniblement. Elle avait menti sur tout... En réalité, elle avait perdu son emploi et il lui avait fallu en trouver un autre au plus vite.

Au bord de la nausée, il songea que si elle avait dormi une première fois avec son patron, elle avait aussi bien pu répéter le même manège avec lui, pour ne pas être renvoyée aux Etats-Unis. L'avait-elle berné, avec ses grands yeux innocents et son accent sexy ?

Que lui avait-elle dit, déjà ?

« J'avais cru... que tu me garderais, du moins pendant quelque temps. »

Et il s'était laissé prendre...

La solution lui apparut en un éclair.

— Vous êtes arrivé au bon moment, dit-il à Michael. Tracy a trouvé quelqu'un qui est prêt à remplacer Stevie.

Se tournant vers la jeune femme, il s'aperçut qu'il ne parvenait pas à soutenir son regard suppliant.

— Tu savais parfaitement que je cherchais quelqu'un d'autre. Le bateau n'est pas conçu pour accueillir des médecins de sexes différents.

— Oh ! Mais tu avais dit...

— Je sais ce que j'ai dit, mais ton prédécesseur a décidé de revenir. Dans la mesure où nous lui avions donné cette option, nous devons tenir notre parole.

— Quoi ? Mais quand l'as-tu su ?

— Tracy m'en a parlé hier, pendant la liaison radio.

— Hier. Pourtant, aujourd'hui, tu voulais...

Les yeux pleins de larmes, elle désigna le sachet. Matt faillit craquer, lui dire que c'était un malentendu. Mais comme elle essuyait une larme du dos de la main, Michael la prit par les épaules et l'attira contre lui.

Matt se raidit aussitôt.

— Tu peux reprendre tes affaires, dit-il, ou tu préfères que Nilson se charge de te les apporter ?

Il y eut un silence. Matt espérait à moitié qu'elle allait se rebeller, refuser de quitter le bateau, mais elle redressa le menton, une lueur de défi dans les yeux.

— Ne t'inquiète pas, j'aurai fait mes bagages d'ici une heure.

— Parfait.

Tournant les talons, Matt se dirigea vers le bar. Il avait besoin de boire un verre. Il atteignait la porte, quand il jeta un regard en arrière. Immobile, Stevie ne l'avait pas quitté des yeux. Pour que tout soit bien clair, il jeta le sachet contenant les préservatifs dans la poubelle la plus proche.

Le message était très explicite.

Il n'avait plus besoin d'elle.

Il n'avait besoin de personne.

Une sourde douleur au creux de l'estomac, Matt serra les mâchoires quand Craig lui tapota amicalement l'épaule.

— Avoue que tu ne pouvais pas te passer de moi. J'ai bien suturé le bras de cette petite indigène, tu ne trouves pas ? La cicatrice sera quasiment invisible.

« Une petite indigène » ? De tous les ignorants condescendants qu'il avait connus, celui-là était bien le pire !

Tiago s'interposa entre Craig et lui.

— *Calma, Mateus.*

Se calmer ? Il était parfaitement calme. Baissant les yeux vers ses poings serrés, il se força à se détendre. Ses mains n'étaient pas les seules victimes de sa tension intérieure. Sa nuque le faisait atrocement souffrir depuis plusieurs jours. Il aurait donné n'importe quoi pour que Stevie le soulage de ses doigts magiques.

Mais elle était partie. Parce qu'il le lui avait demandé.

Il se concentra sur Tiago.

— Comment va Nilson ?

— Il est en train de pêcher notre déjeuner, sur le pont. Mais il dit que tu ne l'empêcheras pas de travailler encore très longtemps. Il prétend que tu le prives de sa virilité, en ne lui attribuant que des tâches destinées à un enfant.

Alors qu'il s'inquiétait pour la santé de Stevie, Matt ne s'était pas rendu compte que Nilson avait lui aussi été exposé à la dengue. Finalement, c'était lui qui était tombé malade. Stevie étant partie et Tiago passant ses vacances dans son village, Matt avait veillé Nilson durant de longues nuits. Dans un accès de fièvre, son ami avait tellement tremblé que deux de ses dents s'étaient cassées.

— Je te rappelle que Nilson a souffert d'une maladie infectieuse et qu'il a encore besoin de repos, trancha-t-il. Dis-lui qu'il a trop de valeur à mes yeux pour que je risque de le perdre.

A cet instant, Matt remarqua que Craig frottait l'intérieur de son bras, l'air soucieux.

— Qu'est-ce que tu fais ? lui demanda-t-il.

— Cet homme peut être contagieux. Je n'arrive pas à croire que tu l'aies gardé sur le bateau avec nous. Il aurait dû être mis en quarantaine. Si j'avais su cela, j'aurais retardé mon départ.

— *Cet homme* a un nom. Je te serais reconnaissant de l'utiliser.

— Bien sûr… C'est juste que, quand Tracy m'a appelé la seconde fois, elle m'a dit qu'un autre médecin envisageait de quitter le bateau. Je ne suis sûrement pas le seul à avoir des difficultés d'adaptation.

Sauf que Stevie n'en avait eu aucune, songea Matt. Jamais elle ne s'était plainte des conditions de travail. Sa compassion envers

Belini et son enfant… envers tout le monde… était illimitée. Elle se préoccupait suffisamment de leur bien-être pour être en colère, vraiment en colère, quand ils avaient utilisé les moustiquaires à d'autres fins que leur protection.

Lorsqu'il avait fait toute une histoire, à cause de cette piqûre de moustique, elle avait insisté pour terminer ce qu'elle avait commencé.

Et il avait été assez fou pour la renvoyer !

Quel imbécile ! Tout cela parce qu'il craignait de perdre pour la seconde fois la femme qu'il aimait.

C'était pour cette raison qu'il avait sauté sur l'occasion de la congédier. Il avait feint de croire que Stevie était venue au Brésil pour de mauvaises raisons, alors qu'il était clair pour tout le monde qu'elle aimait son travail et qu'elle voulait rester.

Avec lui.

En réalité, Matt Palermo avait été terrifié à l'idée qu'elle pourrait l'abandonner dès qu'une meilleure opportunité se présenterait à elle. Alors, il avait préféré la chasser, la privant de son choix de rester… ou de partir.

Il s'était comporté comme un salaud.

Il l'aimait, bon sang ! Il porta machinalement la main à son oreille. S'il avait conservé cette perle, c'était parce qu'il était marié… dans son cœur, sinon légalement.

Il fallait qu'il la voie, du moins si elle acceptait de le recevoir.

Il fit face à son futur ex-collègue.

— Craig, il est temps pour toi de prendre une décision, parce que je dois m'en aller. Soit tu assures mes fonctions ici, soit tu reprends l'avion pour les Etats-Unis. C'est comme tu veux.

— Mais… tu ne peux pas me laisser tout seul ! Je viens juste d'arriver ! s'écria Craig, visiblement horrifié.

Comme Matt ne répondait rien, il poursuivit :

— J'aurais dû comprendre qu'il y avait anguille sous roche, quand Tracy m'a appelé. Ne compte pas sur moi.

La stratégie avait été couronnée de succès. Fermant les yeux, Matt prit une profonde inspiration. L'odeur terreuse qui montait du Rio Preto emplit ses narines.

— La bonne nouvelle, c'est que tu m'as aidé à comprendre que je m'étais comporté comme un pauvre type, mais ça va changer.

— Tu vas chercher miss Stevie ? demanda Tiago avec espoir.

— Exactement.

Craig posa les mains sur ses hanches.

— Qui est cette Stevie ?

— Stevie Wilson... c'est elle qui va te remplacer, du moins si je parviens à la persuader de revenir.

Sans un regard en arrière, Matt s'éloigna pour examiner Nilson avant de se mettre en quête de son passeport.

19

Stevie replaça une mèche qui s'était échappée de sa barrette et entra dans le box 3.

— Bonjour, Mary. Comment va votre dos ?

Agée de quarante ans, sa patiente avait été la première surprise en apprenant qu'elle était enceinte. Elle souffrait de deux fractures vertébrales par compression. Mary était la preuve que, même dans les pays développés, les carences alimentaires pouvaient avoir des conséquences graves.

Stevie pensa à Belini… puis à Matt. Serrant les dents, elle s'efforça de se concentrer sur sa patiente.

— J'espère que vous ne montez plus votre appaloosa que pour une petite promenade.

Les chevaux étaient toute la vie de Mary, qui les entraînait et participait à des rodéos. C'était son métier… ou du moins elle l'avait exercé. Dorénavant, seul le temps dirait si ses os pouvaient encore le supporter.

— C'est dur, murmura-t-elle, les larmes aux yeux. C'est une chose de renoncer à monter temporairement pour le bien du bébé, c'en est une autre de se demander si c'est définitivement terminé. Ce serait la fin de tous mes espoirs et de tous mes rêves.

Stevie comprenait parfaitement ce qu'elle voulait dire.

— Accordez un peu de temps à votre corps, dit-elle doucement. Les fractures ont guéri, mais vous devrez travailler avec un kinésithérapeute, pour renforcer les muscles de votre dos. Vous devriez peut-être envisager de passer à des concours équestres plus calmes. Que diriez-vous du dressage, par exemple ?

Mary sembla réfléchir.

— Je n'y avais jamais pensé… En tout cas, ce serait mieux que de devoir laisser tomber le cheval.

Là encore, Stevie la comprenait. Le Brésil lui manquait, mais elle préférait exercer son métier à Atlanta que d'abandonner la médecine. En tout cas, elle ne croisait plus le chemin de son ex-fiancé. Dès que la mention disciplinaire avait été ôtée de son dossier, elle avait envoyé sa candidature un peu partout. Un centre médico-social d'Atlanta l'avait prise à l'essai pour six mois.

Mary jeta un coup d'œil à sa montre.

— Ouh ! Vous devez avoir d'autres patients et il faut que j'aille chercher Alex à l'école.

Elle se leva, prit son sac et serra un instant Stevie dans ses bras.

— Merci ! Vous venez de me redonner un peu d'espoir.

Dès que Mary fut partie, Stevie s'assit sur un tabouret et se força à respirer lentement. Chaque fois qu'elle disposait d'un instant de libre, ses pensées la ramenaient inexorablement à Matt, mais aussi à Nilson et à Tiago, ainsi qu'à Belini. Chaque jour, elle travaillait jusqu'à l'épuisement pour oublier ce chapitre douloureux de sa vie.

La trahison de Michael n'avait pas eu le pouvoir de la faire souffrir autant. Très rapidement, elle s'était remise de leur rupture et elle avait espéré qu'il en irait de même avec Matt.

Elle se trompait.

Elle avait désormais le choix entre se recroqueviller sur elle-même ou aller de l'avant. Comme Mary, elle saurait évoluer et s'adapter.

Penny, l'une des infirmières, passa la tête dans l'embrasure de la porte.

— Vous avez un patient, dans le box 2.

— Je croyais que Mary était la dernière ?

— C'est exact, mais celui-ci vous est envoyé par le Dr Henry. C'est sans doute une urgence.

— Sans doute ?

— Vous me le direz une fois que vous l'aurez examiné. Ce type refuse de se déshabiller.

— C'est bien ma chance ! Vous pouvez encore rester quelques minutes ?

— Bien sûr ! Je ne raterais cela pour rien au monde.

Stevie ouvrit le dossier que lui tendait Penny.

— Il n'y a rien, là-dedans. De quoi se plaint-il ?

— Il dit qu'il a un torticolis et que vous êtes le seul médecin à l'avoir soulagé.

— Moi ? Il doit y avoir erreur. Je n'ai jamais traité une douleur à la nuque depuis...

Envahie par les souvenirs, Stevie s'interrompit brusquement. Ce n'était pas possible... Les mains tremblantes, elle posa le dossier sur la table.

— Docteur Wilson, vous vous sentez bien ?

— Je ne sais pas.

Se levant d'un bond, elle se rua dans le couloir et s'arrêta net devant le box 2.

« Calme-toi, Stevie. Ça ne peut pas être lui. »

Mais son cœur ne la croyait pas. Se blindant contre la déception qu'elle n'allait pas manquer d'éprouver, elle poussa la porte et s'immobilisa à la vue de la silhouette familière.

Appuyé à un mur, Matt parcourait un magazine médical. L'espace d'une seconde, Stevie se demanda si elle était victime d'une cruelle hallucination. Après tout, elle pensait continuellement à Matt et elle rêvait de lui toutes les nuits... Son imagination lui jouait-elle des tours ?

Quand les yeux bleus croisèrent les siens, elle sut qu'il ne s'agissait pas d'une vision.

— Comment m'as-tu trouvée ? demanda-t-elle d'une voix enrouée.

— Michael... J'ai dû user de persuasion, mais il m'a finalement dit où tu étais.

— Ce n'est pas très professionnel de votre part, à tous les deux.

— Depuis que je te connais, j'admets qu'il m'est arrivé de commettre quelques infractions au code déontologique et je suis venu pour m'excuser.

Croisant les bras sur sa poitrine, elle prit un air bravache.

— C'était inutile. Comme tu peux le constater, je suis retombée sur mes pieds.

— Tu n'es pas retournée avec Michael, ou dans son hôpital ?

— Ce ne sont pas tes affaires, mais non. Je t'avais dit que c'était fini. Pour rien au monde je n'aurais voulu travailler avec lui. D'ailleurs, j'aime Atlanta plus que tout autre endroit au monde.

Un mensonge de plus n'avait pas d'importance...

Matt se passa la main dans les cheveux. Stevie remarqua alors que la perle du mariage ornait toujours son oreille.

— Si je comprends bien, dit-il, j'ai fait le voyage pour rien.

Pourquoi était-il venu, à propos ? Il n'avait pas franchi quatre mille kilomètres seulement pour s'excuser.

— Tu es content de ton nouveau collègue... Craig, je crois ?

— Il s'appelle bien ainsi, mais il ne travaille plus avec moi.

— Ah bon ? Que s'est-il passé ?

Matt marmonna quelques mots inintelligibles.

— Pardon ? Tu peux répéter ?

— Il n'était pas toi... Nilson est tombé malade.

— Il est guéri, j'espère ?

— Oui. Il a attrapé la dengue, après ton départ.

— Je suis vraiment désolée ! Mais tu m'as dit qu'il allait bien ?

— Lui, oui, mais pas moi. La maladie de Nilson m'a fait comprendre pourquoi je voulais que tu partes. Cela n'avait rien à voir avec tes fiançailles ou tes raisons de venir au Brésil.

Le cœur de Stevie fit un bond dans sa poitrine.

— Je ne comprends pas.

— Tu en es sûre ?

La gorge serrée, elle secoua la tête sans mot dire.

— Quand Tracy nous a remis les clés de nos chambres, à l'hôtel, je t'ai demandé si tu comptais rester. Tu t'en souviens ?

— Oui, mais je ne vois pas le rapport.

De nouveau, Penny passa la tête dans l'embrasure de la porte.

— Tout va bien ?

— Pas de problème ! répliquèrent-ils à l'unisson.

— C'est parfait, alors, dit l'infirmière en reculant précipitamment.

Matt prit une main de Stevie dans les siennes.

— Quand j'ai vu Michael t'embrasser, j'ai compris que tu pouvais disparaître, avec ou sans mon accord. Si tu décidais de rester, un autre événement pouvait également t'emporter contre mon gré.

— Comme la dengue...

— Oui. Seulement, je n'en ai pas eu pleinement conscience sur le coup. J'ai seulement sauté sur l'occasion de me débarrasser de cette peur qui me consumait à petit feu.

— Tu t'es senti mieux, quand je suis partie ? demanda-t-elle, le souffle court.

Matt émit un ricanement.

— Non. Puisque j'étais tombé amoureux de toi.

Il l'aimait.

— Alors ou bien je vis avec la peur et je fais le pari du bonheur, ou bien je me débarrasse de la peur et je mène une existence misérable.

— Tu es malheureux ?

Les mains de Matt serrèrent plus fort la sienne.

— Chaque jour sans toi a été un enfer. Quand Tiago a compris que je m'envolais pour les Etats-Unis, il a plongé dans l'eau en hurlant « alléluia ».

Stevie ne put s'empêcher de sourire.

— Moi aussi, j'ai été malheureuse, dit-elle en s'approchant de lui.

— C'est vrai ?

— Oui. Tu n'es pas le seul à être tombé amoureux, pendant ce voyage.

Laissant échapper un énorme soupir, Matt se pencha pour déposer un baiser sur ses lèvres.

— Merci, mon Dieu ! souffla-t-il.

— Je veux retourner au Brésil.

— Tu n'as pas un contrat de travail, dans ce centre ?

— Je suis engagée à l'essai.

— Tu es certaine de ne pas préférer la vie que tu mènes ici ?

— Absolument. Et toi ? Tu penses pouvoir supporter cette peur ?

— Je ne peux pas te promettre de ne pas m'inquiéter. A certains moments, je t'énerverai sans doute prodigieusement.

— Et moi, je ne peux pas te promettre de ne pas tomber malade, mais je ferai attention, à condition que tu en fasses autant.

Il toucha la perle qui ornait son oreille.

— Je voudrais rendre notre engagement officiel. Est-ce que tu veux bien m'épouser devant Dieu et devant les hommes ?

En souriant, Stevie l'attira vers elle pour un très long baiser.

— Trop tard, idiot. C'est déjà fait.

Épilogue

Agé de deux ans, Stevie, le fils de Belini, poussa un cri plaintif.

— Ju-Ju, viens jouer avec moi.

June Christina Palermo, le bébé de Stevie et de Matt, se dirigea d'un pas mal assuré vers l'autre enfant.

Etendue contre Matt, sur le sable, Stevie soupira.

— C'est bon, d'être de retour, tu ne trouves pas ?

— J'ai peine à l'admettre, mais oui, répliqua-t-il en déposant un baiser sur son front.

Ils avaient passé presque deux ans aux Etats-Unis. Pendant cette période, Stevie avait été enceinte, puis elle avait accouché de June. S'inquiétant des terribles souvenirs qui risquaient de hanter Matt durant sa grossesse, c'était elle qui avait insisté pour accoucher à Atlanta.

Ils y avaient été si heureux que Matt avait résisté pendant un temps, quand elle lui avait proposé de repartir pour le Brésil. Ses retrouvailles chaleureuses avec le chef du village donnaient à penser qu'il accepterait peut-être de reprendre sa collaboration avec le *Projeto Vida*.

Rejetant la tête en arrière, elle lui sourit.

— Je t'aime.

— Mmm… J'en suis ravi car si ce n'était pas le cas…

Du menton, il désigna la petite fille qui jouait sur le sable.

— … elle ne serait pas là aujourd'hui.

Levant la main, Stevie frôla la perle en or qui brillait à l'oreille de Matt, le dernier cadeau d'anniversaire qu'elle lui avait fait.

— Je sais. Par bonheur, tu as recouvré la raison, et nous nous sommes retrouvés.

— Ton poste à Atlanta ne te manquera pas ?

Elle regarda le Rio Preto dont les flots s'écoulaient non loin d'eux, lents et paisibles.

— Honnêtement ? Si. Mais ce pays me manquait tout autant. Et toi ?

Matt émit un petit rire.

— Ce n'était pas le cas avant que nous arrivions au village. Mais maintenant que je vois ces deux enfants ensemble… Oui, à moi aussi, conclut-il en serrant sa femme contre lui.

— Tu ne trouves pas que notre vie est parfaite ?

Belini les rejoignit, sa passoire en moustiquaire remplie de légumes à la main. Matt laissa échapper un soupir exaspéré.

— Je dirai plutôt qu'elle est presque parfaite.

— Ce n'est pas ce que tu disais cette nuit, murmura-t-elle en lui tendant ses lèvres pour réclamer un autre baiser.

Il l'embrassa passionnément.

— Heureusement que Ju-Ju a fini par s'endormir…

Ils avaient tendu un hamac enveloppé d'une moustiquaire dans la salle à manger du bateau. Le bourdonnement constant du moteur et le balancement de sa couche avaient plongé la petite fille dans un profond sommeil.

— Tu crois qu'on peut espérer une deuxième nuit de tranquillité ? demanda Stevie, pleine d'espoir.

— J'ai une meilleure idée… attends ici.

Se levant d'un bond, Matt rejoignit Belini qui lavait ses légumes dans le fleuve et lui chuchota quelques mots à l'oreille. Belini hocha la tête avant de jeter un coup d'œil malicieux en direction de Stevie.

Revenant vers sa femme, Matt lui tendit la main et la mit debout.

— Qu'est-ce que tu fais ? s'étonna-t-elle.

— Tu te rappelles notre nuit de noces ?

— Evidemment !

— Je te parle de celle qui a suivi la cérémonie de mariage, ici même.

Le cœur gonflé d'amour, elle posa un instant les yeux sur son oreille.

— Je m'en souviens.

— Belini m'a proposé de veiller sur Ju-Ju pendant deux heures et j'ai demandé à quelques femmes de nous cueillir ces fleurs si spéciales…

Stevie frissonna.

— Tu as fait ça ? Est-ce que tu as aussi fumé de leur pipe ?

— Non, mais je voulais que tout soit parfait, cette fois.

En franchissant le seuil de la cabane, un instant plus tard, Stevie fut émerveillée. Le sol était parsemé de pétales pourpres. Nouant les bras autour du cou de Matt, elle aspira un parfum enivrant qui n'avait rien à voir avec les fleurs et tout à voir avec l'homme qui la serrait contre lui.

Son mari.

Pour toujours.

— Nous connaissons déjà la perfection, souffla-t-elle. Parce que nous sommes ensemble.

VOTRE COLLECTION PRÉFÉRÉE DIRECTEMENT CHEZ VOUS

Vous souhaitez découvrir nos collections ? Une fois votre 1er colis à prix mini reçu, si vous souhaitez continuer à recevoir nos livres, cela se fera automatiquement. Vous n'avez aucune obligation d'achat et cette offre est sans engagement de durée !

Dans votre 1er colis, 2 livres au prix d'un seul
+ en cadeau le 1er tome de la saga *La couronne de Santina*.
8 tomes sont à collectionner !

☛ COCHEZ la collection choisie et renvoyez cette page au
Service Lectrices Harlequin – CS 20008 – 59718 Lille Cedex 9 – France

Collections	Prix 1er colis	Réf.	Prix abonnement (frais de port compris)
❑ **AZUR**	4,75€	AZ1406	6 livres par mois 31,49€
❑ **BLANCHE**	7,40€	BL1603	3 livres par mois 25,15€
❑ **PASSIONS**	7,90€	PS0903	3 livres par mois 26,79€
❑ **BLACK ROSE**	8,00€	BR0013	3 livres par mois 27,09€
❑ **HARMONY***	5,99€	HA0513	3 livres par mois 20,76€
❑ **LES HISTORIQUES**	7,40€	LH2202	2 livres tous les deux mois 17,69€
❑ **SAGAS***	8,10€	SG2303	3 livres tous les 2 mois, 29,46€
❑ **VICTORIA**	7,90€	VI2115	5 livres tous les 2 mois 42,59€
❑ **GENTLEMEN***	7,50€	GT2022	2 livres tous les 2 mois 17,95€
❑ **NORA ROBERTS***	7,90€	NR2402	2 livres tous les 2 mois prix variable**
❑ **HORS-SÉRIE***	7,80€	HS2812	2 livres tous les 2 mois 18,65€

*livres réédités / **entre 18,75€ et 18,95€ suivant le prix des livres

F23PDFM

N° d'abonnée Harlequin (si vous en avez un) ⎿⏊⏊⏊⏊⏊⏊⏌

Mme ❐ Mlle ❐ Nom : ____________________

Prénom : ____________________ Adresse : ____________________

____

Code Postal : ⎿⏊⏊⏊⏊⏌ Ville : ____________________

Pays : ____________________ Tél. : ⎿⏊⏊⏊⏊⏊⏊⏊⏊⏊⏌

E-mail : ____________________

Date de naissance : ____________________

Date limite : 31 décembre 2023. Vous recevrez votre colis environ 20 jours après réception de ce bon. Offre soumise à acceptation et réservée aux personnes majeures, résidant en France métropolitaine, dans la limite des stocks disponibles. Prix susceptibles de modification en cours d'année. Vous pouvez demander à accéder à vos données personnelles, à les rectifier ou à les effacer. Il vous suffit de nous écrire en nous indiquant vos nom, prénom et adresse à : Service Lectrices Harlequin CS 20008 59718 LILLE Cedex 9. Service Lectrices disponible du lundi au vendredi de 9h à 17h : 01 45 82 47 47.